JN243595

デスマーチからはじまる
異世界狂想曲
5

サトゥー
異世界に迷い込んだアラサープログラマー
ルル
クボォーク王国出身。アリサの姉
タマ
猫耳族の少女
アリサ
クボォーク王国の元王女。前世は日本人

ドワーフの里での宴会にて
ミーア
無口な音楽好きのエルフ
ナナ
無表情なホムンクルス
リザ
橙鱗族の少女
ポチ
犬耳族の少女

「サトゥーさんは……
運命を変えられると思いますか？」
消えそうな儚い笑顔に思わず——

デスマーチから
はじまる
異世界狂想曲
5

★★★

愛七ひろ

Death Marching to the
Parallel World Rhapsody

Presented by Hiro Ainana

口絵・本文イラスト
shri

装丁
coil

C O N T E N T S

Death Marching to the Parallel World Rhapsody 5

テニオン神殿のセーラ

〝サトゥーです。縁というものは不思議です。旅先で出会った人と、思わぬ場所で再会するのはドラマだけではありません。二度目は偶然ですが、それが重なると……運命、でしょうか？〟


「お初にお目にかかります。テニオン神殿の巫女《みこ》セーラと申します」

天使達の奏でる楽曲のような神秘的な声がムーノ城の謁見の間に響く。

まっすぐこちらを見つめる瞳《ひとみ》は芽吹き始めた若葉のような萌黄色《もえぎいろ》。

彼女の淡い色の髪が謁見の間に差し込む陽の明かりを浴びて、金色とも銀色ともとれる不思議な光沢を見せる。

プラチナブロンドの髪というヤツだろうか？

彼女の白い肌によく似合う。

シガ王国の人にしては低めの鼻が素敵なラインを描き、薄くも厚くもない柔らかそうな唇へと視線を促す。

紅の引かれていないはずの口元は艶《つや》やかで、健康そうな少女の魅力にあふれている。

彼女が身にまとうのは白地に金糸と青い糸で丁寧な刺繍《ししゅう》が施された西洋風の巫女服——前にセーリュー市で見たパリオン神殿の巫女オーナさんが着ていたのと似たデザインの服だ。

胸元を目立たせない作りにもかかわらず、年不相応に立派な隆起が服を押し上げて自己主張している。

ナナやカリナ嬢には遠く及ばないが、同年齢の中では大きい方だろう。

中高生くらいの少女を口説く気はないが、五年後の彼女を想像すると頬が緩みそうになる。

横に立つニナ執政官にツンツンと肘《ひじ》で突《つつ》かれて、オレの自己紹介を促されているのに気がついた。

彼女の未来を夢想する内に、他の人達の自己紹介が終わっていたようだ。

ムーノ城の謁見の間に集まった人達の視線がオレに集まる。

ここにいるのはムーノ男爵とニナ女史、セーラ嬢と彼女の護衛騎士達、それから公都のイケメン文官だ。

「はじめまして、セーラ様。私はムーノ男爵の家臣、サトゥー・ペンドラゴン名誉士爵と申します。叙爵を受けたばかりの若輩者ではございますが、なにとぞお見知りおきください」

教育係のユユリナに教えて貰《もら》った定番のセリフで挨拶《あいさつ》をする。

セーラ嬢は微笑みを返してくれたが、彼女の後ろに控える二人の男性騎士は能面のような顔のまま厳つい視線でオレを見下ろすだけだ。

AR表示によるとセーラ嬢はレベル三〇もあり、「神聖魔法：テニオン教」「神託」「瞑想《めいそう》」「悪意感知」のスキルを持つ。

その彼女を護衛する二人の騎士のレベルも、金髪を短くカットした神殿騎士のケオン・ボビーノ卿《きょう》がレベル三一、燃えるような赤毛の近衛騎士のイパーサ・ロイド卿がレベル三三と揃《そろ》って高い。

その後ろに控えるオーユゴック公爵領のイケメン文官のレベルは一二と普通の値だ。

セーラ一行は魔族に襲われたムーノ男爵領の治安回復や復興支援の為に来てくれたそうだ。

城外の広場には騎士八名、神官四名、兵士三〇〇名、荷馬車四〇台の大所帯が待機している。

これだけの戦力があったらムーノ城を落とせそうだ。

お人好しのムーノ男爵はともかく、辣腕《らつわん》のニナ女史が入城させたからには友好的な相手なのだろう。

「それにしても、公爵閣下がよく可愛い孫を領外へ出す許可を出したね」

「家を出た私《わたくし》は公爵家とは関係ございません」

ニナ女史の言葉にセーラ嬢が可憐《かれん》な笑みのまま答える。

ＡＲ表示にはセーラ嬢の家名が出ていないが、詳細情報によるとニナ女史の言うようにオーユゴック公爵の直系の孫に当たるらしい。

「神殿もそうさ。貴重な神託の巫女をよく危険な旅に出したもんだね」

「巫女長様が後押ししてくださいましたから」

――――ん？

セーラ嬢の言葉に少し引っかかりを感じたが、それが何かを把握する前にオレの興味は他に移った。

「テニオンの聖女様は淑《しと》やかなくせに豪胆なのは相変わらずのようだね」

ニナ女史とセーラ嬢で呼び方が違うが、巫女長と聖女は同一人物らしい。

噂の聖女様か――てっきりセーラ嬢が聖女かと思っていたけど違うみたいだ。

このセーラ嬢以上となると、聖女様はどれほど神々《こうごう》しいんだろう。オレの貧困な想像力では聖女様の姿を予想する事もできない。

公都に寄ったら、遠くからでもいいから是非ともお目にかかってみたいものだ。

「それに巫女長様がやり残した『死者の王』の呪いの痕《あと》を清める役割もありますから」

「聖女様の体調が思わしくないのかい？」

「はい、最近では神殿の聖域からお出になられないほどなのです」

聖域っていうのが良く判らないけど、病院の集中治療室みたいなモノかな？

高位の神聖魔法で何でも癒せそうなイメージがあるけど、魔法も万能というわけではなさそうだ。


「――というわけさ。最後は仮面の勇者様や森巨人《フォレスト・ジャイアント》達が魔族の軍勢を蹴散《けち》らしてくれたんだけど、ペンドラゴン士爵達がいなかったら援軍が来る前に城を落とされてたね」

場所を応接間に移し、ニナ女史がセーラ嬢達にこの間の魔族襲撃事件を語っていた。

この部屋にいるのはオレとムーノ男爵、男爵の執政官のニナ女史、それからセーラ嬢と公爵領から派遣された騎士二人、イケメン文官の合計七名だ。

「その若さで魔族と相対し、無傷で生き残るどころか倒してしまうとは素晴らしい武勇だ。我が騎士団に欲しいくらいだよ」

近衛騎士がオレを褒める。

褒められるのは嬉《うれ》しいが、取って喰《く》いそうな笑顔は怖いから止めて欲しい。

「俄《にわ》かには信じられぬ。こんな若者が魔族を倒しただと？」

「ケオン卿、口が過ぎるぞ」

厳つい顔を更にしかめた神殿騎士の言葉を、近衛騎士が窘《たしな》める。

「たとえ下級魔族でも騎士中隊が半壊する覚悟で挑まねば勝てぬような相手なのだぞ？　それを女子供だけで？　ありえん！」

「どうやら神殿騎士殿はあたしの言葉が信じられないようだ――」

神殿騎士の発言が気に障《さわ》ったのか、ニナ女史の口調が変わった。彼女の場合、丁寧な言葉になる時は相手を攻撃しようとする時だ。

「ケ、ケオン卿！」

そこに蒼白《そうはく》な顔色になったイケメン文官が場を治めようと立ち上がる。

「ニナ様、申し訳ありません、彼も悪気がある訳ではないのです。ど、どうかお怒りをお収めくださ い」

今のオレの姿は一五歳の華奢《きゃしゃ》な少年だ。信じられないのも無理はない。

だが、こういう雰囲気は好ましくない。

「騎士様のお言葉はもっともです。ですが、私一人の力ではありません。魔族を一時的に弱体化させる秘宝《アーティファクト》や頼もしい仲間達の助力があっての事です」

「なるほど、そんな秘宝が！」

オレの説明にイケメン文官がわざとらしいほど過剰に感心したような声を上げる。

なかなか苦労人のようだ。オレもその流れに乗り、森巨人の長《おさ》から預かった秘宝「魔封じの鈴」の事を説明して先ほどの神殿騎士の発言をうやむやにするのに協力した。

イケメン文官とのタッグで危機的状況を乗り切り、話題は仮面の勇者と魔族の戦いへと移行した。

「ヒ、ヒュドラと同化⁉　亜竜を乗っ取るなど下級魔族では不可能だ」

「中級魔族、ですね……」

近衛騎士とセーラ嬢がそんな感想を告げる。

オレのマップ検索では下級魔族となっていたが、その事は伏せておこう。

「それで、魔族は何が目的でこの領地を襲ったのだ？」

遠慮のない詰問口調で神殿騎士が尋ねる。

この人は公都のボビーノ伯爵という上級貴族の係累のせいか、発言がいちいち偉そうだ。

その不遜《ふそん》な物言いにニナ女史が鋭い視線を返す。

ニナ女史の代わりに質問に答えたのはムーノ男爵だった。

「うむ、『魔族の目的は魔王の復活ではないか』と仮面の勇者様の手紙に書かれてあった」

その手紙は事件の後に、魔族の企みを伝えるためにオレが書いた物だ。

「な、なんと！」

「それは一大事ではないか！」

ムーノ男爵のショッキングな言葉に二人の騎士が立ち上がる。

イケメン文官は真っ青な顔で声も出せないようだ。

どうやら「魔王」という単語にはそれだけのインパクトがあるようだ。

「お二人とも落ち着いてください」

セーラ嬢が楚々《そそ》とした声で二人を窘める。

落ち着いた様子のセーラ嬢だが、血色の良かった顔から血の気が引いているのは隠せていない。

「し、しかし！」

「落ち着いている場合ではありません！」

「それでもオーユゴック公爵をお守りする近衛騎士とテニオン神殿を守護する神殿騎士ですか？

ムーノ男爵がこれだけ落ち着いておられるのです。恐らく復活の企みは阻止されたという事で宜《よろ》しいのですよね？」

セーラ嬢が凛々《りり》しい声で二人の騎士を諭すように告げた後、ムーノ男爵に同意を求める。

「うむ、その通りだとも。魔族の企みは仮面の勇者様によって阻止された」

「魔族はどのような企みを？」

近衛騎士は落ち着いたように椅子に腰掛けなおしたが、神殿騎士はまだ納得がいかないらしく質問を重ねた。

「魔族は人々を虐《しいた》げて領内から負の想念を『邪念壷《カオス・ジャー》』という呪具に集めていたそうだ。その呪具を勇者様が魔族と一緒に破壊してくださったのだ」

「邪念壷――。そうか、破壊されたのですね」

神殿騎士がホッとしたように深く息を吐く。

その吐息が、オレには復活を阻止された魔王の嘆きのように感じられた。


応接間での会談を終え、これからは事務方の仕事が始まるそうで、ニナ女史とイケメン文官の二人が執務室に向かった。

オレはセーラ嬢に頼まれて城内や市内を案内する事になっている。

騎士二人はそれぞれ仕事があるとかでセーラ嬢の傍らから去り、彼らに代わって若い男女の神殿騎士がセーラの護衛に就いた。この二人は共にレベル一三しかない。

神殿騎士の男性の方がヒース、女性の方がイーナという名前らしい。短い付き合いになりそうだし、男性騎士、女性騎士という覚え方で良いだろう。どちらも公都の下級貴族出身だ。

「どちらにご案内いたしましょう?」

「まずはムーノ市のテニオン神殿に案内して戴《いただ》けますか? その後に市内の養護院の慰問に伺いたいのですが宜しいかしら?」

神殿は判るけど、高位貴族のお嬢様が養護院の慰問に行きたいとは珍しい。

現代日本と違ってシガ王国の養護院は低予算で衛生観念が薄いので、あまり清潔な場所とは言いがたいのだ。それにムーノ市内には養護院が存在しない。

「申し訳ありませんが、テニオン神殿はともかく養護院にご案内するのは不可能です」

「どうしてでしょう? どのような環境でも私は忌避したりいたしませんよ?」

「いえ、そういう理由ではありません――」

オレは魔族が化けた前執政官が二年前に市内の養護院を閉鎖した、という話をセーラ嬢に告げる。

「では、子供達は……」

おっと、話す順番がまずかったみたいだ。セーラ嬢が心配そうに表情を曇らせてしまった。

「ご安心ください。子供達は城内で保護しています」

保護したのは魔族襲撃事件後でつい最近の話なのだが、その辺の事情は別に話さなくても良いだろう。

市壁沿いの区画整理で住む所を失った住民二〇〇〇人が城内の空き兵舎で暮らしていたのだが、すでに仮設住宅の方へ移動を終え、現在では子供や老人などの一部だけが城内に残留している。

仮設住宅の者達には区画整理で空いた土地で飢饉《ききん》対策のガボ畑を作って貰《もら》っているのだ。

できれば、もっと美味《うま》い作物を勧めたい所だが、他の作物とガボの実では生産性が違いすぎるので食料事情が改善するまでは如何《いかん》ともしがたい。

「城内に、ですか?」

「はい。宜しければご案内いたします。それとも、最初の予定通りテニオン神殿から向かわれますか?」

「いえ、慰問から行います。案内をお願いいたします」

セーラ嬢が食い気味に言葉を返した。

長旅で疲れているはずなのに、精力的というか焦《あせ》っているような印象を受けてしまう。

まるで余命宣告をされた人が時を惜しんでいるかのようだ――。

馬車に乗るまでもない距離なので、セーラ嬢と歓談しながら子供達のいる区画に向かう。

内壁を越えて兵士達の区画に入った辺りで、兵士達の喚声と勇壮な曲が聞こえてきた。

「あら？　変わった音色……」

「確かに聴き覚えがございませんが、心沸き立つ曲です」

セーラ嬢がお淑やかに首を傾げ、男性騎士がそれに同意する。

流れてくる音色に耳を澄ましながらそちらに向かうと、練兵所の一角に小さな楽師の姿が見えた。

「サトゥー」

リュートを奏でながらこちらを振り向いたのはエルフのミーアだ。本名をミサナリーア・ボルエナンと言う。

年齢は一三〇歳と人の寿命を超えているが、小学生くらいの外見通りの若々しい内面をしている。

ツインテールに結った淡い青緑色の髪の陰から、エルフの特徴である尖《とが》った耳が覗《のぞ》いている。少し肌寒いのか、水色のワンピースに浅黄色のカーディガンを羽織っていた。

「エ、エルフ？　なんでこんな場所に歌姫シリルトーアが？」

「いや、歌姫なら片手は動かないはずだから別人だ」

「二人とも静かに。曲が聞こえません」

騒がしい騎士達をセーラ嬢が叱りつける。

どうやら公都には歌姫シリルトーアという腕の不自由なエルフがいるようだ。

「やあ、ミーア」

「——むぅ?」

オレの挨拶《あいさつ》に頷《うなず》きを返したミーアが、オレの後ろにいるセーラ嬢に気付いて目と口を三角にした。

どうやらご機嫌斜めのようだ。

「初めまして。私はテニオン神殿のセーラと申します」

「ん、ミーア」

セーラ嬢のきちんとした挨拶を聞き流し、ミーアは演奏の手を止めずに素っ気無く名前だけを返した。

「演奏されているのはボルエナンの里に伝わる曲でしょうか?」

「わぐなー」

セーラ嬢の問いに、ミーアは首を横に振って単語で答えた。

ミーアがリュートで奏でているのはワーグナーの「ワルキューレの騎行」だ。

携帯電話の着メロにあったのを一度聞かせただけで、完璧《かんぺき》に耳コピしてしまった。楽器が違うが、そこはミーアが自己流のアレンジを施したようだ。

「ミーアは訓練する兵士達の応援をしているのかい?」

「頼まれた」

ミーアの視線の先には元騎士にして領軍再編を一任されているゾトル卿《きょう》の姿があった。

ちょうど兵士達の試合で審判をしているらしく、こちらには気付いていない。

「次！　ナナ殿とカリナ様の組でリザ殿と対戦だ！」

ゾトル卿が声を張り上げると、兵士達の間から三人の少女達が現れた。

朱色の髪を揺らして最初に入ってきたのは橙鱗《とうりん》族のリザだ。首や手首がオレンジ色の鱗《うろこ》で覆われ、トカゲのような尻尾《しっぽ》がある以外は人族と変わらない。

オレの仲間の中では一番レベルが高くレベル一四もある。

彼女が身に帯びる黒い鎧《よろい》はオレのお手製だ。

ヒュドラの革と堅殻果実《けんかくかじつ》から作られており、鋼鉄製の物よりも格段に防御力が高い。重量は革鎧よりやや重い程度なので、リザの俊敏さを損ねることも無い。

自慢の一品だが、ヒュドラの革も堅殻果実の殻も黒系なので、装着者が威圧的に見える欠点がある。

「ねぇ、あの亜人の持つ槍《やり》を見てみなよ」

「魔物の部位を使った武器か……珍しいな」

「元迷宮探索者か元魔狩人《まかりゆうど》のどちらかね」

神殿騎士達がリザの魔槍《まそう》を見てそんな会話を交わした。

迷宮探索者は判るが、魔狩人とはまた強そうな名前だ。晩餐《ばんさん》の時にでも魔狩人について教えて貰《もら》おう。

「マスター」

リザに続いて試合スペースに入ってきたナナがこちらに気付いて大きく手を振る。手の動きに合わせて金色の髪と豊かな胸が一緒に揺れた。

オレをマスターと呼ぶ彼女はリザと同じ鎧を着ている。ナナはスレンダーなリザと違って胸が大きいので、堅殻果実の加工に苦労した。

「リザ、あそこからマスターが観戦していると報告します」

ナナに教えられたリザが凛々しい顔でこちらにお辞儀をした。

ナナは高校生くらいの人族にしか見えないが、彼女は人工的に作られたホムンクルスで、製造されてから一年も経過していない。

感情表現や言葉遣いが下手なのも仕方ないだろう。

「人成りの護符」という隠蔽《いんぺい》アイテムがあるので、鑑定などでもホムンクルスという素性がバレる危険性はない。

ムーノ男爵領を訪れてからの戦闘で常に盾役を務めたおかげか、レベル一〇まで上がっている。

最後に試合場所に入ってきたのはムーノ男爵の次女カリナだ。

彼女は兵士達の上を宙返りして飛び越えての派手な登場をした。

この特撮のような人間離れした跳躍力は、彼女の装備する秘宝にして「知性ある魔法道具《インテリジェンス・アイテム》」のラカによる「超強化付与」という名前の身体強化のおかげだ。

色の濃い金色の縦ロールの髪をなびかせ、ナナの横に並ぶ。

カリナ嬢のレベルは八しかないが、森の中で行き倒れていた頃に比べたら十分な成長と言えるだろう。

「すごい……」

「モゲちゃえばいいのよ」

男性騎士の感嘆の声と女性騎士が漏らした怨嗟《えんさ》の声がオレの耳に届いた。

おそらく圧巻とも表現すべきカリナ嬢の魔乳《まにゅう》への感想だろう。彼女と並ぶとEカップもあるナナの胸が小さく見える。

「――はじめ！」

ゾトル卿の合図と共に下段に槍を構えていたリザが、大盾を構えたナナに突撃する。

リザの槍がナナの大盾に届く前に、透明な魔法の「盾《シールド》」が槍を阻む。

「ふむ、大盾の娘は術理魔法使いか――杖《つえ》無しという事は触媒は指輪あたりか」

男性騎士がナナを批評する。

残念ながらナナの使ったのは術理魔法ではなく、ホムンクルスの持つ「理術」という種族固有技能だ。

術理魔法と違って詠唱が必要ないのが利点だが、最初から用意《プリセット》された術しか使えないのが欠点だ。

追加インストールには専用の施設が必要らしい。

また、使用時には額に魔法陣が現れるので、今回装備しているような兜《かぶと》などで隠さないと悪目立ちしてしまう。

「巻き髪の娘は……青い光ですって？」

「まさか聖鎧の一種か?」

ナナの陰に身を隠したカリナ嬢を見て、騎士達が驚きの声を上げた。

『カリナ殿!』

「はい、ラカさん!」

渋い男性の声をしたラカに促されて、カリナ嬢がナナの陰からリザに奇襲をかけた。

ラカのコア・パーツから漏れる青い光が軌跡を残し、彼女の動きをオレに教えてくれる。

「速い! なんだあの動きは!」

人間離れしたカリナ嬢の奇襲を迎撃すべく、リザが槍を片手で大振りに薙《な》いで威嚇する。

そこにナナが援護の「魔法の矢《マジック・アロー》」を放った。

おいおい、練習試合で攻撃魔法を使うなよ。ナナには後で注意をしないと。

「おおっ、なんて速い詠唱だ!」

「嘘でしょ、あれを防げるの?」

リザが地面に倒れこむように身を伏せて「魔法の矢」を避ける。

体勢を崩したリザに、ナナが大盾を打ち付けるシールド・バッシュを仕掛けた。

盾の位置が少し高い。それに――。

ズバンッと重い音を残して盾に打ち据えられた人物が試合場を転がっていく。

「あら、同士討ちか……」

女性騎士が呟《つぶや》いたように、ナナのシールド・バッシュの餌食となったのは連係を考えずに飛び込んできたカリナ嬢だった。

ラカの作り出した白く光る鱗状の小盾が幾つか砕けて散っていく。

「大丈夫でしょうか？」

「大丈夫ですよ。ほら、元気に立ち上がったでしょう？」

クリーンヒットしたカリナ嬢を気遣うセーラ嬢に微笑を返す。

ラカの防御力はかなりのもので、レベル二〇の下級魔族の攻撃を受けても装備者に怪我一つ負わせないほどだ。

今の所、オレ以外でラカの防御を打ち破った者はいない。

三人の戦いは終始リザの有利で進んでいる。

その原因はレベル差ではなく、ナナとカリナ嬢の連係の悪さだ。

ナナは理術が使えカリナ嬢はラカの超強化があるので、レベル差による不利は言い訳にはならない。

やがてナナが戦闘不能判定をされ、リザ対カリナ嬢の対決となった。

魔槍から赤い残光を曳《ひ》きながら、リザが渾身《こんしん》の突きをカリナ嬢に放つ。

「——魔刃《まじん》？」

「いや、成りかけだな……」

騎士達の言葉が気になったので振り返って尋ねてみた。

「成りかけですか？」

「ああ、あの娘《むすめ》は魔刃をものにしようとしている。私の先輩が魔刃を覚える半年ほど前に、あのように魔力の残滓《ざんし》を曳きながら戦っていた」

なるほど、よい情報だ。

たぶん、今のリザは魔刃スキルを覚えるためのスキルポイントが足りていない状況なんだろう。

旅に出たら魔物と戦う役は優先的にリザに回すとしよう。

そんな事を考えている内に三人の戦いは終わり、ゾトル卿から試合の反省点などを指摘されている。

オレは仲間達に手を振ってその場を離れ、セーラ嬢の案内の続きに戻った。


「先ほどの巻き毛の方はムーノ男爵のご令嬢だったのですか⁉」

「はい、先日のムーノ市防衛戦でも最前線でご活躍でした」

神殿騎士達との会話の中でカリナ嬢の素性を話したら、セーラ嬢が酷く驚いていた。

「まるで姫様の姉君のリーングランデ様のようですね」

「姫様はやめなさい。そうですね……姉上も公爵令嬢でありながら戦闘訓練が好きでした」

「魔法もですよ！　王立学院で失われた二系統の魔法を復活させたり、セリビーラの迷宮で『階層《フロア》の主《マスター》』を倒してみせたり、極めつけは当代の勇者様に請われて従者になってしまうんですから！」

女性騎士がキラキラした目でセーラ嬢のお姉さんの功績を語る。

彼女の話が全て真実なら、セーラ嬢のお姉さんは常人離れしたすごい人のようだ。

セーラ嬢はお姉さんに隔意があるのか、褒め言葉に無反応だ。

よく見ると指が白くなるほど手を握りこんでいる。

まるで爆発しそうな感情を抑え込んでいるかのようだ。終始穏やかな表情の下には激情家の側面があるのかもしれない。

そんな彼女の内心の葛藤《かっとう》を考察していると、元気一杯の声が前方の兵舎の二階から聞こえた。

「あ！　ご主人様なのです！」

窓から身を乗り出してぶんぶんと手と尻尾を振っているのは犬耳犬尻尾のポチだ。

保護している子供達と一緒に兵舎の掃除を担当していたので、白いシャツに黄色いショートパンツの動きやすい格好をしている。胸元の蝶《ちょう》のようなリボンタイがチャームポイントだ。

メイド達に散髪して貰った茶色の髪は綺麗《きれい》なボブカットになっていて、ポチの可愛さが増している。

「ほんとだ～？」

ポチの後ろから猫耳猫尻尾のタマがピョコンと顔を出した。

真っ白なショートヘアがふわりとゆれる。スポーティーな外見と違って可愛らしい装飾が好きなタマはピンク色のキュロットスカートを穿《は》いている。上はポチと同じ白いシャツだ。

ポチと同じようなリボンタイを付けているが、こちらはレースで縁取られている。

「――耳族？」

二人の姿を見たセーラ嬢が小さな声で驚くのが聞こえた。

どうやら、オーユゴック公爵領でも猫耳族や犬耳族は珍しいようだ。

窓の向こうに首を引っ込めたタマとポチがしばらくして兵舎の入り口から駆け出てきた。

両手で何かを包んでいるようだ。

「掃除は終わったのかい？」

「あい～」

「終わった後に皆で屋根裏の探検をしていたのです」

二人が褒めて欲しそうな顔で胸を張る。

オレが「偉いぞ」と二人の頭を撫《な》でて褒めると、「にへへ」とくすぐったそうに目を細めた。

「ところで、二人とも何を持っているんだい？」

オレが問いかけると、二人が両手で包み込んでいた物をオレの前に差し出す。

「えもの～？」

「ご主人様、見てなのです！」

横にいたセーラ嬢も、オレに釣られたのか一緒に二人の手元を覗《のぞ》き込む。

「きゃっ！」

セーラ嬢から可愛い悲鳴が上がり、オレの右腕になかなかボリューミーな肢体が押しつけられた。

やはりオレの予想通りCカップ当確らしい。もしかしたらDカップ目前かもしれない。

セーラ嬢は二人が手に持っていたネズミに驚いたようだ。

「セーラ様に無礼であろう！」

後ろにいた女性騎士が怒声を上げて抜刀する音が聞こえた。

「お待ちください」

オレは二人を庇《かば》うように振り返って、彼女の前に自由な方の手を伸ばして制止する。

腕に抱きついたままだったセーラ嬢を、胸元に抱き込むような形になってしまったのは不可抗力だ。

ラッキースケベ神のご加護に違いない。

「この不埒《ふらち》者め！　セーラ様から離れろ！」

激高した女性騎士がオレの頭部目掛けて剣を振ってきた。

剣の腹で殴る気のようだが、鋼鉄の塊をこの勢いで食らったら普通は大怪我だ。

オレは命中ギリギリのタイミングで膝《ひざ》を曲げて剣を避ける。

「あんっ」

避けた拍子にセーラ嬢の胸元へと顔がぶつかったのは、天地神明にかけて意図しての事ではない。

一瞬だけ顔を包んだ幸福感を振り払い、オレはセーラ嬢から体を離し彼女に真摯《しんし》に謝罪する。

「失礼しました、セーラ様」

「は、はい……不可抗力ですもの、気にしていません」

セーラ嬢は少し頬を染めただけで許してくれたが、彼女の従者はそんなに甘くないようだ。

「セーラ様、私《わたくし》の後ろへ」

女性騎士がセーラ嬢の前に立ち、剣をこちらに向ける。

「イーナ、剣を納めなさい」

「しかし……」

「剣を納めろイーナ」

「――はい」

セーラ嬢と男性騎士から命じられて、女性騎士が渋々剣を鞘《さや》に戻した。

「ご主人様、ポチとタマは何か悪いことをしたのです？」

「ネズミを嫌いな人もいるから、他の人のいる所で急にネズミを見せたらダメだよ？」

オレは涙目の二人に分かり易くダメだった点を教え諭す。

「わかったのです。驚かせてごめんなさい、なのです」

「ごめんなさい」

二人が反省した顔でペコリと謝ると、セーラ嬢は優しく微笑んで謝罪を受け入れてくれた。

兵舎の入り口から、タマやポチと一緒に掃除していた子供達が顔を出してこちらを覗《うかが》っている。

「驚かせてしまいましたね。もう大丈夫ですよ」

それに気付いたセーラ嬢が優しく呼びかけると、子供達が一人、また一人と兵舎の外に出てくる。

「ししゃくさま、そうじしたよ」

「キレイにしたの」

「がんばったよ」

小学生低学年くらいの子供達が次々とオレの周りに群がってきた。

オレは「皆偉いぞ」と褒めて、ポケット経由でストレージから取り出した甘い焼き菓子を一個ずつプレゼントしていく。仕事を頑張ったご褒美だ。

掃除を終えた子供達と一緒に、彼らが暮らしている兵舎へと向かう。

先ほどこの子達が掃除していた兵舎は、オーユゴック公爵領から来た兵士達の滞在用だ。

「ここでの暮らしは楽しいですか？」

「うん！　ちゃんと朝晩食べられるんだよ！」

「たまに干し肉も食べられるの！」

セーラ嬢の問いに年長の子達が元気よく答える。

もう少し良い物を食べさせてやりたい所だが、オレ達がムーノ男爵領を去った後の事を考えて過剰に子供達の生活レベルを上げるのは自重しておいた。

ご褒美に美味《おい》しい物を差し入れるくらいは大目に見て欲しい。

彼らの居住兵舎まで来ると、蒸した魚と香草の匂いが流れてくる。

「いいにおい～？」

「ササカマの匂いなのです」

「ササカマとはどのような物でしょう？」

タマやポチの言葉がイメージできなかったのか、セーラ嬢が助けを求めるような視線をオレに向けてきた。

「魚のすり身を香草と一緒に蒸してから小さな板状に焼いた品です」

上流で食べた魚と違ってムーノ市前の川で獲った魚は泥臭かったので、香草と一緒に蒸してから小判状に成形した練り物だ。本家の笹蒲鉾《ささかまぼこ》との類似点は形だけだが、アリサの命名が浸透してしまったのでそのままにしてある。

ササカマ作りは食料事情の改善とムーノ市の特産品作りの一石二鳥を狙った物だ。

セーラ嬢に説明しているうちに、兵舎の横のスペースでササカマを作る女性達の姿が見える場所までやってきた。

女性達の中心でササカマ作りの指導をしていたメイド服の少女が振り返る。

「ご主人様！」

明るい聴き心地の良い声でオレを呼んだのは、黒髪黒目で日本人顔のルルだ。たぶん、三人くらいルルがいたら、その清楚《せいそ》な美貌《びぼう》で城どころか太陽系だって傾けるに違いない。

藍色《あいいろ》のミニスカメイド服の裾《すそ》をはためかせ、パタパタと駆け寄ってくる。メイド服はアリサと一緒に試作した物で、秋葉原辺りで見掛けそうなデザインをしている。

ポチみたいに尻尾《しっぽ》があったら盛大に振られていそうな笑顔だ。

「うわっ、すっっごい不細工」

「止《や》めろ。容姿の罵倒《ばとう》なんて神殿騎士の品位が下がる」

「だってさ——」

オレの後ろで騎士達が駆け寄って来るルルを酷評する。

シガ王国の美醜の基準が日本とは違うらしく、超絶美少女のルルが不細工に見えるようなのだ。

まったく、こんなに可愛らしいのに、実に遺憾だ。ルルに聞こえない声量でなければ謝罪を求めていただろう。

「ご主人様、ゴボウとニンジン入りの試作品ができたんです。試食していただけませんか?」

「ああ、戴《いただ》くよ。ルル、こちらはテニオン神殿のセーラ様だ」

「は、初めまして!」

オレがセーラ嬢を紹介すると焦《あせ》った様子でペコリとお辞儀をした。

こうして西洋風美少女のセーラ嬢と東洋風美少女のルルが並ぶと眼福だ。このままアイドルユニットを結成したら、世界だって獲れそうだ。

「試食する~?」

「ポチも試食するのにヤブカサではないのです」

――ポチ、それは「吝《やぶさ》か」だ。

タマとポチに手を引かれてルルがササカマを焼くスペースに連れて行かれる。

オレはセーラ嬢を促して、他の女性達のいる方へ向かった。

「士爵様」

オレ達が近付くと、ササカマ作りに従事していた女性達の代表がやってきた。

「調子はどうだい?」

「はい、お蔭様《かげさま》で飢える者も寒さに震える者もなく、皆健やかに暮らしております」

この人は元養護院の院長をしていた人で、下町の人とは思えないくらい言葉遣いが丁寧な老婦人だ。

「本日はどういった御用でございましょう？」

元院長がオレの後ろのセーラ嬢や神殿関係者を見て当惑したように尋ねてきた。

「そんなに警戒しなくても大丈夫ですよ。この方達は慰問にいらしたテニオン神殿の方達です」

オレが簡単に説明して、後はセーラ嬢に場を引き継いだ。

「慰問でございますか？　それはそれはありがたい事でございます」

「そんなに畏《かしこ》まらないでくださいませ。病に臥せている方や怪我で働けない方を癒そうと足を運んだだけです。案内していただけますか？」

恐縮する元院長にセーラ嬢が気さくに微笑みかける。

「いえ、その……」

口ごもった元院長がオレの方を振り返る。

「どうかなさいましたか？」

セーラが少し訝《いぶか》しそうに元院長を見る。

「それが、ここには病の者も怪我人もいないのです」

「まさか……傷病者は別の場所に隔離しているのですか？」

誤解したセーラが真剣な顔で元院長に詰め寄った。

「いえ、違います。ペンドラゴン士爵様が――」

「彼が？」

セーラの勢いに元院長がタジタジだ。

「まほーやくで治してくれたの！」

「ミーアさまも、まほーでケガを治してくれたんだよ！」

元院長の代わりにオレの陰から子供達が真相を伝えてくれた。

「魔法薬？」

「まさか、高価な魔法薬を配ったのか？」

騎士達から当惑したような声が聞こえてきた。

「本当なのですか？」

「はい。死を待つばかりだった重病者から骨折で動けぬ者まで、何十人もの者達が士爵様の下賜してくださった魔法薬で癒されたのでございます」

元院長の話だけを聞くとオレが聖人君子のように聞こえる。

彼らを治したかったのは勿論《もちろん》だが、実際のところは完成した各種魔法薬の効果がどれほどなのか確認したかったのだ。

病気の治療薬は症状によって種類が違うので、今回の経験は今後の役に立ちそうだ。

特に症例の多かった性病関係は、よほどの末期でない限り全種類完治可能だ。

「その上、こうして将来自立できるようにと、手に職を付ける為の訓練までしていただいているのです」

「まぁ、なんて素晴らしいのかしら！」

元院長やセーラ嬢から尊敬の眼差《まなざ》しを向けられると、背中がむず痒《がゆ》い。

オレとしては特産品作りの人手が欲しかっただけで、彼女が言うほどの深い考えがあったわけではないのだ。

その居た堪《たま》れない状況を打破する賑《にぎ》やかな声が、兵舎の壁に響き渡る。

「いたー！　ご主人様～」

ゆるふわの紫髪を振り乱したアリサがトタトタと駆けて来た。

ピンク色のワンピースに臙脂色《えんじいろ》のカーディガンを羽織り、両手に白い何かを持っている。

紫色の瞳《ひとみ》がいつにも増してキラキラと輝いている。

「不吉な紫髪？」

「呪われそう……」

アリサの髪を見た騎士達の間でそんな言葉が交わされた。

旅の間は金髪のカツラを被っていたアリサだが、偏見を持つ者の少ないムーノ城では地毛で行動していたのだ。

「迷信で人を見下してはなりません」

騎士達をセーラが叱責する。

「見て！　オニギリをゲットしたの！　ご主人様にも一個あげるね！」

アリサがほらほらとオレの方に白米だけのオニギリを差し出す。

「どこに白米なんてあったんだ？」

オレはオニギリを受け取ってアリサに尋ねる。

「公爵領からの支援物資の中にあったの！　で、さっそく料理長のゲルトさんに炊いて貰《もら》ったからご主人様にも食べてもらおうと捜してたのよ」

興奮した様子のアリサがゼーゼーと荒い息を吐きながら捲《ま》くし立てる。

運動が苦手なくせに城から走って来たらしい。よくオレの居場所が判ったものだ。

「ありがとう、アリサ」

「えへへ〜。ま、幸せは分かち合わないとね！」

オレが礼を言うとアリサが満足そうに微笑んで、オニギリに豪快に齧《かじ》り付いた。

「おいし〜？」

「ポチにも一口分けて欲しいのです」

タマとポチが寂しそうにアリサに尋ねる。

「ごめん、二個しか持って来られなかったのよ。厨房《ちゅうぼう》にあるから、後で貰いに行きましょう」

「あい！」

「はいなのです！」

オレはそんな三人の会話を聞きながら、ひらひらした袖《そで》にオニギリを隠してストレージへと収納した。

久々のオニギリは嬉《うれ》しいが、セーラ嬢の案内中に我を忘れて齧り付くほど恋しい訳でもない。

もっとも、そんな事をアリサに言って、彼女の喜びに冷や水を浴びせるほど無粋じゃないつもりだ。今晩は無理だが明日《あした》の朝にでも、白米に合う日本食でも作ってアリサに振る舞ってやるとしよう。

その後、市内のテニオン神殿を訪問し、下町のスラム街跡地に作ったガボ畑と長屋の建設状況を見学して廻《まわ》った。


その夜、ムーノ城の貴族用食堂で晩餐《ばんさん》が開かれた。

ムーノ男爵領側の参加者は男爵と男爵令嬢のソルナ嬢とカリナ嬢、それからニナ執政官とオレの五名。オーユゴック公爵領からの参加者はセーラ嬢、神官一名、イケメン文官、騎士八人の一一名となっている。

オレはムーノ男爵領側の末席、カリナ嬢の隣に腰掛ける。

オーユゴック公爵領側の方が人数が多いので、オレの反対側の隣には若い神殿騎士達が座る事になった。

「では、オーユゴック公爵とテニオン神殿の繁栄と平和を願って――」

ムーノ男爵の挨拶《あいさつ》と共に乾杯を行い、男爵領では珍しいご馳走《ちそう》が運ばれてくる。

シガ王国ではフランス料理のコースのように一皿ずつ順番に出てくる形式なのだ。

フランス料理のコースと違いシガ王国ではスープ、前菜、サラダ、魚料理、パン、肉料理、デザートという順番になっている。

レシピ作成と下拵《したごしら》えは手伝ったが、仕上げはゲルト料理長達の腕前に任せてきた。

きっと、絶品料理で楽しませてくれるだろう。

最初にスープの深皿が皆の前に並ぶ。

「ねぇ、ヒース。領主の晩餐で塩スープって……」

「黙れ、イーナ。食料不足の男爵領ではやむをえないだろう」

「そうね、どこかからいい匂いがしているし、後の料理に期待しましょう」

オレの隣の女性騎士がその隣の男性騎士と小声で会話するのを聞き耳スキルが拾ってきた。

二人が渋々といった様子で、透明なスープにスプーンを入れる。

そして、スプーンを口に入れた瞬間、二人の動きが止まった。

「——うっま！　何コレ？」

「話しかけるな。私はスープを味わうので忙しい」

女性騎士が驚きの声を漏らし、男性騎士が真剣な顔でスープを口に運ぶ。

そんな光景が部屋のそこかしこで繰り広げられた。

客の反応に口元を綻《ほころ》ばせた給仕のメイド達に、こっそりと親指を立ててやる。

「こんなスープは初めて口にいたしました。これは何と言う料理なのでしょう？」

「ペンドラゴン卿《きょう》、答えてやんな」

驚いた表情のセーラ嬢の質問をニナ女史がオレに振ってきた。

「これはコンソメスープと申します。質素な料理に見えますが、様々な具材の旨みを溶け込ませた究極のスープなのです」

どこかのグルメ評論家のような言葉で説明する。

うろ覚えの記憶を頼りに、ムーノ城のゲルト料理長と一緒に再現したスープだ。

本来なら琥珀色《こはくいろ》になるはずなのに、どのステップを間違えたのか透明なスープになってしまったのだ。

調理時間を短縮する為にミーアの水魔法を使ったのが悪かったのか、旨みを抽出するのに錬成を使ったのがマズかったのかどちらかだろう。

見た目が塩スープな点以外は問題ないので、あまり本来の姿に戻す気はない。

「ねぇ、おかわりってできないのかな?」

「マナーとしては問題ないけど、実際にしている人は――」

隣の若手騎士達の会話が聞こえてきた。

女性騎士はよほど気に入ったのか、壁際で待機する給仕を呼びつけてスープのおかわりを頼んでいた。

それに触発されたのか他の客達もおかわりを頼み、それはスープがなくなるまで続いてしまった。

前菜はササカマとチーズを使ったオードブルで、サイドにフライドポテトとポテトチップスが配されている。ポテトチップスの独特の食感が受けていた。

なお、ササカマとチーズの組み合わせは酒の好きな人達に好評だった。

続くサラダは薄く飾り切りにされたセロリが葉野菜の上に並べられ、千切りにされた大根が鳥の羽のように配置されている。

給仕達に、サラダにかけるソースの種類について質問する声が聞こえる。

今回のソースはムーノ城で大好評だったマヨネーズとタルタルソースに加え、シガ王国で一般的に使われている酸味を抑えた甘いオレンジソースの三種類を用意してみた。

保守的な大人はオレンジソースを選んでいたが、大抵の人は三種類を少しずつ掛けるように給仕に指示していた。

「この白いタレいいね。野菜が美味《おい》しく感じたのは初めてよ」

「こっちの野菜はなんだろう？　白くて透き通っていて、初めて食べる食感だ」

「ふ〜ん、ちょっと辛いのが白いタレに合うわ」

騎士達がサラダを食べながら、そんな会話を交わしている。

「ダイコンだと⁉」

給仕のメイドと話していた神殿騎士のケオン卿が驚きの声を上げた。

大根サラダを選んだ時に「公都では大根を毛嫌いしている人もいる」とゲルト料理長が言っていたのを思い出した。

「ダイコンなの？　全部食べちゃったよ」

「ダイコンを食べたらオークが来るなんて迷信だ」

「でも、ダイコンよ？」

「初めて食べたけど美味《うま》かった。イーナの口には合わなかったか？」

「そりゃ、美味しかったけどさ」

騎士達の会話を聞く限りでは迷信深い人達が大根を毛嫌いしているようだ。

文句をつけてくる人はいなかったが思ったよりも激しい反応だったので、公都の人に料理を振る舞う時に大根を使うのは止めておこうと思う。

今回は良い魚が獲れなかったので、魚料理のポジションにはテンプラを出してみた。

エビ天をメインに、野菜三種のテンプラを添えた。

タレはノーマルな天つゆだ。塩も良いが、ここは天つゆ一種類に絞ってみた。

「この黄色いもこもこしたのはどういう料理かな？」

「判らないが、たぶん美味いと思う」

騎士達の信頼を勝ち取れたようで、ちょっと誇らしい。

オレは客達の反応を見ながらエビ天を口に運ぶ。

最初は天つゆを軽くつけて食べる。

さくさくの衣を回り込んで甘いつゆが舌の上を撫《な》でてゆく。

そのまま噛《か》み進めると弾力のあるエビの身がぷりぷりと歯を楽しませる。

ぷつんと噛み切り、咀嚼《そしゃく》する。

二つの食感が口の中で混ざり合い、つゆを交えて三つの味が舌の上で溶け合う。

まさに至福。

二口目は天つゆにどっぷりと漬けて、じゅくじゅくになった衣を楽しむ。

人によっては顔を顰《しか》めるが、この濃い味も天ぷらの醍醐味《だいごみ》の一つだと思う。

大葉そっくりな葉っぱのテンプラも受け入れられたようで安心した。

「葉っぱを食べさせるとは何事だ！」と言われないかと内心ヒヤヒヤだったのだ。

そしてメイン料理は毛長牛のカツレツだ。

それも大きなカツレツではなく、一口サイズにして色々と工夫を凝らしてみた。

ノーマルな味が三個、唐辛子の粉末を塗したのが一個、最後にチーズと一緒に揚げたのが一個だ。

ちゃんと区別が付くように種類別にコロモの色を変えてある。

ソースはとろりとしたトンカツソースを用意した。完成したばかりの逸品だ。

「これもサクサクで美味しい」

「うん――辛いっ」

「辛い？　こっちの少し赤いヤツ？」

「辛いが美味い。この少し黄色いのはチーズがとろりと出てきてびっくりするぞ」

「先に言わないでよ。このサクサクとチーズのとろとろが癖になるわ」

騎士達の会話を聞いていると、こちらまで楽しくなってくる。

揚げ物続きでくどいかと思ったが、ゲルト料理長達の「大丈夫です」という言葉通り問題なかったようだ。

揚げ物のおかわりは残念ながらない。毛長牛の肉が希少だったのだ。

「まあ！　最後はパンケーキですね」

「ほう、王都で流行というパンケーキですか」

セーラ嬢が生クリームでデコレーションされたパンケーキを見て嬉しそうな声を漏らした。

横に座るイケメン文官も嬉しそうだ。

「この白いのってさっきの？」

「あの白いタレはパンケーキに合わないと思うが……」

「食べたこと無いわよ、パンケーキなんて」

下級貴族クラスでも食べられないのか？　卵が高いとかかな？

「美味しいっ、これ凄《すご》く美味しいわよ」

「本当だ。王都で食べたのより美味いし、二重になっていて間に薄切りにした果物を挟んであるみたいだ」

「上の白いのってどうやって作るんだろう。これだけでもお土産にしたいわ」

「甘くて美味い。グルリアン市の銘菓と合わせたらもっと美味しいお菓子が作れそうだ」

好評なようで良かった。

男性騎士の言っていた銘菓は是非とも食べに行きたい。

オレは公爵領の予定メモに「グルリアン市で銘菓を食べる」と付け加えた。

こうして晩餐は招待客達の満足そうな吐息と数々の賛辞を浴びて終了となった。

この後、ムーノ男爵の誘いで男性陣はサロンで談話という名の飲み会に移行し、女性陣は男爵家長女のソルナ嬢の誘いで応接室でお茶会となった。

サロンは開始一時間ほどで混沌《こんとん》とした様相を呈してきた。

「――ペンドラゴン卿！　貴殿は我がロイド家に仕えるべきだ！」

「ちょいと、イパーサ卿。我がムーノ男爵領の第三位貴族を引き抜くなんて、この『鉄血』ニナの目の黒い内は決して許さないよ？」

オレが第三位なのは爵位持ち貴族が領内に三人しかいないせいですけどね。

食通一家のイパーサ卿がオレを家臣にと口説くのはこれで四回目、ニナ女史が乱入してから三回目だ。

愛想笑いを浮かべながら二人の会話を聞いていると後ろの席からくいっと肩を引かれた。

「聞いておるのか、ペンドラゴン卿」

「ええ、聞いてますとも」

「魔族と戦うなど、生涯に一度あるかどうか……。貴殿はその幸運に与《あずか》り、私にはそんな幸運が訪れなかった。貴殿との差はそれだけだ。判ったか？」

いや、そんな幸運は一生涯不要です。

欲しいと言うなら、そんな巡り合せは熨斗《のし》を付けてプレゼントしてあげたいくらいだ。

だが、口にしたのは別の言葉だ。我ながら実に日本人らしい空気の読み方だ。

「ええ、その通りです」

「いいや、貴殿は判っていない――」

「ケオン卿、飲みすぎだ」

「ペンドラゴン士爵はこちらへ」

絡み上戸のケオン卿から神殿騎士の二人がオレを助け出してくれる。

若手神殿騎士のなんとか卿がオレを連れて、部屋の端でイケメン文官と勇者談義を繰り広げるムーノ男爵の所へ避難させてくれた。

「――の書によると、王祖ヤマト様は退位後もミックニ公爵として諸領の不正を暴き、世直しの旅を続けていたという説があるのをご存じですか？」

「うむ、知っておるとも」

「おお！　さすがは勇者研究の第一人者！　平民しか知らぬような物語をご存じとは！」

「照れますな。しかし、世間では王祖ヤマト様が迷宮下層で『骸《むくろ》の王』や『吸血鬼の真祖』を調伏し、最後に『鬼族の王』と戦って命を落とした物語『セリビーラの深遠』が有名すぎて、そちらの世直し話は平民にしか知られていないのが悔しいですな」

「貴族や騎士は手に汗握る戦いの話が好きですから」

……どこまで実話か判らないが、王祖ヤマトはなかなか波乱万丈の人生を謳歌《おうか》していたようだ。

二人の話が切れたタイミングで声を掛ける。

「お話を聞かせていただいて宜しいですか」

「これはこれはムーノ市防衛戦の英雄に聞いていていただけるとは恐悦至極」

イケメン文官は酒に弱いらしく、言葉遣いが変になってきている。

――というか、誰が英雄だ。

「王祖ヤマト様の話なら、男爵閣下とも論戦を繰り広げられると自負しております。なんでもお聞きください」

いや、質問があるわけじゃなくて、勇者のお話を面白おかしく聞きたかっただけなんだけど。

子供のように胸をはるイケメン文官に違うと言い出せなくて、適当な質問をしてみた。

「王祖ヤマト様が戦った魔王とはどんな相手だったのですか？」

「『黄金の猪王』ですね」

——黄金？

下級魔族が言っていた「黄金の陛下」とやらの事だろうか？

復活とも言っていたし、過去に出現した魔王が蘇《よみがえ》る可能性も考慮に入れて、ちゃんと話を聞こう。

「黄金に輝く身体は聖剣さえも弾き返し、両手に持った柳葉刀は二人の勇者を屠《ほふ》った、そう伝えられている魔王の中の魔王です。王祖ヤマト様でさえ二度敗退し、三度目に天竜の協力を得てようやく勝てた最強といわれる魔王ですよ」

水を得た魚のようにイケメン文官がスラスラと話してくれる。

酔っ払いの話がどこまで正確か判らないが、今の話だと勇者が三人もいた計算になる。

聖剣も弾き返したって事は無敵状態とかがあるのかな？

「ふむ、その見解には異議がある。最強というなら神話の時代に世界中の神殿を壊して廻《まわ》った『狗《く》頭《とう》の魔王』か、パリオン神が勇者召喚を竜神に願った『ゴブリンの魔王』ではないだろうか？」

「ふむふむ、『ゴブリンの魔王』はエルフ達の光舟すら沈め、神にさえ排除されなかった大魔王。

そちらは判ります。ですが！　『狗頭』には異論がございます」

「だが、各神殿の聖典では神敵と記される程ですぞ？」

「ええ、強いという点には異論はございません。ですが、かの『狗頭』は魔王ではなく、魔神の眷《けん》属《ぞく》。そう、『狗頭の邪神』と呼ぶべき存在だと小官は考えるのであります」

語り口調が更におかしくなったイケメン文官が、頭をふらふらさせながら語ってくれた。

うん、そういう無闇に強そうな敵の情報はいりません。

変なフラグが立ったら、次々に復活してきそうで怖いじゃないか。

特に「狗頭」さんとは絶対に会いたくないね！

そうだ話を変えよう——。

「王祖ヤマト様はどのくらいのレベルか、記録に残っていないのですか？」

「諸説ありますが、先ほどの『セリビーラの深遠』だとレベル八九という超人的な階位まで上り詰めたとあります」

「ふむ。しかし、歴代の勇者でレベル七〇を超えた者がほとんどいない以上——」

「ムーノ男爵ともあろうお方が、サガ帝国の初代勇者がレベル八八だったから、それに対抗して後の世のシガ国王が捏造《ねつぞう》したという説を推しておられるのか⁉」

国家間の見栄の張り合いは異世界でもあるようだ。

二人の会話がヒートアップしてきたので、タイミングを見計らって別の話題を振りなおす。

「王祖ヤマト様の聖剣のお話をしていただけますか？」

「王祖様がお作りになられた聖剣ジュルラホーンの事ですか？」

王祖が作ったのか……。多芸すぎて嘘っぽい人だ。

オレの持つ聖剣のレシピの出所が王祖の可能性が出てきた気がする。

「それとも、パリオン神から授けられた『神授の聖剣』の事でしょうか？」

「後者の方でお願いします」

「実は王祖ヤマト様がサガ帝国に勇者召喚された時の逸話はいくつかあるのですが、その時に持っていた聖剣がデュランダルかクラウソラスかで諸説ありまして……」

聖剣デュランダルなら、オレのストレージの中に入っている。

「王祖様が魔王と戦われた時の聖剣の話をお願いできますか？」

「では、聖剣クラウソラスですね！『踊れクラウソラス、一三枚の刃《やいば》となり天空を舞え』という有名な一節がありまして——」

ホーミング機能、分身機能、伸縮機能と信憑性《しんぴょうせい》の薄いとんでも話満載の聖剣の話から、王祖の色々な逸話へとシフトして、イケメン文官が酔い潰《つぶ》れるまで楽しい話が続いた。

今なら勇者ヤマトの大冒険を、一冊の本に纏《まと》められそうな気分だ。

◆

晩餐《ばんさん》の夜から四日が過ぎ、セーラ嬢一行の帰還に合わせてオレ達もムーノ男爵領を出立する事になった。

セーラ嬢一行は既に出発しており、オレ達の馬車は最後の出発となる。

またセーラ嬢一行に同行するのはオレ達だけではなく、カリナ嬢とその側仕え達も一緒だ。

カリナ嬢はムーノ男爵領での魔族騒動の顛末《てんまつ》をしたためた信書を国王に手渡す為の使者として、公都経由で王都へと向かう事になっている。

なんでも、ムーノ男爵領には国王への使者に相応《ふさわ》しい爵位を持つ者がムーノ男爵本人とニナ女史しかおらず、現状ではどちらも領地を離れるわけにはいかない。

その為、次点として男爵令嬢のどちらかを送る事になり、最終的にカリナ嬢に白羽の矢が立ったとの事だった。

都市核《シティ・コア》間通信で国王への報告は終わっているそうだが、領主の名代が直接足を運ぶのが国王への礼儀なのだそうだ。

そんな事を考えていたオレに、御者台の上からルルが声を掛けてくれた。

「ご主人様、そろそろ出発のようです」

ルルの言うようにムーノ城の駐車場から馬車の数が減り、もうすぐ順番が回ってきそうだった。

「サトゥー君、道中くれぐれもカリナの事を頼むよ」

「はい、ボルエハルト市への分岐点まででですが、お任せください」

心配性のムーノ男爵に笑顔で答える。

ボルエハルト市というのはオーユゴック公爵領にあるドワーフ達の自治領の事だ。

ファンタジー世界で超有名なドワーフにはまだ会った事がないので、オレはボルエハルト市への訪問を非常に楽しみにしている。

「カリナ様を送ったら帰ってきてもいいんだよ？」

「そういう訳にはいきませんよ。ミーアをボルエナンの森まで送らないといけませんからね」

ニナ女史の本気とも取れる軽口にそう答えを返す。

彼女には幾人もの有力貴族達への紹介状を書いて貰《もら》った。他にも彼女から配達を頼まれた書簡を何通か預かっている。

「アリサ殿だけでも置いていって欲しいよ。あの子がいないとあたしの仕事が倍になっちまう」

「ダメよ〜。わたしはダーリンの側にいないと生きていけないんだから」

いつの間にか現れたアリサがニナ女史のボヤきに答える。

誰がダーリンだと抗議したい所だが、アリサの妄言はいつもの事なので軽く聞き流す。

突っ込みが欲しそうな顔でこちらをチラチラ見てくるアリサの相手は後回しだ。

それよりも、さっきからゆっくりと近寄って来るメイド達が怖い。

皆、手を胸元に組んで涙目で見つめてくる。

——え〜っと？

誰にも手を出したりしてないはずなんだが、捨てられた子犬のような雰囲気だ。

「士爵様、行かないでください」

ずいっと一歩踏み込んできた赤毛のスレンダーなメイドが、そう叫んで抱きついてきた。

――おしい、もう少しボリュームが欲しかった。

彼女を皮切りに、次々と抱きついて引き止めてくれるメイド達。

中には抱きついた勢いで頬や額にキスしてくる子もいる。オレが幼女趣味《ロリコン》だったら大感激している所だろう。

それにしても、ロリ体形のメイド達が素早すぎて、ボディラインが素敵な大人のメイド達との触れ合いのチャンスを逸してしまった。

後ろから「デレデレすんな」とアリサとミーアのキックが入ったが、スルーしておく。

「士爵様、ずっと居てください！」

「そうです！　士爵様が居なくなったら誰がクレープを作ってくれるんですか」

「クレープなんかよりカラアゲをもう一度！」

「むしろ婿に来てずっとゴハン作ってください」

「タマちゃんだけでも置いていってください！」

「何言ってんのよ！　ポチちゃんの方が可愛いでしょ」

「ミーア様の曲が聞けなくなるなんて嫌ですぅ」

しかし、引き止める理由の半分以上が食べ物か……餌付けしたつもりは無かったんだが、予想以上に彼女達の胃袋を掴《つか》んでいたようだ。

――おや？

両脚に馴染《なじ》みの感触があるので視線を落としたら――タマとポチだった。

オレの脚に抱きついて何がしたい？

二人はキラキラとした目で、くりんと上を見ている。おしくら饅頭《まんじゆう》みたいな新しい遊びとでも思ったんだろうか？

メイド長がパンパンと手を叩《たた》いてメイド達の注意を引く。

「みなさん！　名残惜しいのは判りますが、士爵様が困っておられますよ」

「そうだよ、食堂に士爵様の焼いてくれたパウンドケーキがあるからね。今日の朝の仕事が終わった順に食べに来な」

そこにゲルト料理長の発言が入ると、メイド達が潮が引くように後ろに下がっていった。

——ちょっと寂しい。

「朝飯はマダなんだろう？　士爵様の腕には敵わないが、良かったら食っておくれ」

「ありがとうございます。ありがたく頂きます」

ゲルト料理長から受け取ったお弁当を御者台のルルに渡す。

「そろそろ出発かい？　旅に飽きたらいつでも戻っておいで」

「迷宮都市で一、二年修行したら一度戻ってきますよ」

ニナ女史の言葉に頷《うなず》き、オレも馬車に乗り込む。

「タマ君とポチ君をくれぐれも頼むよ」

ムーノ男爵は娘を嫁に出すような雰囲気で言ってくる。いや、実の娘の時よりも念入りだ。

滞在中はタマとポチを孫のように可愛がってくれていたから別れ難いのも無理はない。

「はい、お任せください」

心配そうなムーノ男爵にそう返す。

「だいじょぶ～」

「ポチはどこでも元気なのです！」

ソルナ嬢から小さな巾着《きんちゃく》に入ったお菓子を貰っていたタマとポチがムーノ男爵を振り返って元気よく答える。

タマとポチを馬車に乗せ、二人と一緒に窓から顔を出してムーノ男爵達に手を振る。

ムーノ男爵達の後ろにはメイド以外の城の使用人達や保護している子供や老人達、何十人もの人達が総出で見送りに来てくれていた。

もちろん、ソルナ嬢に元偽《にせ》勇者《ゆうしゃ》のハウト、それからゾトル卿《きょう》を始めとした兵士達も見送ってくれている。

リザとナナが騎馬で先導し、オレ達の馬車はムーノ城を出立する。

思ったよりも居心地の良かったムーノ市に別れを告げ、オレ達はオーユゴック公爵領へと旅立った。

ドワーフの里へ

〝サトゥーです。子供の頃に読んだ絵本に出てきた小人に、種類があると知ったのは中学の頃です。その本に『ドワーフの女性には髭《ひげ》が生えている』と書いてあるのを見て驚いたのを覚えています。〟


ムーノ市を出発してから五日、ようやくオレ達はボルエハルト市への岐路に辿《たど》り着いた。

大所帯の上に領境の山岳地帯が峻厳《しゅんげん》だったので、思ったよりも移動に時間がかかった。

旅の途中で幾度か魔物の襲撃があったが、オレ達が出る前に同行している騎士や兵隊達が始末してくれていたので一度も出番がなかった。

「では、私達はここで。公都での再会を楽しみにしています」

「はい、公都にいらしたら、ぜひテニオン神殿を訪ねてくださいね」

岐路でセーラ嬢達と別れの言葉――いや、再会の約束を交わす。

「サ、サト……ペンドラゴン卿。どうしても一緒に公都まで行ってくれませんの?」

捨てられた子猫のような目でカリナ嬢が懇願してくる。

相変わらずオレのファーストネームを呼ぶのが恥ずかしいようだ。

「すみません、カリナ様。私にはボルエハルト市までニナ様の書簡を届ける役目があるのです」

オレは無表情《ポーカーフェイス》スキルの助けを借りて表情が緩まないように注意して、カリナ嬢の意向に添えないと詫《わ》びた。

ボルエハルト市でドワーフに会うのが楽しみだから一緒に行けない、とは言えない。

「うふふ、ペンドラゴン卿とカリナ様は仲がよろしいのね」

巫女《みこ》といえども女子。意外とセーラ嬢も恋愛ごとが好きなのか、楽しそうな笑顔でオレ達の方を見る。

あらぬ誤解だが、わざわざ訂正する方が——。

「わ、わたくしとこの方はそのような、か、関係ではございませんわ！」

「そんなに否定してはお相手に失礼ですよ」

カリナ嬢の必死な言葉にセーラ嬢の笑みが深くなってしまった。

……仕方ない、助け船を出すか。

「セーラ様。カリナ様は純情ですから、その辺にしておいてあげてください」

「うふふ、そうですわね」

オレの言葉にあっさりとセーラ嬢が了承し、話を元の方向に軌道修正した。

「私達は大河沿いのグルリアン市で何日か人を待ちますので、ペンドラゴン卿のご用事が短ければそこで合流できるかもしれませんね」

「では、ご期待に添えるよう馬車馬達に奮闘して貰うとしましょう」

旅程から考えてまず無理だとは思ったが、社交辞令でそう返事をしておいた。

オレとしては馬達に無理をさせる気は毛頭ない。

余り長々と街道を塞《ふさ》げないので、オレ達はセーラ嬢一行と別れ、ボルエハルト自治領に向けて馬車を出発させた。


新しいオレ達の馬車は四頭曳《び》きの箱馬車だ。

曳き馬が増えて馬車本体も軽量になったので、以前よりも速力や持久力が増して一日の到達距離が三割増しになっている。

ムーノ男爵領への旅の途中で手に入れた土石《つちいし》を使って自作した斥力板による衝撃吸収機構や、新調した柔らかいクッションのお陰で旅の快適さが増した。

他にも座席を変形させるとベッドに早変わりする機構付きだ。

また、馬車に随伴する騎馬は二頭で、リザとナナが鎧《よろい》を装備して常時騎乗している。

これは盗賊避《よ》けの為だ。出発前に自作ハンググライダーでオーユゴック公爵領の調査を行った時に少なくない盗賊団を見つけたので、このような予防策を取っている。

倒すのは簡単だが、魔物と違って後始末が面倒なので可能な限り関わりたくないのだ。

箱馬車の中から御者台へと続く扉を開けて、ルルに話しかける。

「ルル、御者を替わるよ」

「ダメですよ、ご主人様は貴族になったんですから、御者は使用人の私に任せて貰わないと」

ルルの言う通り、後方にはセーラ嬢一行の随伴歩兵達の姿がまだ見える。

別段見られても構わない気がしたが、ルルが楽しそうなので御者をするのは諦《あきら》めた。

「そうだね。でも横に座るのは構わないかな?」

「はい、もちろんです!」

ルルが座る場所を横にずらして、ポンポンと空いたスペースを叩く姿が可愛い。

オレはルルに礼を言いながら横に腰掛けて周囲を見渡す。

オーユゴック公爵領は春の兆しが見え始めていて、新緑が芽吹き始めている。

この世界は季節の移ろいが都市核《シティ・コア》による儀式魔法の影響を受けるようなので、日本の常識がどこまで通じるのかは判らない。

でも、まあ、体を凍えさせずに馬車を操れる気候は歓迎に値すると思う。

「イチャイチャやろうはここか~」

腰掛けるのを見計らったように、アリサが棒読みで抗議しながらオレの腰に抱きついて来た。

さらに、わざわざルルとの間に顔を滑り込ませて来る。

「アリサったら、ヤキモチ焼きね」

ルルが微笑みながらアリサの髪を撫《な》でてやっている。

そこに、タマとポチがアリサを押しつぶすように乗っかって来た。

「うげっ」

「いちゃいちゃ~?」

「禁止なのです」

タマとポチの二人も久々に仲間内だけなのが嬉《うれ》しいのかもしれない。

「禁止」

いつの間にかナナの馬に同乗していたミーアが、ぷっくりと頬を膨らませてオレの肩を長杖《ちょうじょう》で軽く小突いた。

「マスター、前方を見てくださいと提案します」

ナナが馬上で前方を指差して、オレの注意を促した。

そちらを向くと、少し前方でリザが下馬して路肩の茶色い塊の傍にしゃがみ込んでいる。

AR表示によると茶色の塊は大猪らしい。

たぶん、リザに襲い掛かって逆に倒されてしまったのだろう。

「今夜は猪鍋《ししなべ》と行こうか」

「わ〜い、猪鍋〜」

「解体は任せてなのです！」

オレはマップを開いて近くに水場が無いか確認する。

「リザ、少し先に村があるからそこで水を使わせて貰《もら》おう」

「はい、ご主人様！」

オレが大猪の運搬用に長い棒とロープを、格納鞄《ガレージ・バッグ》から取り出してリザに手渡す。

この格納鞄は見た目の容積より大きな品が収納できる魔法の鞄だ。

最近、この格納鞄の劣化版を手に入れたので、そちらはリザの馬の鞍袋《くら》に収納して貰っている。

主にリザの魔槍《まそう》の収納用だ。

その日の晩は解体を行った村で猪肉を振る舞い、村の広場に馬車を停めて宿泊させて貰った。

オレが貴族なのを知った村長《そんちょう》が自宅に泊めてくれようとしたが、全員でお邪魔するのも悪いので固辞しておいた。

◆

村に泊まった翌々日、ムーノ市を出発してから七日目に、オレ達はボルエハルト自治領へと辿り着いた。

この自治領はオーユゴック公爵領マップの空白地帯になっていたので、久々に「全マップ探査」の魔法を使って情報を取得する。

ドワーフというと地下坑道に住んでいるイメージがあったのだが、全マップ探査で確認した情報では、半数ほどは普通に地上の城砦《じようさい》都市に住んでいた。残り半分はオレのイメージ通り、都市に隣接する鉱山内に住んでいるようだ。

このドワーフ自治領はそんなに広くない。幾つかの山を含む直径二〇キロほどの広さだ。

ボルエハルト自治領内には都市が一つと沢山の村がある。都市の人口割合はドワーフが六割、鼠人族が二割、兎人族が一割、残り一割は人族や雑多な亜人種達だ。

他の都市と違い奴隷や農奴は殆《ほとん》どいない。

マップ検索で少数ヒットした奴隷は市外から訪れた商人達が所有しているようだ。商人は人族と鼬《イタチ》人族の二種族だけで、人族の割合が多かった。

ドワーフ以外の妖精《ようせい》族はノームやスプリガンが若干名いるだけで、エルフはいなかった。やはりファンタジーの定番のように仲が悪いのだろうか？

そんな事を考えながら、マップの検索条件を切り替えていく。

レベルで検索すると、レベル四〇超えの猛者《もさ》が一〇人以上いた。全てドワーフ達だ。一番レベルが高いのはドハルとかいう老ドワーフだ。彼はレベル五一もある。

ドワーフ全体としては平均レベル七ほどなので、先ほどの者達は一部の例外なのだろう。

ついでに確認したが魔族や転移者、転生者らしき存在はオーユゴック公爵領と同様にいなかった。なお、この自治領には魔王信奉集団の「自由の翼」がいない。ここでは普通に観光が楽しめそうだ。

マップ検索をしている間にも植生が少し変わり、背の高い樹木が減って潅木《かんぼく》や赤茶色に変色した茂みが増えてきた。

「鉱毒の影響かしら？」

窓からの景色を見てアリサがそんな事を呟《つぶや》いた。

「さあ、どうだろう？　鉱山の近くなんて行った事が無いからよく判らないよ」

残念ながら廃鉱山見物ならした事があるが、稼働中の鉱山の見学はした事がない。

オレの代わりにアリサの疑問に答えたのはミーアだった。

「むぅ？　精霊」

ミーアが口の前でバッテンを作る。

「精霊のせいって事？」

「違う。精霊いない」

「精霊がいないから枯れているの？」

「ん」

ミーアが満足そうに頷《うなず》く。

なかなかファンタジーな理由だ。

「魔素《マナ》不足」

ミーアが追加した言葉にアリサがふんふんと頷く。

そして、判ったような顔をしたままオレに話を振ってきた。

「——ご主人様、解説を」

オレはアリサのアタマに軽くチョップを落とした後、お望み通り解説してやる。

「精霊っていうのは魔素を自然界の事物に伝達する役目を持っているらしいんだ。魔素が植物にどんな影響を与えているのかは知らないけれど、不足すると悪影響があるみたいだね」

この辺りの情報は「揺り篭《クレイドル》」事件で手に入れたトラザユーヤ氏の資料から得たモノだ。

事物となっているのは生物非生物などの物体だけでなく現象にも作用するから、と資料に書かれてあった。風の流れや気温の変化といった物理現象の事だろう。

「ふ～ん、ご主人様は精霊を見た事ある？」

アリサの質問にドライアドの幼い姿が脳裏を過《よぎ》った。

「ドライアドなら見たことがあるじゃないか。あの子も木精《こだま》だから精霊の一種だろう?」

「違う」

オレの発言にミーアが首を横に振って異を唱えた。

「精霊じゃないのか?」

「ん」

ミーアがこくりと首を縦に振る。

どう違うのかは判らないが、妖精族のミーアがそう言うのなら違うのだろう。

ミーアをボルエナンの森に送り届けた時にでも、大人のエルフ達に教えて貰おうと思う。

そんな事を考えながら、最初のアリサの質問に答えを返す。

「ドライアドが精霊じゃないなら、精霊を見た事はないよ。ミーアみたいに精霊視のスキルを持っていないと見えないいんじゃないかな」

アリサがオレの答えに頷いた後、身体ごとミーアに振り向いて尋ねた。

「ミーア、精霊ってどんな姿なの?」

「キレイ」

「それじゃ、判んないわよ」

「むぅ」

ミーアが眉《まゆ》を寄せて黙考する。

「光る珠《たま》。ふわふわ。優しい」

一言では語れなかったのか、ミーアにしては珍しく単語を重ねた。

「ふ～ん、一回見てみたいものね」

「そうだな」

羨《うらや》ましそうなアリサの呟きに、オレも同意を返す。

お淑《しと》やかなウンディーネや自由気ままなシルフなんかには会ってみたいものだ。色っぽいお姉さんタイプを希望する。

「むぅ」

「鼻の下が伸びてるわよ！」

アリサの言葉に思わず顔を手で押さえてしまい、「やっぱり」と叫んだアリサに浮気《うわき》者扱いされて抱きつかれた。ミーアも一緒だ。

「うわきもの～？」

「キモノなのです！」

居眠りをしていたタマとポチが騒ぎで目を覚まし、アリサやミーアと一緒になってオレに抱きついた後、身体をよじ登ってきた。

適当に幼女達の頭を撫《な》でてあやしていると、物音に気付いたルルが御者台への出口から顔を出して「仲良しですね」と楽しそうな笑顔を見せた。

「ご主人様、前方に幾つもの煙が見えます」

そこに馬を寄せてきたリザが、少し焦《あせ》った様子でオレに伝えてきた。

マップで確認してみたが、ボルエハルト市で異常が起きている様子はない。

「大丈夫だよ。それは鉄の精錬なんかの煙だよ」

「そ、そうでしたか。取り乱して申し訳ありません」

恐縮するリザに気にするなと告げ、子供達を椅子に戻して御者台へと向かう。

しばらくすると木々が途切れ、石やむき出しの土が目立つ荒地へと出た。

その荒地の向こうには灰色の禿山《はげやま》に潜り込むように造られた城砦《じょうさい》都市があり、幾つもの煙突から吹き上がる白い煙が見える。

禿山に幾つかある開口部からも煙突と同様の煙が出ていた。


昼過ぎに到着したにもかかわらず、ボルエハルト市の正門前には入門を待つ列ができていた。

一番後ろに馬車を停めて順番を待つ。

「二〇番目くらいかしら？　けっこう待ちそうね」

「そうだな」

アリサが御者台に座るオレの体をよじ登って列の向こうを眺めている。

よく見ると同じ柄の幌《ほろ》を付けた馬車が多い。どこかの商隊の到着とぶつかったようだ。

背後に気配を感じて振り向くと、タマとポチが羨ましそうにアリサを見ていた。せっかくなので順番に肩車してやる。

ちょいちょいと裾《すそ》を引かれたので振り返ると、ミーアまで順番待ちをしていた。

「次」

ミーアはタマやポチと違ってスカートだったので、腰を持って持ち上げてやった。

「差別反対」

ミーアも肩車がして欲しかったらしい。

「差別じゃなくて区別。ズボンなら肩車してあげるよ」

「むぅ」

頬を膨らませたミーアが馬車内に戻ってわざわざ着替えてきたので、宣言どおり肩車をしてやった。

「タマ、ポチ、馬車の後ろ側で盗難防止の歩哨《ほしょう》に立ちなさい」

馬車の横に馬を寄せたリザが、御者台の上でキョロキョロと周囲を見回していたタマとポチに指示を出す。

「あいあいさ～」

「らじゃなのです」

シュタッのポーズを取ったタマとポチが御者台から飛び降りて馬車の後ろに駆けて行く。

指示を終えたリザがオレの方を向く。

「ご主人様、この街はイタチ共が出入りしているようです。抜け目ないヤツラなのでご注意ください」

「うん、わかったよ。ありがとう、リザ」

たしか、リザの里を滅ぼしたのも鼬人族だったっけ。

「ナナ」

オレの肩から下りたミーアがナナを手招きする。

「のる」

「マスター、馬の操作権をミーアに譲渡します。許可を」

「いいよ。余り遠くへ行かないようにね」

「ん」

ナナの前に飛び移ったミーアが手綱を操って馬を正門の方に向けた。

前方の様子を見に行ったのだろう。

ミーア達と入れ違いに物売りの女達がやってきた。

「オニイサン、芋買わないアルか？　おいしいヨ？」

変な言葉遣いの鼬人族の女が茹《ゆ》でたイモを売りに来た。芋一個あたり銅貨一枚らしい。相場スキルの教えてくれる値段の三倍だ。

「オッニイサン、そんなイモ娘のイモよりも、ヤキトリの方がおいしいネ。ボルエハルトの岩塩たっぷりヨ？　一本銅貨三枚ネ」

「ダンナサン、やはりニクよ、鉱山地下のイボガエルの姿焼きの方が歯ごたえ抜群で満足させるアルヨ」

先入観のせいか鼬人族の女達の言葉が胡散臭《うさんくさ》く聞こえる。

匂いは悪くないがイボガエルの見た目が食欲を減退させたので断った。

馬車の後ろからこちらを窺《うかが》うタマとポチが少し残念そうだったが、さっき昼食を食べたばかりだ。食べすぎは体に悪いからね。

その後、順番を待っている間に、鼬人族以外にも鼠人族や兎人族の子供達がサンダルや縄を売りに来たが、特に必要がなかったので相場を確認するだけで買わなかった。

しばらくすると、前の方で何か買っていたナナとミーアが戻ってきた。

ナナとミーアの頭には花の王冠が載っていた。おまけにミーアが何か咥《くわ》えている。

「サトゥー」

ミーアが咥えていた細長い茎のようなものを、オレの口元に差し出してきたので咥えてみる。

——甘い。

どこか懐かしい甘みだ。

小さい頃、道端に生えていたつつじの花を取って蜜《みつ》を吸ったのを思い出した。

いつもオヤツに配るサトウキビのような味の棘《とげ》甘草の果肉と違って、この茎からは花の蜜みたいなふわりとした優しい甘味を感じる。

「あー!」

「いまのっ、間接キスよね⁉　ちょっと、次、わたし」

横からルルが、後ろからアリサが非難の声を浴びせてきた。

間接キスって、中学生じゃあるまいし——いや、ルルはそれくらいの歳だったか。

アリサが手を伸ばしてくるが、それより一瞬早くミーアの手が茎を掻《か》っ攫《さら》って行った。素早く口に咥えてVサインをこちらに向けている。

後ろでアリサが「ムッキー」とか言っているので、挑発するのは止めて欲しい。

ほら、ルルまで涙目になってる。

丁度、鼬人族《イタチ》の子がミーアの咥えていた細長い茎を売りに来たので、人数分買って皆に与えた。

なぜか全ての茎を一回ずつ咥えさせられたが、気にせずリクエストに応えてやった。


「よう御者殿！　この馬車の持ち主は貴族様かよ？」

「やあ御者殿！　それとも商人か？」

野太い声に振り向くが姿がない。

「こっちだぞ、御者殿」

「そうさ、こっちだぜ」

視線を下に落とすと身長一三〇センチ前後のずんぐりとしたドワーフが二人立っていた。

黒光りする鉄製の三角兜《かぶと》にチェインメイル、手には斧《おの》ではなく短槍《たんそう》を携えている。

兜の下の顔は小さな目に鷲鼻《わしばな》、腹の辺りまで伸びた長い髭《ひげ》——まさにゲームでよく見たドワーフの姿だ。

オレは内心で上がったテンションを無表情スキルの助けを借りて抑え込み、馬車から降りて彼らの質問に答える。

「初めまして、ドワーフの衛兵殿。私はムーノ男爵領の名誉士爵、サトゥー・ペンドラゴンと申します」

オレが礼儀作法スキルの助けを借りて礼をすると、ドワーフの二人が慌てて自分の胸に拳《こぶし》を当てて姿勢を正す。

「す、すまんこってす。貴族様本人だったかよ」

「御者台に座るなんて変わった貴族様だぜ」

微妙な言葉遣いの二人に用件を尋ねる。

「それで御用は何でしょう?」

「貴族様なら、並ばなくていいって言いに来たのさ」

「貴族様なら、並ばなくていいんだぜ」

そう告げるドワーフ達に先導されて、オレ達は行列を横目に市内へと入った。

ボルエハルト市に限らず、どの都市でも貴族は優先的に入れて貰《もら》えるそうだ。それは最下級の名誉士爵でも一緒らしい。

中に入る時もオレの身元確認があっただけで、仲間達の確認は一切なかった。馬車の中も軽く眺められただけで、調査される事も入市税を支払う必要もなかった。

不心得な貴族がいたら、密輸のし放題な気がする。

◆

「初めまして、ペンドラゴン士爵。ロットル子爵からの書簡は確かに受け取りました。あの女傑は健勝ですかな?」

「ええ、元気いっぱいに采配《さいはい》しておいでですよ。宜しければ、私の事はサトゥーとお呼びください」

オレは市庁舎を訪問して市長のドリアル氏と歓談中だ。

他の子達は別室で寛いでいるのだが、アリサだけは横にいる。なんでも、ニナ女史から何やら用事を頼まれたらしい。

いつもとはかけ離れた余所《よそ》行きの言葉遣いで、アリサがドリアル氏に話しかける。

「ドリアル様、そちらの書簡にも書いてあるのですが、ムーノ領からの留学生を受け入れて頂きたいのです」

「ふむ、ロットル子爵には公都に留学していた時に世話になりましたから、年に数人の留学生くらい引き受けましょう」

書簡を開きながらドリアル氏が答えてくれる。ここの自治領の領主はこの人じゃなくて、この人の父親のドハル氏のはずだが、勝手に約束して大丈夫なのだろうか?

そんなオレの雰囲気を察したのか、ドリアル氏が言葉を加えた。

「大丈夫ですよ、父は重要な案件以外は私に任せてくれていますから」

大丈夫らしい。良かった。

しかし、技術の流出は十分重要な案件だと思うんだが、「技術を盗めるなら盗んでみろ」っていうスタンスなのだろうか?

「書簡ではサトゥー殿も鍛冶《かじ》をされるとか、ご興味があれば公営工房や精錬施設を視察されますかな？」

「ぜひっ！」

おお、棚ボタだ。

オレは心の中でニナ女史に感謝の言葉を捧《ささ》げる。後でお礼の手紙を書こう。

「ここが、この街最大の高炉です」

オレの目の前にあるのは高さ二〇メートルほどの天井の高い建物だ。

ここにいるのはオレとドリアル氏、それと彼の秘書をしているドワーフの女性だけだ。ドリアル氏の娘でジョジョリさんと言うらしい。

ドワーフの女性は最近のゲームで良くある合法幼女タイプではなく、男ドワーフのヒゲ無しバージョンだった。

ちなみにアリサ達は市内の商業エリアに出かけている。返事の書簡をムーノ市に届けてくれる商人を探すと言っていた。

ジョジョリさんが重そうな扉を開けると、ムワッとした熱気が流れ出てきた。

建物の中は工場のように一つの広大な部屋となっており、大勢の男達が働いている。彼らは部屋の中央にある穴に向かって黒い塊を投入しているようだ。

「あそこが高炉の天辺なんです」

——天辺？

疑問が脳裏を掠《かす》めたが、それはマップを確認してすぐに氷解した。

この建物の地下に高炉の本体があるらしい。男達の投入している黒い塊は燃料や鉄鉱石のようだ。

「燃料は石炭ですか？」

「あれは魔核《コア》と石炭から錬成された練魔炭という燃料です。普通の石炭よりも火力がありますし、魔核を燃料にする魔力炉よりは運転費用が抑えられるんです」

ジョジョリさんの説明を聞きながら、何となくトラザユーヤ氏の資料を検索してみたら練魔炭のレシピが載っていた。意外とメジャーな燃料なのかもしれない。

「ここは暑すぎる。説明なら、向こうでしましょう」

ドリアル氏に促されて見学用の場所に移動する。ここは少し暑さがマシだ。ドリアル氏によると断熱の魔法が掛かっているらしい。

ここからだと高炉の全貌《ぜんぼう》がよく判る。

この部屋は中ほどで垂直に切れており、部屋の奥側が地下六〇メートルほど下までの吹き抜けになっている。

下のフロアでは上半身裸のドワーフや獣人達が大勢働いていた。

時折、真っ赤に熔《と》けた金属が炉から流れ出てきて暗い地下区画を照らす。

「たいした設備ですね」

「ええ、公爵領で使用される鉄の三割がここで精錬されます」

オレの感想は社交辞令というわけではない。使われている技術は違うだろうが、元の世界で見た鉄工所に見劣りしないレベルの施設だと思う。

「排煙は向こうの管を通る時に浄化されます。あの管の内側に水石《みずいし》と風石《かぜいし》から錬成した触媒が使われていて、魔力の追加供給なしに煙の中の煤《すす》を取り除いてくれるんです」

なるほど、魔法道具《マジック・アイテム》や魔法による浄化ではない分、ランニングコストが抑えられているわけか。

続けて転炉や圧延施設を見学させて貰う。圧延施設は魔法道具の一種らしく巨大な魔力炉が接続されていた。操作にも魔力がいるらしく、魔法使い風のローブを着た担当の男達は魔力切れ寸前でふらふらしている。

「なかなか大変なお仕事のようですね」

「ええ、普段はもっと大勢いるのですが、ノーム達が里帰りしていて人手が足りていないんです」

オレはジョジョリさんの説明に相槌《あいづち》を打ちながら、人手不足で超過勤務をする男達に心の中でエールを送っておいた。

重い足音に振り向くと、身長三メートル弱の小巨人《リトル・ジャイアント》達が完成した鉄板や鋼材を運んでいた。AR表示の詳細情報を見る限りでは山樹の里で会った小巨人とは氏族が違うようだ。

色々と案内して貰ったが、地下の洞窟《どうくつ》内にあるミスリル関係の設備は見せて貰っていない。おそらくボルエハルト市の重要機密なのだろう。

せっかくなので、ダメ元でドリアル氏に聞いてみる事にした。

「ミスリル関係の施設は地下なのですか？」

「よ、よくご存じですね。ロットル子爵からお聞きになったのですか？」

「いえ、なんとなくそう思っただけです。それに、この街のミスリル製品が素晴らしいと聞いていたので、叶《かな》うなら見学してみたいと思いまして」

「そうでしたか……見学を許可したいのはやまやまなのですが、地下の施設は父の許可が必要なのです」

短い腕を組んでドリアル氏が顔を顰《しか》める。唸《うな》っているドリアル氏を見かねたのかジョジョリさんが助言してくれる。

「お父様、お祖父《じい》様にお話ししてみればいいではないですか。いくらお祖父様でも初めて会う人にいきなり剣を鍛えろとか言ったりしないと思いますよ」

ジョジョリさん、それはフラグだと思うんだ。

◆

「では、剣を一本鍛えてみろ。話はそれからだ」

――ジョジョリさん？

彼女の方を窺《うかが》ったがスィッと視線を逸らされてしまった。

高さ一メートル半しかない狭い地下坑道を通ってやってきたのは、ドハル老の仕事場だ。部屋の奥では高レベルのドワーフ達が剣を鍛えている。

皆たいした腕前だ。どの剣も、攻撃力や切れ味、耐久度などのパラメータが市井の品よりも五割増しで高い。

そして彼は紹介を受けた後に、さっきの言葉をオレに言ってきた。

オレが腰に下げた「ボルエナンの静鈴《せいりん》」にドハル老の視線が一瞬留まった気がしたが、彼からは特にコメントは無かった。エルフの威光を示す「ボルエナンの静鈴」も彼には届かないらしい。

「父さん、サトゥー殿はロットル子爵のお知り合いで——」

「うむ、ニナには世話になったが、それとこれとは話が別だ。剣を鍛えることで、人となりが判るのだ。ザジウル、ミスリルのインゴットを熱したのを出してやれ」

「うっす、師匠」

ドリアル氏が取り成してくれるが、ドハル老は取り付く島もなく事を進める。

ザジウルと呼ばれたムキムキ筋肉に灰色のヒゲのドワーフが、インゴットや道具を用意して席を譲ってくれた。

まあ、ムーノ市に滞在中に鍛冶屋で剣を打つ所を見学させて貰った事があるから、大体の手順はわかるし一回やってみるか。鍛冶スキルはＭＡＸだしなんとかなるだろう。

赤熱したインゴットを鍛冶用のはさみで掴《つか》んで金床に置き、意を決して鍛冶用の小鎚《こづち》で叩《たた》く。

小さな火花と一緒にキンッと甲高い金属音が部屋に響き渡る。

——あれ？

今、何か違和感を覚えた。

オレの逡巡《しゅんじゅん》を感じたのかドハル老が、オレから道具を受け取って同じように叩く。

一回叩いた所で、ザジウルさんを呼んでガゴンと彼の頭に拳骨《げんこつ》を落とした。

「バカヤロウ、何十年ミスリルを扱ってやがる。熔かしてインゴットを作るところからが鍛冶だっていつも言ってるだろうが！」

「うっす、師匠」

良く判らないが、ザジウルさんが準備したインゴットに問題があったみたいだ。

あの僅《わず》かな違和感はそれだったのか。

「よし、ミスリル炉に行くぞ。若いの、ついて来い」

「はい」

ドハル老が直接案内してくれるようだ。剣を鍛えていないが、合格という事なのだろう。

後ろからはドリアル氏とジョジョリさんもついて来る。ザジウルさんは何か準備があるのか一足先に行ってしまった。

どんな炉なのか知らないが楽しみだ。


連れて行かれた先にあったミスリルの高炉は、外にあった鉄用の高炉に比べて格段に小さかった。

だいたい三分の一程度の大きさだろう。

鉄用の高炉と違って魔力のみで作動するそうで、上端から投入するのはミスリル鉱石だけらしい。

停止している高炉は赤い金属――AR表示によると熱に強いヒヒイロカネという金属でできている。

オレの記憶が確かならヒヒイロカネは漢字で日緋色金《ひひいろかね》と書き、日本神話に出てくる空想上の金属の名前だったはずだ。

前にセーリュー伯爵領で見た石の鳥居跡のように、勇者由来以外でも思い出したように和風テイストが混ざってくるのは何故なんだろう。単に翻訳スキルのせいなのかもしれないが気になる。

高炉の操作盤の前ではザジウルさんが数人のドワーフ達を怒鳴りつけている。

「ザジウルの兄ぃ。品質の悪い魔核しか残って無くて火力がでないんっす」

「もうちっと等級の高い魔核が無いと、魔力炉をぶん回しても無駄なんじゃ」

「ノーム達でもいれば、そこの非常用の魔力供給端子から補充できるんだがのぅ」

疲れが溜《た》まっているのか、ドワーフ達が地面にヘタリ込みながらザジウルさんに状況を説明している。どうやら、燃料の質の問題らしい。

情けない姿だが、ここに居るのは皆三〇レベル超えの猛者《もさ》達だ。全員、鍛冶スキルとなんらかの魔法スキルを持っている。

「バカ野郎！　ボルエハルトの若い衆が泣き言なんて言ってんじゃゃねぇ！」

ザジウルさんが発破を掛ける。

「根性見せてみろ！　全員で、そこの魔力供給端子から魔力を上乗せするぞ！」

「ザジウルの兄ぃ!?　よ、よし、皆やるぞ！」

「ワシ達だけでかのう？」

「休憩中の野郎共も全部呼ぶに決まってるだろ！」

どうやら人力でなんとかするらしい。

一人の技師が魔力炉にピンク色の魔核を投入し、稼動を開始する。

そこにザジウルさんの号令で、彼を含めた一〇人ほどの男達が魔力供給端子とやらを掴んで魔力を注ぎ始めた。

ヒヒイロカネの炉が薄っすらと朱金色の輝きを帯び始める。

だが、単位時間あたりの魔力量が足りていないのか、輝きが不安定に点滅を始めた。

「少し足りんようだな。ワシも手伝おう」

「父さんがやるなら、私も手伝いましょう」

ドハル老やドリアル氏の二人も手伝いに向かう。

ドリアル氏は現場に関わるのが嬉《うれ》しいのか、腕まくりしながら笑みを浮かべている。

——魔力なら売るほど余っているし、オレも手伝いに参加してみよう。

「ドハル様、私も手伝って宜しいでしょうか？」

「空いてる端子を使え！」

「——し、師匠！」

オレがドハル老に提案すると、彼は即決で許可をくれた。

ザジウルさんやドワーフ達が信じられないような顔でドハル老を見ている姿からすると、普段は関係者以外に触らせる事が無いのだろう。

オレはドハル老達に会釈してから、水晶球の付いた金属端子に触れる。

「野郎共！　呼吸を合わせろ！」

「「応！」」

ドハル老とザジウルさんが交互に「ハイ」「ホー」と叫んでリズムを作る。

その独特の掛け声に脱力しかけたが、なんとか堪えた。

気を取り直して端子から魔力を注ぐ。

端子から感じる微かな魔力の変化に合わせて、魔力を流していく。

最初は炉が壊れるのを警戒して一ポイントずつだったが、まだまだ余裕がありそうだ。

ほんの僅かだが、魔力の流れが詰まるのを感じる。おそらく魔法道具調律スキルの影響だろう。

ついでに称号を「調律師」に変えて魔力経路の掃除をしてあげよう。

「ハイ！」

ドワーフ達が流す魔力を後ろから押すように五ポイントの魔力を加える。

今ので魔力の詰まっていた箇所を大雑把に洗い流せた。

明滅していた炉の朱金色の輝きが安定する。

「ホー！」

先ほどと同じように、今度は一〇ポイントの魔力を押し込む。

今度は魔力を流すついでに、経路の僅かな魔力の歪《ゆが》みを矯正してやる。

うん、良くなった。

炉の朱金色の輝きが増す。

「安定してきましたよ！　頑張って！」

ジョジョリさんの声援にドワーフの男達の目が輝きを増した。

どの世界の男達も、美女の応援に弱いようだ。

数度の魔力供給の繰り返しで閾値《いきち》を超えたのか、炉から甲高い音が聞こえ始めた。

「今だ！　ミスリル鉱石を投入しろ！」

「――応！」

ドハル老の指示に応えて、炉の上に待機していたドワーフが鉱石を投げ込む。

「ミスリル高炉稼動準備！」

「総員対閃光《せんこう》防御！」

ドハル老の言葉にザジウルさんが応えて周りに指示を出す。

ドワーフ達がどこからか出した遮光性の高いゴーグルのような物を顔に着けた。

――えっ？　そんな物はないぞ？

「はい、サトゥーさん」

後ろからジョジョリさんがオレの顔にサングラスのような物を装着してくれた。

「遮光具です。目を痛めますので掛けてる時でも、炉の輝きを見つめちゃダメですよ」

「ありがとうございます」

ジョジョリさんに礼を告げるのとドハル老が炉の稼動を宣言するのは同時だった。

「ミスリル高炉稼動！」

「応！」

一人のドワーフが魔力供給端子から離れて、豪快に掌を操作盤に叩きつけた。

炉の周りの朱金色の輝きが炉の下部に集まり、次々に眩《まばゆ》い光の輪となって下から上にリズムよく昇っていく。

――綺麗《きれい》だ。

次の瞬間、目が眩《くら》んだ。

無意識に暗視スキルを使っていたらしく、遮光具の意味なく過剰な光を受けて網膜が焼かれてしまったらしい。

真っ暗な視界に浮かぶメニューを操作して、ステータスを確認すると状態が「盲目」になっていた。

どうしたものかと思案するうちに視力が戻っていく。

自己治癒スキルによる網膜の自動修復らしい。実に便利だ。

＞「光量調整」スキルを得た。

＞「光耐性」スキルを得た。

感心している間にロボのようなスキルが手に入ったので、再び目が眩む前にスキルポイントを最大まで割り振って有効化《アクティベート》する。

適度な光量になったミスリル高炉を眺めていると、ドハル老の叱咤《しった》する声が聞こえてきた。

「野郎共！　仕事は終わってないぞ！　魔力圧を維持しろ！」

「「「応！」」」

輝きに見とれている場合じゃなかったようだ。

オレもドワーフ達に合わせて、魔力を供給する。

最終的に累計三〇〇ポイントほどの魔力を注いだが、このペースならオレの回復量の方が上なので何時間でも手伝えそうだ。

もっとも、他のドワーフ達はかなり無理をしたらしく、過労で次々と脱落していった。

最終的にオレ以外で立っていたのは、ドハル老とザジウルさんの二人だけだった。

「人族の小僧！　見直したぜ！」

ザジウルさんがガハハと笑いながら分厚い掌でオレの肩をバンバンと叩く。

頑丈値《VIT》が高いから良いが、普通の人族だったら地面にベチャリと潰《つぶ》れそうな力強さだ。

「お疲れ様です、サトゥーさん。喉《のど》が渇いたでしょう？　ザジウルさんもどうぞ」

ジョジョリさんが差し出してくれた水を呷《あお》る。

――喉を焼くような強い酒精と鼻を抜ける清涼な米酒の香り。

不意を衝かれて咽《むせ》そうになったが、なんとか堪えた。

「――お酒ですか？」

「公都の米酒を蒸留した物です。火酒みたいに酔えませんけど、汗をかいた後に飲むと身体に良いんですよ」

高アルコール度数の蒸留酒をスポーツドリンクの代わりか……さすがドワーフ。

「ザジウル！」

「うっす！　師匠！」

ザジウルさんが炉の下部のボタンを操作すると、炉の下部の扉が開いて中から精錬されたミスリルが出てきた。

鉄のように熔けた金属ではなく、一個五キロほどの固形インゴットが二〇個ほど出てきた。ちゃんと、インゴットらしい形に整えられている。途中に鋳型があるようだ。

熱が冷めると、うっすらと緑色の光沢を帯びた銀色の綺麗なインゴットが完成した。

ドサドサという音に振り向くと、炉の側面にある扉が開いて黒っぽい塊が排出されていた。ＡＲ表示によるとミスリル屑《スラッグ》らしい。

――キンッ。

金属音に振り返ると、ドハル老が小さなハンマーでインゴットを叩《たた》いて音を確認していた。

幾つか彼のお眼鏡に適ったインゴットを指差して、ザジウルさんに鍛冶《かじ》場へ運ぶように指示している。

「若いの、付いて来い。相鎚《あいづち》を打たせてやる」

「師匠！　人族のガキに相鎚なんて無理だ！」

「やかましい！　ワシが決めた事に口を出すな！」

ドハル老の言う相鎚は本来の意味での相鎚のようだ。

「若いの！　朝まで眠れないと思え。ジョジョリ、肉だ、バジリスクの燻製《くんせい》があっただろう。あれを丸ごと持って来い。まずは腹ごしらえだ」

食べられるのかバジリスク……前に倒した時に肉に毒があったからストレージに死蔵してあるんだが、毒を抜いて食べる方法があるなら味しだいで調理してみるのもいいかもしれない。

鍛冶師達の食堂に移動した後、皿に肉塊を載せて戻ってきたジョジョリさんに、アリサ達への伝言と食事の手配を頼んだ。

今晩は市長公邸の来賓用の館に泊めて貰《もら》う予定だったので問題ないだろう。

なお、結構時間が経ってしまったので、ドリアル氏はジョジョリさんを残して既に市長業務に戻っていた。

◆

ズドンッと巨大な鉄塊が床を揺らす。

「どうした、若いの。相鎚用の大鎚《おおづち》を見て尻込《しりご》みか？」

ザジウルさんが挑発するような笑みで、ハンマー部分を下に置いた大鎚の柄をポンポンと叩く。

彼が持ってきた大鎚は軽く一トンくらいありそうな無骨な金属の塊だった。

ＡＲ表示によると鉄とミスリルの合金製らしい。

「それくらいドワーフなら片手で持ち上げるぞ。気合いを入れていけ！」

現実離れしたゴッさに気後れしていたオレにザジウルさんが発破を掛ける。

すごいなドワーフ。これを片手か――。

オレが心の中で感心していると、ザジウルさんが実際に片手で持ち上げて見せてくれた。

アピール先がジョジョリさんなのはスルーしてあげよう。要らない事を言うと、またドハル老の拳骨《げんこつ》がザジウルさんに落ちそうだ。

オレは意を決して大鎚の柄に手を掛ける。

筋力値《ＳＴＲ》が振り切っているお陰で簡単に持ち上がる。オレの体重が軽いせいでバランスを取るのが難しい。

なんとなく腰を落としてみると不思議なほど安定した。

重量物を持った時のバランスの取り方は運搬スキルのお陰かもしれない。

オレが大鎚を振る練習をしている間に、ドハル老は弟子達が持ってきた壷《つぼ》の中身を確認していた。

「ちと弱いな。もっと強いのを出してこい」

「師匠、今はこれしかねぇですぜ」

「無ければ、ガンザに調合させろ」

「ガンザならボルエヘイムの一大事だとかで里帰りしてやすぜ」

どうも鍛冶で使う薬品がドハル老の基準に達していないようだ。

さらに薬品の調合担当が休暇中でいなくて困っているらしい。

レシピが判れば代わりに調合するんだが、部外者に教えるわけにもいかないだろう。

「ジョジョリ！　誰でもいいから表に行って錬金術士を連れて来い」

大雑把な——だが、誰でもいいなら名乗りを上げてみよう。

「ドハル様、誰でもいいなら私が調合しましょうか？」

「ん？　錬金術にも手を出しているのか。よし、任せた」

ドハル老の即決に、ザジウルさんをはじめ弟子達が動揺している。

もっとも面と向かって彼に意見を言える人は居ない様だ。

オレはドハル老の弟子の一人に案内されて部屋の隅の調合スペースへと向かう。

「ワシは調合の手伝いをした事があるだけだが——」

彼の説明によると素材の壷の並びが混ぜる順番で、壷の前に乱雑に置かれた食器がそれぞれの材料の目盛り代わりとの事だった。なかなか大雑把だ。

壷の中身は判らないようになっていたが、鑑定スキル《アナライズ》やAR表示で筒抜けだ。

最後に仕上げを行う錬成板の設定も固定されていたので、たいした苦労もなく「ドワーフの秘薬」の作り方をマスターできた。

オレが作った薬を確認していたドハル老が、重々しく頷《うなず》く。

「いいできだ。ガンザに暇をだして交代させるか」

ドハル老が言うと冗談に聞こえない。

彼は秘薬の入った壷を片手に鍛冶工房の隣にある部屋へと入っていった。

こちらはドハル老専用の鍛冶部屋だそうだ。

この部屋にはヒヒイロカネでできた一台の小型の溶解炉とミスリル合金製の金床が置かれていた。

「■　魔脈接続」

ドハル老がそう唱えると溶解炉に朱金色の炎が点る。

彼が呪文を唱える時に額の鉢金が光っていたので、領主達の使う都市核の力を使ったのだろう。

弟子の一人が彼の横に鍛冶用具を並べていく。冷却用の水桶《みずおけ》には「ドワーフ水」なる液体が満たされていた。

少し気になったので、隣にいたザジウルさんに聞いてみる。

「あの液体は水ですか？」

「あれは冷却用のドワーフ水だ。油を三杯に火酒を一杯ってな。ミスリルも酒好きなんだぜ」

最後は冗談だと思うが、簡単にレシピを教えてくれた。

ドワーフ「水」じゃなくてドワーフ「油」じゃないかとか突っ込みたかったが、そろそろ出番のようなので余計な事を言うのは自重した。

「師匠！　準備できました」

「よしっ、いくぞ」

ドハル老の相鎚を打つのは名誉な事らしく、周りのドワーフ達の嫉妬《しっと》の視線が痛い。

文句はドハル老に直接言って欲しいものだ。

周りの嫉妬は置いといて、ここは集中しよう。有名な刀鍛冶《かたなかじ》の人と一緒に打つチャンスなんて、二度と無いかもしれないんだから楽しまないとね。

◆

翌朝、剣は完成した。

夢に見そうなくらい叩いた。今も目を瞑《つぶ》ると火花が瞼《まぶた》の裏に映るようだ。

ドワーフの秘薬は溶解炉でミスリルを熱する時に使っていた。材料に魔核の粉が入っていたので、ドワーフ独自の魔法武器の製法なのかもしれない。魔液を使う魔剣とは技術系統が違うみたいだ。

終盤はドハル老の魔法のような精密な仕上げ作業を見学するだけだったが、実に勉強になった。今ならオレも名剣が打てそうな気がする。

「よく交代もせずにやりきったな。本気で修業するならいつでも来い。貴様なら、すぐにでもワシを越えられる」

ドハル老がドバンッとオレの背中を叩く。

――ぐほっ。

セーリュー市の迷宮で戦った上級魔族の尻尾《しっぽ》攻撃並みに痛かった。

相手を見てやらないと人死にが出そうだ。

「ワシはまだやる事がある。先にメシでも食って来い」

ドハル老はそう告げて、完成した剣を持ってどこかに行ってしまった。

彼がザジウルさんを連れて外に出ると、他のドワーフ達がオレの周りに集まってきた。

「人族のくせにやるじゃないか！」

「まったくだ！　実はヒゲが生えてないだけでドワーフなんじゃないか？」

「ドハル師匠以外で、あの大鎚を朝まで振るえる者がいるとは思わなかったぜ」

「アンタなら大歓迎だ、いつでも来な！」

朝までドハル老の指示通りに大鎚で叩いてただけなんだが、ドワーフの鍛冶師達に認められたらしい。

それは嬉《うれ》しいのだが、ヒゲが無いのは余計なお世話だ。

この身体が以前と同じなら、あと五、六年もすれば生えてくるはずだ。……たぶん。

オレはコンプレックスを振り払い、他のドワーフ達と一緒に朝食を食べに食堂に向かう。

部屋の隅で寝入っていたジョジョリさんを見かけたので、彼女も起こして一緒に連れて行った。


肉と酒の朝食でエネルギーを補給した後、オレは地下にある広間に呼び出された。

ここは二階層分の吹き抜けになっているらしく、天井が高く五メートルほどある。

「振ってみろ」

差し出された剣を受け取る。朝まで一緒に打っていたミスリル製の剣だ。

どうやらドハル老は剣の柄に滑り止めを兼ねた装飾を追加していたらしい。

完成した剣の種類は両刃のバスタードソードだ。普通の鉄剣の七割ほどの重さしかない。手に取ってみると、もう少し軽く感じる。

軽くて扱い易いが、剣は重量が威力に直結するので軽さは利点にならないはずだが……。

たぶん、何か理由があるのだろう、と思い直して剣を構えてみる。

バランスが絶妙だ。手に吸い付くように馴染《なじ》む。

軽く振る。

いい感じだ。

今度はもう少し速く振る。

安物の剣だと空気抵抗みたいなのを感じるが、この剣は聖剣並みに抵抗がない。

うん、いい剣だ。

「今度は魔力を篭《こ》めて振って見ろ」

オレが剣を振るのを見ていたドハル老が重い声を響かせた。

レア・スキルの魔刃《まじん》ではなく、普通に魔力を通す感じにしておこう。

剣に一〇ポイントほど魔力を篭めてみる。

——おおっ。

リザの槍《やり》なみに魔力が通りやすい。さすがドワーフの名匠の打った剣だけある。

それともミスリル自体の性能なのだろうか？

剣の表面に波紋のような緑色の線が浮かぶ。上質なミスリル製の武器の特徴らしい。さらに魔力を篭めると、波紋の辺りからリザの魔槍《まそう》のような赤い光が漏れだした。

不思議なことに、篭めた魔力が増えるほど剣が重くなる。最初の一〇ポイントの時は気のせいかと思ったが、今は明らかに重い。

剣を鍛えていた時に魔法回路《サーキット》を形成していた様子はなかったから、ミスリル自体の特性なんだろう。

限界まで魔力を篭めて壊したら悪いし、魔力を注ぐのは五〇ポイントくらいでやめておく。

この状態だと同サイズの鉄剣の二倍ほどの重さに感じる。

この特性があればあの大鎚も今より小さくできるんじゃないか？

そう疑問に思って後で聞いてみたのだが、大鎚を純ミスリル製にすると、鎚を通した魔力が鍛えている最中のミスリルに悪影響を及ぼすので、合金製のを使っていると答えが返ってきた。

「うむ、スジが良い。少し手合わせするぞ」

そう言ってドハル老が、戦斧《せんぷ》を持ち出してきて構える。戦斧が視界に入った途端に危機感知が反応した。

ＡＲ表示によると武器の状態が「呪い」らしい。

どうやら悪趣味な事に、呪われた武器を愛用しているようだ。

「では行くぞ！」

豪快なドハル老の一撃を軽いステップで回避する。

下手に受けて作ったばかりの剣を傷つけるのがイヤだったからなのだが――。

「避《よ》けてどうする！　打ち合った程度で傷むような剣を打つと、ワシを愚弄《ぐろう》するか！」

――オレの行為はドハル老のプライドをいたく傷つけてしまったようだ。

「失礼しました。では参ります」

オレは剣に魔力を通し、ドハル老の重い斬撃《ざんげき》を受け止める。

「そうだ！　魔力を篭めればミスリルの強度が増す」

ドハル老の目がギラギラと熱気を帯びる。

「戦いの最中でも魔力の供給を絶やすな！」

ドハル老の戦い方は縦横無尽で気が抜けない。

刃《やいば》による斬撃だけを警戒していると、石突きを跳ね上げて顎《あご》を狙ってくる。

戦斧全体を警戒していると、頭突きや前蹴《げ》りが飛んできたりと剣一本で受け流すのはなかなか大変だった。

なるべく避けたり受け流したりするのに専念したけど、何度かは避けきれずに掠《かす》ってしまった。

オレの避ける動きの方が速いんだが、びっくり箱のような多彩な攻撃方法に加え、詰め将棋みたいに段々と避ける場所がなくなっていく。やはり実戦経験が豊富だと凄《すご》い。

最終的には逃げ場がなくなってオレの敗北で決着した。

戦斧をザジウルさんに預けたドハル老が、こちらに歩み寄ってくる。あれだけ動いたのに息切れしていない。

それにしてもドハル老はタフだ。徹夜で朝まで鍛冶《かじ》をやって、なおかつ半時間も打ち合うなんて老人とは思えない。

「剣を見せてみろ」

ドハル老に剣を渡すと彼は刃を確認した後に、数度振って何かを確かめている。

「いい腕だ。刃こぼれはしていないし、剣に歪《ゆが》みもない」

自画自賛かと思ったが、どうやらオレの剣の腕を褒めてくれていたようだ。

「詮索《せんさく》するわけでは無いが、見た目通りの歳ではないな。たかだか一〇年や二〇年程度でそこまでの腕にはなるまい」

確かに見た目通りの歳ではありません。

なるべくレベルが高いのがバレないように動いたつもりだったんだが、見抜かれたのかもしれない。

ドハル老は両手で持った剣を無言で見つめた後に、何かを決心するように詠唱を始めた。

「うむ、■■　命名《ネーム・オーダー》。『妖精《ようせい》剣トラザユーヤ』」

――トラザユーヤ?

危ない、もう少しで顔に出るところだ。無表情スキルがあって良かった。

「ドハル様は、トラザユーヤ氏をご存じなのですか?」

「うむ、貴様も知っていたか。昔の事だが、ワシはかつてかの賢者様に仕えておったこともあるのだ。これはワシの生涯で最高の剣だったのでな、今は亡き賢者様の名を頂いたのだ」

話の流れ的に賢者様とはトラザユーヤ氏の事だろう。

涙を流しているわけでは無いが、ドハル老は目を瞑って沈黙している。

目を開いた後、彼は無言で妖精剣をオレに突き出して来たので、勢いに乗せられて受け取ってしまった。

「それは貴様の協力があってこその剣だ。貴様の腕なら、その剣も納得するだろう。使うがいい」

「――謹んでお預かりいたします」

オレがそう答えると、ドハル老はやけにいい笑顔で叫んだ。

「今日はいい日だ！　とことん飲むぞ！　火酒を樽《たる》ごと持って来い！」

ガハハと笑うドハル老に肩を組まれ、ドワーフ達が用意した敷物の上に座らされる。

ザジウルさんが担いできた酒樽《さかだる》が目の前にズドンと置かれ、そのまま酒盛りが始まった。

茶碗《ちゃわん》のような銀杯に仄《ほの》かに赤みがかった透明な酒が注がれる。

「まずは一杯行け！」

「――戴《いただ》きます」

口に含んでみたが度数はかなり高そうだ。その割りに口当たりがいいので飲みやすい。昔、沖縄で飲んだ泡盛の古酒みたいな感じだ。

昨日ジョジョリさんに貰《もら》った蒸留酒と違って、後から腹の底から火が吹き上がるような熱を感じる。

「ぐはははっ、いい飲みっぷりだ」

「若いのに火酒を生《き》のままで飲むとは見所のあるヤツだ」

「前に飲ませた自称剣豪の人族は盛大に咽《むせ》ていたからな」

ドワーフ達もオレやドハル老を囲むように腰を下ろして、火酒を飲み始める。

オレも勧められるままに杯を重ねる。火酒は素晴らしく旨いのだが、何かツマミが欲しい。

この身体は高い能力値のお陰で酒に酔い難いし、酔ってもすぐに醒《さ》めるが、やはり旨い酒には美《お》味《い》しい料理があるべきだと思う。

そんな内心が聞こえたわけでは無いだろうが、ドワーフの女達が大量の燻製《くんせい》肉をスライスしたモノや大雑把にカットしたチーズを皿に載せて部屋に入ってきた。

他にもナッツ類や干物を裂いたカワキモノなどの、いかにも酒に合いそうな肴《さかな》が色々と運び込まれる。

それに負けじと鍛冶師以外のドワーフの男達が大量の酒樽を運び込んできた。半分はエールで、もう半分が火酒だそうだ。

「おお！　旨そうだ！」

「がっつくんじゃないよ！　もうすぐ焼き物も来るからね！」

料理に飛びつく男ドワーフ達を女ドワーフ達が叱りつける。

「ご主人様！　皆、あそこにいるわよ！」

元気なアリサの声に振り返ると、うちの子達が宴会場に入って来る所だった。

「ご主人様～？」

「やっと会えたのです！」

「サトゥー」

一日振りだったので、年少組がオレに飛びついてくる。

少し寂しかったようだ。

「マスター、市長より宴席に招待されたと報告します」

「そうか、後でドリアル市長にお礼を言っておくよ」

「ご主人様、大変な試練をされていたと伺いました。お体の方は大事ありませんか？」

「心配かけたね、身体は大丈夫だ」

「ご主人様、着替えを持ってきました」

「ありがとう、宴会が終わったら着替えるよ」

ナナ、リザ、ルルと順番に会話する。年長組にも心配を掛けたようだ。

ドワーフの女達に頼んで、うちの子達にはノンアルコールの果実水を用意して貰った。

調理場へと繋《つな》がる通路の方から歓声が上がった。

「皆！　何か珍しい料理だってさ！」

「にく～？」

「この匂いは知らないのです！」

さっそく物見高いアリサがタマやポチを引き連れて駆けて行った。

オレの横に腰掛けたリザがそわそわと落ち着きをなくす。

恐らく肉を見に行きたいのだろう。

「リザ、悪いけど子供達について行ってくれないか？」

「は、はい！　行って参ります！」

リザにしては珍しいキラキラとした笑顔を向けた後で、慌てて表情を取り繕って肉——もとい年少組の方へと小走りで駆けていった。

「ルル達も行っていいんだよ？」

「はい、それじゃ色々な料理を取ってきますね」

「マスター、ルルの護衛に随伴します」

水を向けるとルルとナナの二人も珍しい料理が振る舞われている場所へと向かった。

「ミーアは行かなくて良いのかい？」

「ん」

ミーアはオレに凭《もた》れた姿勢で、器いっぱいのナッツ類をコリコリと齧《かじ》っている。小動物っぽくて可愛い。ナッツばかりで辛《つら》そうだったので、ストレージから取り出したドライフルーツも追加してやった。山樹の黄橙果実《おうとう》を使った新作だ。

「ほう、ボルエナンの森の娘か？」

ミーアの存在に気が付いたドハル老が、驚いたようにミーアに話しかける。

もっとも山樹の里の妖精族や小巨人達のように、エルフを神聖視している訳ではないとの事だ。

「行方不明と聞いていたが人族と駆け落ちか？」

「ん。相思相愛」

人聞きの悪い。事実無根だ。

「悪い魔術士に誘拐されていたのを救出したので、森に送って行く途中なんです」

「むぅ」

それを聞いてミーアが頬を膨らました。相思相愛を流したのが不満だったみたいだ。

「揺り篭」事件の時にミーアを誘拐したのはただの魔術士ではなく「不死の王《ノーライフキング》」だったのだが、説明が長くなりそうだったので適当に省略した。

「ボルエナンの元老院から捜索願いが出ておったから、こちらからも報告の手紙を出すが構わんか？」

「はい、お手数ですが、よろしくお願いします」

オレが懸念したのは偏見だったらしく、エルフとドワーフは仲が悪くないらしい。

ドハル老に指示されて、市長のドリアル氏が手紙の手配をしてくれる事になった。

セーリュー市のなんでも屋のエルフ店長から手紙を送っているはずだが、現代日本の郵便と違って確実に届く訳でもないから複数送っても問題ないだろう。

ミーアの髪を撫《な》でながら、ドワーフの鍛冶師や職人達と交流して過ごす。

彼らとの話はなかなか興味深かった。もっとも、鍛冶や鉱山などの話題が中心だったので、基本的に聞き役に徹した。

落盤やガスなどの対処はノームの魔法使いがやるらしいのだが、魔法使いが同行していない場合は巻物を使うらしい。高価だが命には代えられないと言っていた。

そういった巻物は地上の魔法屋ではなく、ドワーフ相手の鉱山区にある魔法屋で売っているそうだ。売って貰えるならば、ぜひ買わねば！


子供達が酒を飲まないように注意していたが、ドワーフ達が面白がって飲ませるので止め切れなかった。

「えへへへ〜、サトゥー。ふふ〜ん、サ・トゥー。あはは〜、サトゥー♪」

ルルは笑い上戸なのか、くすくすと笑いながら全力で甘えてくる。

オレを呼ぶ名前の語尾に音符かハートマークでも付いていそうな甘ったるさだ。

ルルから酒盃《しゅはい》を取り上げながら、そのまま抱きついてくるのをあやす。

「ぐすっ、どうせわたしなんて、いつまでも純潔を大事にしてればいいのよ。前世に引き続き今世もお一人様で終わるんだわ」

アリサはダウナーというか泣き上戸だな。アリサには酒を飲ませないように注意しよう。

『くすくす、楽しいね、楽しいのよ。さあサトゥー、もっと飲みましょう。うふふ、三人もいるわ、素敵ね、素敵なの』

いつも無口なミーアが、エルフ語で捲《まく》し立てる。

楽しそうにクルクル回るのはいいが、ツインテールの髪が鞭《むち》のように飛んでくるのが危ない。

スカートが捲《めく》れそうだし、ミーアの腰の辺りに手を回してルルの反対側に抱き寄せる。

「にへへ～ごしじんさあらろれす」

「にゅる～ん」

ポチは舌がまわってない。

タマは滑り込むようにオレの膝《ひざ》の上で丸くなって寝始めた。それを見たポチまで膝の上に乗ってくる。

ああ、もう寝なさい――。

「マスター、論理回路の調子がおかしいです。この水には毒物が含まれ、まれ、まれ？」

しまった、ナナまで飲んだのか。壊れたレコードみたいになったナナに、二日酔いに効く魔法薬を飲ませて寝かしつけた。

オレの横で大人しく飲んでいたリザは、座った姿勢のまま眠っていた。

この国では現代日本と違って年齢による飲酒制限はないが、この子達が未成年の内は酒を飲まさないようにしよう。

そんなオレの決心を他所《よそ》に、酒宴の夜は更けて行く。

>称号「妖精剣の鍛冶師《かじ》」を得た。
>称号「酒豪」を得た。
>称号「蟒蛇《うわばみ》」を得た。
>称号「酒仙」を得た。

>称号「ドワーフの友」を得た。

◆

翌朝、年少組の四名が二日酔いに苦しんでいた。

「くぁ、あたま、痛っ。うう、きぼちわでゅい」

「にゅ～」

「いたい……のです」

「サトゥー、くすり」

昨日のうちに薬を飲ませたナナは当然として、リザとルルも平気そうだ。

ルルが皆に水を配ってやっている。ルルと目が合うと真っ赤になって俯《うつむ》いてしまった。

飲み会での醜態を突っ込むほど野暮じゃないので気にしなくていいのだが、可愛いのでそのままにしておこう。

昨夜ナナに飲ませた酔い醒《ざ》ましなら子供達の二日酔いも治ると思うが、しばらくそのままにする事にした。

「ちょっと出かけてくる。酔い醒まし薬の材料を買ってくるから、いい子にして待っているんだよ」

「う、うい。まってゆ」

「いい子にしてる～」

「ポチもいい子で待っているのです」

「お酒、キライ」

涙目の子供達に手を振って部屋を出た。


オレはジョジョリさんに案内して貰《もら》って、昨日教えて貰った魔法屋に向かう。

ジョジョリさんに言われて昨日貰ったばかりの妖精《ようせい》剣を腰に差している。

剣帯や鞘《さや》は宴会の後に酔った勢いで自作した急造品だ。

リザ達の鎧《よろい》にも使っている堅殻《けんかく》果実《かじつ》の殻を加工して作ったので、見た目は地味だが鉄剣を受け止められる程度には頑丈な作りになっている。

鞘の装飾や金属を使った補強は、また日を改めてやろうと思う。

さて、それはさておき、目的の魔法屋『ドン＆ハーン』はミスリル高炉のある大広間を抜けた先にあった。

「よう、ジョジョリ、人族に懸想したのか？　ザジウルが泣くぞ」

「おい、ジョジョリ、こんな所に人族を連れてきたら、オヤッサンに拳骨《げんこつ》食らうぞ？」

魔法屋の中で迎えてくれたのは双子の小さい爺《じい》様達だった。

門衛のドワーフ達と似た喋《しゃべ》り方だが、彼らはドワーフではなくノームだ。

鍛冶場で聞いた話ではノーム達の故郷《ボルエヘイム》が一大事だという話だったが、彼らは帰郷しなくて大丈夫なのかな？

興味本位でＡＲ表示の詳細を開いたところ、彼ら二人はブライヘイムという氏族の出身だと判った。どうやら、問題が起こっているのはボルエヘイム氏族のノームだけのようだ。

「こんにちは、ドン爺とハーン爺。お祖父《じい》様の許可ならありますよ」

ジョジョリさんはそう言って、オレの妖精剣の柄頭を指差す。よく見せろとノーム爺達に言われたので、剣帯から外して見えやすい位置に持っていく。

「こいつぁ、驚いた。オヤッサンの真印じゃねぇか」

「まったく、驚いた。オヤッサン、火酒の飲みすぎでとちくるったか？」

なんでも、真印というのは、ドハル老のお墨付きとでもいうべきもので、普段の作品にはつけないものなのだそうだ。

ボルエハルト自治領に縁のあるドワーフやノームなら、この印を見せるだけで旧友の様に接してくれる特別な印だと教えられた。

オレの持っている「ボルエナンの静鈴」のドワーフ版といった感じらしい。

ドハル老……一昨日出会ったばかりのオレに、そんな凄《すご》い物を渡して良かったのだろうか？

ともかく、真印のお陰で店にあるモノなら何でも売ってくれるそうなので、魔法書と巻物を見せて貰う事にした。

錬金術の店も兼ねているという話だったが、完成品の販売のみで調合器具や素材は販売していないそうだ。

「そうさな、土水火風氷炎の下級魔法書と土火炎の中級魔法書がある。珍しいのなら鍛冶魔法や山魔法の本もあるぞ」

ドンさんが魔法書を積み上げてくれる。

はじめて聞いた鍛冶魔法だが、鍛冶の用途にアレンジしたものを纏《まと》めただけのモノで、火魔法のスキルで使えるらしい。

山魔法も同様に鉱山で鉱石を探したり掘削したりするための用途にアレンジしたものを纏めたモノで、土魔法のスキルで使えるそうだ。

若干だが他の属性の魔法スキルが必要な呪文も入っているので注意しろと忠告された。

ドンさんに許可を貰って下級魔法書を斜め読みする。

人族の町で買ったものと似た内容だったが、呪文の癖が人族のモノと違って興味深かったので全種類を購入する。支払いと魔法書の受け取りには格納鞄《ガレージ・バッグ》に活躍して貰った。

次に本日のメイン、巻物の購入に移る。巻物や魔法道具はハーンさんの担当らしい。

「ほう？　巻物か？　巻物は高いだけで気休め程度の効果しかないぞ？」

ハーンさんは、そんな風に忠告をしながらも棚からスクロールを取り出してくれる。

ここにあるのは六種類だけらしい。

「鉱山技師が単独調査する時に保険で持っていくやつだ。岩を砕いて砂にする『岩砕き《ロック・スマッシャー》』に、水が出てた時に使う『氷結《フリーズ・ウォーター》』や『泥土硬化《ハード・クレイ》』とか、岩盤が脆《もろ》い場所で補強に使う『土壁《ウォール》』とかだな。あとは、変なガスが出てる場所を突破する時に使う『空気清浄《エア・クリーナー》』や『風壁《エア・カーテン》』がある」

もちろん、全種類購入したいと申し出たが、ハーンさんから待ったがかかった。

「すまんが、少年。どうしてもと言うので無ければ、『空気清浄《エア・クリーナー》』は遠慮してくれんかね。それは残り一本しか無くてな。来月の在庫補充まで欠品させたくないんだ」

「そういう事でしたら、それ以外の五本で結構ですよ」

惜しいが、ドワーフ達に迷惑を掛けてまで欲しい物でもない。

手に入れた巻物は次の通り——。

>巻物、土魔法「土壁《ウォール》」
>巻物、土魔法「岩砕き《ロック・スマッシャー》」
>巻物、土魔法「泥土硬化《ハード・クレイ》」
>巻物、風魔法「風壁《エア・カーテン》」
>巻物、氷魔法「氷結《フリーズ・ウオーター》」

巻物を使うのは人里離れた場所まで我慢だ。

◆

半時間ほどで用事を済ませ、皆のいる場所へと戻る。

「おかへり～」

へろへろのアリサが死にそうな表情で床に寝転がっている。

タマ、ポチ、ミーアの三人は声もない。少しお灸《きゅう》が効きすぎたようだ。

オレは二日酔いに効く魔法薬を格納鞄から取り出して、四人に飲ませてやる。

「ふっかぁーっ！」

「なおった～？」

「ご主人様、ありがとなのです」

「感謝」

魔法薬の効き目は素晴らしく、さっきまで唸《うな》っていた姿が幻だったかのように、すぐにいつもの調子に戻った。

さっそくお腹が減ったとか言い出したので、ルルが軽いスープ類を貰いに厨房《ちゅうぼう》に向かった。

気のせいかアリサが妙にハイテンションだ。恐らく昨日の酒の席での発言を忘れようとしているのだろう。なるべく触れないように注意しておこう。


昨日は放置してしまったので、今日は皆を連れてボルエハルト市を観光する事にした。

わざわざジョジョリさんが観光の案内をしてくれるらしい。まるでＶＩＰ扱いだ。

まず最初はジョジョリさんの勧めで中央広場という場所に向かう。

「手つなぐ～？」

「ポチも繋《つな》ぎたいのです」

「いいよ」

タマやポチと手を繋いで通りを歩く。

「むぅ」

「後で交代よ」

「あい～」

「はいなのです」

どうやら、交代制になったらしい。

――おや？

歩き出してすぐに、後を尾行してくる者がいるのに気付いた。

マップで確認したら尾行者はドワーフというか、ボルエハルト市の治安局の人達だった。ジョジヨリさんに確認したらドリアル氏が手配してくれた護衛だと言われた。

みたい、じゃなくて本当にＶＩＰ扱いだったらしい。

噴水のある中央広場では剣の演舞をする剣士や、研ぎ屋、武器や防具を売る者などが露店を開いている。

セーリュー市と違って屋台があるわけではなく、地べたにシートを敷いてその上に商品を並べている。土地柄か金物が多い。

露店を見物しているとドワーフと若い男の会話が聞こえてきた。

「なんだと！　なぜドワーフの里なのにミスリル製の剣が売っていないのだ！」

「貴族の旦那《だんな》、無茶言わんでくれよ。ミスリルなんて上等な素材を扱えるのなんてドハル様とその直弟子達だけだぜ？」

「では、そのドハル殿に請えば手に入るのだな？」

淡々とした声のドワーフに対して、若い男の方は飛びつかんばかりの必死な声だ。

「だけどよ、ここいらの剣と違って、ミスリルの剣なら少なくとも金貨一〇〇枚はいるぜ？」

「なんだと？　この鉄剣ですら金貨一枚だったのに、金貨一〇〇枚⁉」

「金貨一枚って、数打ちの安物じゃねぇか……」

驚く若い男にドワーフが呆《あき》れ声を返す。

なんとなくトラブルの香りがしたのでオレは観光コースを軌道修正し、楽しそうな喧騒《けんそう》が聞こえる方へと向かう事にした。

広場の片隅では武術を競う者達が辻《つじ》試合をしているようだ。

「誰か挑戦者はいないか！　俺様に勝ったら兵蟷螂《ソルジャー・マンティス》の剣腕から作った、この蟷螂《とうろう》剣を差し出すぞ！　互いの武器を賭《か》けて一騎打ちを挑む剛の者はいないか！」

虎人族の大男が魔物の部位で作った剣を天に掲げて、彼を囲む民衆を挑発している。

「公都の武術大会が近いから、腕自慢が集まっているんですよ」

「武術大会ですか？」

「ええ、三年に一度、公都で開かれるんです。大会で活躍すれば貴族の家臣に取り立てて貰えるから、武術で立身出世を目指す人達が集まってくるんですよ」

ジョジョリさんとそんな話をしながら広場を歩いていると、服の裾《すそ》がちょいちょいと引っ張られた。

「腸詰め～？」

タマの指差す方を見ると、屋台でソーセージを売っていた。

野菜や獣脂を煮詰めて作ったソースを塗って食べるらしい。

「ご主人様、塗るなら茶色なのです。黄色いのは辛いから塗ったらダメなのです。ポチは知っているのです！」

ポチが真剣な顔で訴えると、タマもこくこくと頷《うなず》く。

――もしかして。

オレは逸る気持ちを抑えて屋台に向かう。

「やっぱり、マスタードか！」

「辛粒の事かい？　辛いのが好きなら唐辛子入りの腸詰めが一本銅貨三枚、普通の腸詰めなら一本銅貨二枚だよ」

「辛粒を塗った普通のヤツを一本くれ」

「はいよ」

オレは受け取ったマスタード付きソーセージに齧《かじ》りつく。

鮮烈な辛さが舌を刺激する。懐かしい刺激だ。旨い。

オレは旨みとマスタードの辛さを楽しみながら、次の一口を齧り取る。

くぅ、止《や》められない美味さだ。

オレは気が付いたら、瞬く間にソーセージを食べ尽くしていた。

「珍しいですね、ご主人様がそんなに夢中で露店の物を食べるなんて」

ルルが目を丸くしながらハンカチを差し出してくれる。

どうやら、口にマスタードが付いたままだったようだ。

ルルに礼を言って口元を拭《ぬぐ》うと、オレの横でピョンピョンと跳んでいたアリサから悲鳴が上がった。

「ああ、ショタのホッペを指で拭って、『うふふ、食いしん坊さん』ってする夢が……」

地面に拳《こぶし》を叩《たた》きつけるほど悔しいのか？

アリサの奇矯な行動をスルーしつつ、皆にもソーセージを勧める。

ルルによると昨日のうちにマスタードや腸詰めを買い込んであるそうだ。「偉いぞ」とルルの頭を撫《な》でたら、真っ赤になって可愛かった。

一方で、忠告を聞かなかったせいかポチが少し寂しそうにしている。

次はポチのお勧め通りに食べようと心に誓った。


広場を抜け、辻馬車を拾って職人街の間を進む。

トンテン、カンテンと鎚《つち》が金床を打つ音やドワーフ達の喧騒が通りを彩っている。

「活気がありますね」

「はい、鍛造武器の需要もそうですが、ボルエハルト自治領は精密な鋳造技術でもシガ王国一ですから、毎月沢山の注文が届くんです」

なるほど、確かに殺伐とした世界でも武器ばっかりじゃないよね。

「ご興味がおありなら見学していきますか？」

「ええ、ぜひ！」

ジョジョリさんの提案に即答で飛びつき、彼女の知り合いがやっているという鋳造工房にお邪魔した。

「――ってわけさ。簡単に言ったら熱した金属を鋳型に流し込んで、固まった鋳物を取り出して余分な所をヤスリで削って完成だ」

工房では工房主のドワーフが付きっきりで説明してくれた。

これもドハル老の真印のお陰らしい。

広い部屋の向こう側は鋳型に熔けた金属を流し込む所のようだ。

少し暗い部屋に熔けた金属の赤い輝きが広がる。

流し込む時に赤い火花が飛び散って、実に綺麗《きれい》だ。

少し金属臭が強いのでハンカチで口元を覆う。横を見るとルルやミーアもオレの真似をしてハンカチを使っていた。

繊細なオレ達を見て工房主がガハハと豪快に笑う。

「火花きれ～？」

「しゅごしゅご言ってるのです！」

タマとポチが鋳型に熔けた金属を流し込むのを見て歓声を上げた。

火花に釣られて近寄ろうとしていたタマとポチは一歩目を踏み出した時点でリザに捕《つか》まって、二人とも死体のポーズになってリザの脇に抱えられている。

火花の輝きに魅せられたのか、二人に続いてナナがふらふらと工員達の方へ足を進めた。

「ダメ」

ミーアがナナの長いポニーテールの先を掴んで容赦なく引っ張る。

不意を衝かれたナナの首からグキッと音がしそうな勢いだ。

「ミーア、首が痛いと抗議します」

「ん、ごめ」

涙目のナナがうなじを摩りながら、視線を火花の方へ向ける。

「綺麗だから近くで見たいと進言します」

「危ない」

ミーアに叱られたナナがオレに助けを求める。

「マスター許可を」

「危ないから、ここから見なさい」

オレからも禁止されてナナがしょんぼりと肩を落とす。

「やめときな、お嬢さん。下手に近寄ったら綺麗な顔に火傷《やけど》をしちまうぜ」

工房主がナナにそう告げて、次の部屋へと案内してくれる。

オレは移動しながら疑問に思った事を工房主に質問する。

「鋳型はどうやって作るのですか?」

「まず木を削るか粘土で模型を作る。次に魔法使いの所に持って行って模型を石に変えて貰《もら》うんだ。その石模型を熔けた金属に沈めて固まった所を二つに割る。最後はもう一度魔法使いに頼んで金型に残った石を泥に変えて流し出して、完成だ」

……ドワーフが鋳造工程で魔法を使うのは予想外だった。

「砂や石膏《せっこう》を使う鋳造もあるが、ここでは使っていない。そういえばエルフは魔法で直接型を作るんだよな?」

「ん」

工房主がミーアに話を振り、ミーアが短く答えてこくりと頷いた。

確かに「盾《シールド》」や「防御壁《シエルター》」なんかの魔法の強度があるなら、鋳型くらい作れそうだ。

一通り工房を見学させて貰った後、鋳造品のサンプルが飾ってある事務所で冷たいお茶を戴《いただ》く。

暑い部屋から出た後なので染み渡るように美味《おい》しい。

ふと視線を巡らせると、部屋の一角に興味深いものを捉えた。

「あれは腸詰め用の挽肉《ひきにく》加工機ですか?」

「ああ、そうさ。屋台の連中が使うような小型のから、食肉加工所で使う大型のまで色々と作っているぜ」

ふむ、やはりそうか。

「注文したらどのくらいの期間でできる物なのでしょうか?」

「もしかして欲しいのか？」

「ええ、広場で食べた腸詰めが美味しかったので、自分でも手軽に挽肉を作る機械が欲しくなったんですよ」

包丁で挽肉を作っても良いのだが、面倒な上にオレ以外が包丁で作ると挽肉のバラつきが大きかったり肉の繊維が潰《つぶ》れてしまったりするので困っていたのだ。

「屋台で使うような小型の物なら在庫があったはずだ。市長の屋敷に運べばいいのか？」

「はい、お願いします」

――これで皆にアレを作ってやれる。

オレは皆の喜ぶ顔を想像しながら工房主に代金を支払い、購入手続きを済ませた。

鋳造工房の他にも何軒か一般の職人達の工房を見学させて貰い、ジョジョリさんお勧めの大風車の所で小休止を取る。

大風車前の公園で名物のエビセンを味わい、ドワーフの子供達と年少組の交流を見守った。

一通りの観光を済ませ、ジョジョリさんの案内で一軒の店の前に到着する。

「ここが『ガロハル魔法商会』です」

店内には客の姿がなく、カウンターには一人のドワーフが突っ伏して居眠りをしていた。

「もう、ガロハルったら」

ジョジョリさんがカウンターに駆け寄り、ガロハル氏の頭に拳骨《げんこつ》を落とした。

ドハル老の孫だけあって行動が良く似ている。

「あいたた……」

頭を摩りながらガロハル氏が顔を上げる。

彼は、ドワーフにしては腹も出てないし、ヒゲもワックスで丁寧にセットしてある。ひょっとしてイケメンドワーフなのかもしれない。

「目が覚めた？」

「やあ、ジョジョリ。珍しいね君がこの店にくるなんて！　ようやくザジウルの筋肉バカに愛想が尽きたのかい？　いい事だよ！　それはとってもいい事だ」

「おはよう、ガロハル。ザジウルさんをそんな風に言ってはダメよ」

ジョジョリさんの顔を見るなりマシンガンのように言葉を投げかけてくるガロハル氏。

それをジョジョリさんは軽く流して窘《たしな》める。

「おや、後ろの人達はお客かい？」

「そうよ。お祖父《じい》様のお客様だから、ちゃんと接客してね」

「ほう、人族なのにドハル老のお客とは、どこかの大貴族のご子息様かい？」

「違うわ、サトゥーさんはお祖父様に真印を戴くほどの鍛冶《かじ》師なのよ」

「本当かい？」

目を丸くするガロハル氏に妖精《ようせい》剣の柄を見せて納得して貰った後、ようやく魔法書や巻物を見せて貰えた。

魔法書は地下で売っていたものと殆《ほとん》ど同じだったが、生活魔法の本が著者違いで二冊あったので購入する。

鍛冶に関連した錬金術用の素材も色々とあった。

水銀や硫黄など、他の都市では在庫の少なかった鉱山系の品々が豊富にあった上に格安だったので、買い占めにならない量を買い付ける。

水銀は樽《たる》で買えたので、今後は錬成のメッキ処理なんかが気軽にできそうだ。

「ははは、開店以来の大商いだよ。やっぱりジョジョリは僕の女神様だね」

「もう、ガロハルったら！　浮かれていないで、お客様の相手をちゃんとなさい」

上機嫌のガロハル氏をジョジョリさんが窘める。

オレの方に向き直ったガロハル氏に巻物を見せて欲しいと告げる。

ここからが、ここに来た本題だ。

どうやら、巻物は地下とラインナップが違うらしい。

ガロハル氏によると、こちらは貴族や商人向けとの事だ。

「どうだい、わざわざヨルスカの街まで行って仕入れてきたんだ。珍しいだろう？」

「まあ！　ヨルスカなんて魔狩人《まかりゆうど》と鼬人《イタチ》族の商人しかいないような街じゃない。もしかして変な商品を掴まされたんじゃないの？」

自信満々のガロハル氏にジョジョリさんが心配そうに尋ねる。

ヨルスカはこの自治領の南東にある街で、東の山脈の向こうにある小国群へと続く街道の要所だ。

「ジョジョリは心配性だな」

若干、気まずそうにガロハル氏が巻物を並べていく。

「見てくれ！　これは珍しい生活魔法の巻物だ。旅慣れない人達にぴったりの『害虫避け《バグ・ワイパー》』や『痒み止め《アンチ・イッチ》』、それから『消臭《デオドラント》』。生水でお腹を壊さないように『浄水《ピュア・ウオーター》』の巻物まで揃えてある」

なかなか、面白い巻物だが、コストに見合わない気がする。

案の定、そのラインナップを見てジョジョリさんの顔が曇っていく。

「ねえ、ガロハル。この巻物って一本幾ら？」

「ふふん、本当なら一本金貨一枚と言いたい所だが、君の紹介だからね、一本銀貨三枚でいいよ」

「この巻物、一本も売れていないいんじゃないかしら？」

小鼻を膨らませて自慢気だったガロハル氏だが、ジョジョリさんの言葉を聞いて顔を凍らせる。

さらにアリサが止《とど》めを刺した。

「そうよね、そんなに高い巻物を持ち歩くくらいなら生活魔法を使える従者を雇った方が便利だし融通も利くもんね」

アリサと同じように考える貴族や商人が多かったようで、仕入れてから半年の間、まったく売れない不良在庫だったらしい。

「ほ、他にも狼を見つける『探知《ソナー》』や盗賊から逃げる時に使う『防護柵《フエンス》』なんかもあるぞ！」

「巻物の探知だったら、獣人の聴覚や嗅覚《きゆうかく》の方が優秀じゃない？」

ガロハル氏が気を取り直してセールスを続けるのを、アリサの言葉が手折《たお》った。

「な、なら、離れた場所にいる仲間に合図を送る『信号《シグナル》』はどうだ！」

「それって、受信側も『信号《シグナル》』の魔法を発動していないといけなかったわよね？」

「ん、必要」

「それなら狼煙《のろし》の方が使えそうねぇ」

魔法マニアのアリサが「信号《シグナル》」の問題点を告げ、ミーアもそれを肯定する。

最後にジョジョリさんが現実的な評価を下すと、ガロハル氏が泣きそうな顔になった。

ナナの理術に「信号《シグナル》」があるので、ナナからの緊急信号を受けるのに便利そうだ。

やけ気味になったガロハル氏が次に出してきたのは光魔法「集光《コンデンス》」の巻物だった。

「これは凄《すご》いぞ！　曇りの日でも洗濯物が良く乾くし、暗い部屋でも本が読める！」

「ガ、ガロハル……」

「そうさ、『発光《ライト》』の巻物と勘違いして買ってしまったのさ」

ガロハル氏のやけ気味のセールストークにジョジョリさんが気遣わしそうな表情を浮かべる。

その様子が不憫《ふびん》だったので、手を差し伸べる事にした。今なら安く買えそうだ。

「ガロハルさん、私は珍しい巻物を収集しているので、ここにある巻物を全て買い取らせて戴きますよ」

「ほ、本当かい？」

オレの言葉にガロハル氏が目に涙を浮かべて縋《すが》りつく。

「もちろん、値段は勉強してくれるわよね？」

「と、当然だよ、ジョジョリ。儲《もう》けは無しだ。仕入原価で売らせて貰うよ」

多少の値引きを期待していたが、仕入原価まで下げてくれるとは思わなかった。

「そうだ！　巻物収集をしているなら、他にも珍しい巻物がいっぱいあるんだ。すぐ取ってくるから待っててくれ」

オレが相手なら売れると判断したのか、ガロハル氏が店の奥にある倉庫へと飛んで行った。

しばらくして、埃《ほこり》まみれのガロハル氏が巻物を抱えて戻ってきた。

「どうだい？　めったに無い品だぞ」

たしかにめったに無いかも知れない。

一つ目は土魔法「研磨《ポリッシュ》」の巻物で、一見便利そうだったのだが普通にヤスリを使った方が調整も利き易く使い勝手が良かったそうだ。

二つ目は火魔法の「火炎炉《フォージ》」だ。

火魔法で鉱石を熔かしてインゴットを作るための魔法らしい。

実にドワーフ向けの魔法だと思うのだが、巻物だと一〇回くらい使わないと銅も熔かせないそうだ。

「こ、攻撃魔法としても使えますよ」

「これで攻撃したら自分も怪我するじゃない。まだ火弾とかの方が魔力《MP》効率がいいわ」

さらに発動距離が近いので、巻物を使った人間まで火傷してしまう欠陥品らしい。

早い話が、普通の炉を使う方がマシなのだ。

それに出先で鍛冶をやる意味も無いので、需要は全然無かったそうだ。

三つ目に出てきたのは術理魔法の「理力の型《マジック・モールド》」の巻物だった。

これは空中に透明な立方体が出現し、術者のイメージで立方体を任意に変形、最後に凹凸が反転し鋳型を作り出す魔法だ。

「便利そうな魔法じゃない」

「そうね、これなら試作品を作る人に売れたんじゃない？」

「それが……」

これも一見鍛冶向きの魔法だが、やはり欠点があったらしい。

「中級」

「ああ、そっか！　この魔法って中級だったっけ」

ミーアがぼそりと呟《つぶや》くとアリサも合点がいったらしい。

つまり消費魔力が下級魔法に比べて格段に多いのだ。

「それに、粘土の方が使いやすいって言われて……」

それでも粘土で作った試作品を使って型を作るのにも使えたらしいのだが、他にも欠点があったとガロハル氏が白状した。

耐久性にも難があって、熔けた金属を流し込んだら固まる前に型が熱によるダメージで壊れてしまうらしい。

「ろ、蝋《ろう》を流し込むくらいなら使える――」

そう訴えるガロハル氏にかける言葉もないのか、ジョジョリさんが励ますように彼の肩をポンと叩《たた》いた。

最後に術理魔法の「立方体《キューブ》」の巻物が出てきた。

「どうして、こんな微妙な巻物を……」

使い道を思いつかなかったのか、アリサが眉《まゆ》を寄せる。

これは「盾《シールド》」や「自走する板《フローティング・ボード》」の中間のような魔法で、術者によって任意のサイズの透明な立方体を空中に作り出す魔法だ。

主に突進してくる敵を足止めしたり、一時的な机やイスとして使うものらしい。

効果時間が短い上に術者から離れると消えてしまう。完全に空中に固定されるわけでは無く、一定以上の荷重が加わると動くらしい。

空中に見えない階段とかを作れそうだ。意外に使える魔法じゃないだろうか？

「最低レベルの『立方体《キューブ》』ってこれくらいよ？」

アリサが指で空中に描いてくれたのは一辺一〇センチくらいの立方体だった。しかも五〇〇グラムくらいしか支えられないらしい。巻物で使う場合、最低レベルでしか発動できないので、不良在庫になるのも頷《うなず》ける。

「『理力の型《マジック・モールド》』の巻物を二本仕入れたつもりだったんだが、片方は『立方体《キューブ》』だったんだ」

「ガロハル……」

自嘲《じちょう》気味に呟くガロハル氏にジョジョリさんも言葉を詰まらせた。

「よくもまあ、変な巻物ばかり……」

「むぅ」

アリサとミーアは呆《あき》れ顔だ。

タマとポチはリザの足元で眠っている。やはり飽きてしまったか。

これで巻物は出尽くしたようなので、そろそろ商談に移ろう。

「面白い巻物ばかりですね。それで、これらの巻物はいかほどでしょう?」

「……え?」

ジョジョリさんやアリサに散々ダメ出しされていたので売れないと思っていたのか、オレが値段交渉を始めるとガロハル氏が呆気《あっけ》に取られた様な顔で問い返してきた。

たしかに普通ならゴミとしか言いようが無い品だが、オレにとっては地下で買った巻物よりよっぽど魅力的だ。

「売っていただけるのですよね?」

「あ、ああ……。ああ! 勿論《もちろん》だ! 勿論だとも!」

オレが確認すると、ガロハル氏が信じられないと呟きながらも頷いてくれた。

「仕入れ値——いや、そんなケチな事は言わない。一本あたり銀貨一枚でいい。いやあ、今日は良い日だ。ジョジョリ、君が本物の女神様に見えるよ」

晴れ晴れとしたガロハル氏に代金を渡し、沢山の巻物を受け取った。

いつかオレが魔法の巻物を自作できるようになったら、彼に売れ筋の品を格安で卸してあげようと心に誓う。

なお、手に入れた巻物は次の通りだ。

＞巻物、生活魔法「害虫避け《バグ・ワイパー》」
＞巻物、生活魔法「痒み止め《アンチ・イッチ》」
＞巻物、生活魔法「消臭《デオドラント》」
＞巻物、生活魔法「浄　水《ピュア・ウォーター》」
＞巻物、術理魔法「防護柵《フェンス》」
＞巻物、術理魔法「立方体《キューブ》」
＞巻物、術理魔法「理力の型《マジック・モールド》」
＞巻物、土魔法「研磨《ポリッシュ》」
＞巻物、火魔法「火炎炉《フォージ》」
＞巻物、光魔法「集光《コンデンス》」

魔法欄から使った時の効果を確認するのが今から楽しみだ。
なお、「探知《ソナー》」と「信号《シグナル》」の魔法は既に覚えていたので買っていない。

◆

翌日、オレ達はボルエハルト市を発つ前にドハル老に挨拶《あいさつ》に向かった。

「サトゥー、ジョジョリを嫁にやるから、ワシの跡を継げ」

「し、師匠！　ジョ、ジョジョリは俺が！」

「お、お祖父様《じいさま》!?　それにザジウルさんまで何を言っているの？」

ドハル老の唐突な発言にザジウルさんやジョジョリさんが慌てる。

ジョジョリさんは良い娘さんだと思うが、残念ながらオレのストライクゾーンから圧倒的に外れている。

「ドハル様、勿体《もったい》無いお話ですが私にはやらねばならない使命がございます。それに、私などに頼らずともボルエハルトには素晴らしい若者達がいらっしゃるではありませんか。ドハル様が磨いた技術はお弟子さん達に――」

オレが固辞すると、ドハル老もそれ以上は無理強いせずに話を収めてくれた。

恐らく説得スキルのサポートのお陰だろう。

オレ達はドハル老や数多くのドワーフ達に見送られてボルエハルト市を後にした。

今度は旅先で見つけた銘酒を手土産に遊びに来よう。

オレは腰に下げた妖精《ようせい》剣の柄に手を添え、山陰に見えなくなっていくボルエハルトの煙を眺めた。

大河の畔《ほとり》

〝サトゥーです。大河と聞いて脳裏に浮かぶのは長江《ちょうこう》です。ナイル川やアマゾン川、ミシシッピ川と沢山ありますが、なぜか長江が浮かぶのです。やはり三国志《さんごくし》の赤壁《せきへき》の戦いの影響でしょうか？〟


「ルル、そこの脇道を入ってくれ」

「はい、ご主人様」

オレの指示に従って馬車が主街道を外れて、細い間道へと進路を変える。

「あれ？　近道？」

アリサの不思議そうな顔に微笑だけを返す。

アリサのハテナ顔がほんの少し後に、満面の笑みに変わった。

「うっわ――、花畑？　すっごいじゃない、一面の花畑だわ」

アリサの喜びの言葉通り、色とりどりの花が咲き誇っている。

ボルエハルト市に到着した時にナナとミーアが頭に載せていた、花の王冠と同じ種類の花をマップ検索して見つけたのだ。

花畑の手前にある小川の傍で馬車を停める。

「今日はここでお昼にしよう」

「承知いたしました。総員、昼食配置！　行動を開始しなさい」

「あいあいさ～」

「らじゃなのです」

オレの宣言でリザが全員に指示を出す。

タマとポチが馬の世話、ミーアとアリサが採取、リザとルルが昼食の補助だ。

ナナは昼食の補助をする事が多いが、今回はアリサとミーアの護衛としてついて行った。

ボルエハルト市で手に入れたばかりの挽肉機の使い方をリザとルルに教えながら、料理の下拵え《したごしら》を進めていく。

やがてタマとポチが仕事を終わらせ、調理見物にやってきた。

「まるっこい～？」

「変わった肉なのです」

ボルエハルト市で手に入れたばかりの挽肉機を使って作ったその料理を見てタマとポチが首を傾げる。

ぺたぺたと手の間でキャッチボールされる肉をタマが真剣な目で追う。

今にも手を出しそうにウズウズしているが、食べ物を粗末にしてはいけないという思いが短慮を抑えているようだ。

油を引いた熱い鉄板に掌サイズのソレを並べ、一度ひっくり返した後にボルエハルト市で買ったばかりの蓋《ふた》を載せて蒸し焼きにする。

「とても良い匂いです」

「リザには少し柔らかすぎるかもしれないから、噴進狼《ロケット・ウルフ》のステーキも焼いておこうか？」

「いいえ！　このリザ、ご主人様のお作りくださる料理なら、脂身の一欠片《かけら》すら残さず食して見せます」

リザが真剣な顔で宣言する。

……いや、ただの昼食にそこまで気合いを入れなくて良いから。

「おお！　ハ、ハンバーグじゃない！」

クンクンと匂いを嗅《か》いでいたアリサが料理を言い当てる。

「合挽《あいび》き？　牛肉オンリー？」

「毛長牛と猪肉を使った合挽きだ。ハンバーグを皆が気に入るようなら、他の肉のバリエーションも開拓してみるよ」

アリサの質問に答えながら、ニンジンのグラッセやフライドポテトといった定番のサイドメニューを作っておく。

こちらのニンジンは丸くて少し甘みが強い。芋は何種類もある中から、揚げ物に適した種類を選び抜いた。

「採ってきた」

「積載量オーバーだと苦言を呈します」

ナナが馬車の前にドサリと置いたのは青竹の束と重そうな袋だ。

袋の中にはタケノコが入っていた。

「おいしそうなタケノコだね」

「ん、美味」

「タケノコは下拵えに時間がかかるから、明日《あした》のお昼ご飯に食べようね」

「残念」

調理時間短縮専用の魔法でも作ってみようかな。

竹の束の方はAR表示によると「食竹」という種類らしい。

コンコンと青い幹をノックしてみたら、金属のような感触が返ってきた。普通の青竹の何倍も硬い表皮をしているようだ。竹アーマーでも作れそうだが、それはやめておこう。

食竹という名前なので食べられると思うのだが、現状では調理方法が判らない。

人里まで行ったら調理法を知る人がいないか尋ねてみよう。邪魔になるわけでもないし、それまではストレージの肥やしでいいだろう。

アリサとミーアが採取してきた各種魔法薬の材料や香草山菜のうち、今日のお昼ご飯に使う分以外を格納鞄《ガレージ・バッグ》経由でストレージに収納した。

「タラの芽はテンプラにしようか?」

「ん、期待」

ルルにタラの芽の下処理を頼む。

山菜類の扱いはリザよりもルルの方が上手い。

「マスター、運搬補助に身体強化を多用したので魔力を消耗したと報告します。魔力補給を希望すると訴えます」

「判った。後で魔力回復薬を出してあげるよ」

オレがそう返すとナナが無言のまま停止する。表情には出ていないが少し不服そうな感じだ。

「……直接魔力供給を希望します。ダメ、ですかと尋ねます」

相変わらずの無表情だが、言葉運びから子供が甘えるような雰囲気を感じる。

「食後に魔法の実験をしようと思ってたんだけど……頑張ったご褒美にナナを優先するよ」

「イエス、マスター」

ナナの声のトーンが上がった。

ナナが服の裾《すそ》に手をかけて脱ぐ体勢に入ったが、アリサとミーアの見事な連係で阻止された。

「アリサちゃんの鉄壁のガードは抜けないわよ？」

「ん、完璧《かんぺき》」

ドヤ顔の二人から視線を逸らし、ナナに魔力補給は昼食の後だと注意しておく。

「さあ、お昼ご飯にしようか」

個別の料理皿の他に、テーブルの中央にはおかわり用の焼きたてステーキを何枚も積んでやる。

そして、いつものようにアリサの「いただきます」の合図で食事が始まった。

「むむ～」

「むー！」

ハンバーグの一口目を食べたタマとポチが目を丸くして驚いている。

リザも驚きの表情を浮かべたが、今は真剣な顔で口の中のハンバーグを咀嚼《そしやく》している。

やがてリザの喉《のど》が動き、満足そうな表情が浮かぶ。

どうやら、固い食材が好きなリザも気に入ってくれたようだ。

「美味《おい》しい！　……それに柔らかいですね。前に食べたツミレに似ていますけど、こっちの方が好きです」

「んまい！　ハンバーグなんて久々よ。付け合わせのポテトたんも実に美味だわ」

ルルとアリサが楽しそうにハンバーグの感想を交わす。

「ミーア、テンプラとニンジンのトレードを希望します」

「ん、交換」

ミーアとナナがおかずの交換を楽しんでいる。

次からは肉だけではなく、サイドメニューも余分に作って皆で突《つつ》けるようにしよう。

好評な様子に満足しつつ、オレもハンバーグを一切れ口に運ぶ。

口の中に入れた途端、ハンバーグを構成する肉が解《ほど》けるように口の中で溶けていく。

二種類の肉の旨みと濃厚なソースが渾然一体《こんぜんいったい》となって、舌に幸せを届けてくれる。

漫画だったら、オレの周りに天使が飛び交いそうな美味しさだ。

付け合わせのニンジンを齧《かじ》って甘みを楽しんだ後、ポテトやブロッコリーに続き、口直しに炊き立てご飯を味わう。

再び、肉を求める若い身体の本能に従って、ハンバーグへと箸《はし》を伸ばす。

気が付いた時には全ての皿が空になっていた。

獣娘達はステーキの山の攻略に取り掛かっているが、なぜか視線はオレに固定されている。

「ハンバーグのおかわりはいるかい？」

空気を読んだオレの質問の結果は言うまでも無い。ドワーフ製の挽肉機の連続稼動性能は素晴らしかったとだけ言っておこう。


食後にナナのすべすべした背中を堪能《たんのう》――もとい、魔力供給を行った。

魔力供給時の色っぽい声にドキリとしたが、子供達の前なので色々と自重した。

リビドー発散と食後の腹ごなしを兼ねて、妖精剣を使いこなすための練習をする。

剣を振り上げた所で止め、魔力を篭《こ》めて振り下ろす。今度は振り下ろした姿勢で魔力を吸い上げ、軽くなった剣を素早く返す。

妖精剣を使いこなす要である重量の変化を、ゆったりとした動作で確実にできるようにして、少しずつ速度を上げていく。

三〇分ほど休まず繰り返して、納得行く動きができたので終了にする。

なぜかパチパチと拍手を貰《もら》った。

いつの間にか皆が邪魔にならない場所で見物していたようだ。

「ほんと～に、チートね。自分が何していたか判ってる？」

「型の練習だけど？」

自己流の型が中二病っぽかったとかか？

「わかって無いみたいね」

トコトコと傍まで歩み寄ったアリサが、オレの襟首を掴《つか》むように顔を寄せて小声で教えてくれた。

「普通は、そんな速さで魔力を剣に注いだりできないのよ。ついでに言うと剣に注いだ魔力を散らす事はできても、もう一度、吸収するなんてできないの」

──そうなのか？

リザの魔槍《まそう》の時にできたから、当たり前のようにしていたんだが……。

「やろうと思わないからできないとかじゃないのか？」

「そんな訳無いでしょう？　そんな事がホイホイできるなら魔力回復薬なんて要らないじゃない。魔法を使って魔力を消費する度に魔法道具《マジック・アイテム》に篭めた魔力を吸って回復とか、一人で砲台ができるわよ」

アリサがオレの襟から手を離して、お手上げのポーズを取る。

──なるほど、良い話だ。

アリサに礼を言っておく。

言葉だけじゃ悪いのでハグしておいた。

「うは、いきなりは、らめぇ～」

アリサが前みたいに変な声を出してジタバタともがく。

自分から迫る分には平気なくせに、相手から積極的に振る舞われると恥ずかしがるのは相変わらずのようだ。たまに不意打ちすると実に楽しい。

とりあえず、剣に魔力を篭めて吸い出した時の効率チェックと、ストレージに一晩しまった後で魔力を吸い出して、どの程度減衰しているのかを調べる事にしよう。

予想通りならば、いつも大量に余っている魔力の貯蔵ができそうだ。

出発前にボルエハルト市で買った巻物を全部使って魔法欄に登録しておく。

巻物での効果と魔法欄での効果の違いを比較するのも楽しいが、巻物レベルで使う事がないので確認は適当に流した。

一通りの巻物使用で「光魔法」「氷魔法」「氷耐性」スキルを新たに得たのでスキルポイントを最大まで割り振って有効化しておく。

魔法欄でのテストは日が暮れてから山奥に行ってやろうと思う。

街道の移動中に灰色狼の群れに襲われて狼肉の大量補充ができた他は特筆する事も無く、実に平和で風雅な道中だった。

その日の夕食後、日課の詠唱練習を済ませた後、オレは夜陰に紛れてハンググライダーで空を舞う。「風圧《ブロウ》」の魔法があるので、どこからでも離陸可能だ。

街道から二〇キロほど離れた山奥に、延焼の心配の少なそうな荒地があったので、そこを実験場に選ぶ。潅木《かんぼく》や藪《やぶ》が疎《まば》らにあるが、これくらいなら問題ないだろう。

さて、魔法の実験に入ろう——。

オレが最初に選んだのは「火炎炉《フォージ》」だ。

鍛冶《かじ》魔法の本によると「火炎炉《フォージ》」は中級の火魔法に分類されるらしい。

下級の「小火弾《ファイア・ショット》」で迷宮の壁が溶岩状になっていたのを思い出したので、ストレージから取り出した巨大隕石で作業台を作る。

この隕石は「流星雨」の魔法で天から落ちてきた物だから熱に強いと思う。

巨大な隕石の端の方を聖剣で斬り付ける。

聖剣で斬ったにしては妙な抵抗を感じたが、問題なく切断に成功したので残りはストレージに収納する。

完成した作業台の上に銅貨、鉄製の短剣、ミスリル鉱石を置いて、魔法欄から「火炎炉《フォージ》」を発動する。

精錬用の魔法だけあって火力を調整できるらしい。火力の強さと維持時間によって消費魔力が変わるようだ。

徐々に温度を上げていくと、金属の焼ける異臭が広がる。

臭いが気になるたびに「消臭《デオドラント》」の魔法を使っておく。

——暑い。

この体になってから気候の変化に強くなったのだが、それでも「火炎炉《フォージ》」の炎の傍にいると汗が浮かんで来る。

発動してから一〇秒ほどで銅貨が熔け、三〇秒で短剣も熔けて液体状になった。

三分ほど掛かったがミスリルの融解を確認できた。炎の温度がＡＲ表示されていたので、それぞれの融点をメモしておく。

これほどの高温になると、真夏の太陽の下で日焼けした時のように皮膚がヒリヒリする。

普通の人だと致命的かもしれないので、この魔法を使う時は周囲に気を使おうと思う。

今度は最大火力のテストだ。

少しもったいないが、ミスリル合金製の短剣を使おう。

加減なしの全開に設定して「火炎炉《フォージ》」を使う。

その途端――。

目が眩《くら》むほどの白炎が視界を満たす。

危機感知の反応を待つまでもなく、とっさに「火炎炉《フォージ》」を停止し「風圧《ブロウ》」の魔法で熱を空へと吹き上げる。

光量調整スキルが働いたのか、白く眩んでいた視界が元に戻る。

作業台の上は黒焦げになっており、実験用に置いたミスリル合金製の短剣が僅《わず》かな残滓《ざんし》を残して蒸発していた。恐ろしい事に作業台自体は熔けた様子が無い。

自分の身体を確認すると軽い火傷《やけど》を負っていた。

一メートルほど先で金属が蒸発するような高温を出したのだから当たり前だ。

むしろ、軽い火傷で済んでいるのが異常と言えるだろう。

顔を庇《かば》った手が一番火傷が重かったが、見ているうちにフィルムの逆回しのように回復していった。おそらく自己治癒スキルのお陰だと思う。

我が身の事ながら気持ち悪いほどの自己修復能力だ。

――いや、ここは心強いスキルだと思うべきだろう。

オレの身体はスキルで治るが服は燃えたままだ。

炎に面していた服が燃えてボロキレのようになり、耐火性の高いヒュドラの革製の外套《がいとう》さえも焼け焦げて穴が開いている。

皆を心配させないように、先ほどまで着ていたのと同じ種類の服に着替えておこう。

さて、この「火炎炉《フォージ》」の魔法は非戦闘用のはずだが、この常軌を逸した高温は攻撃魔法として転用できそうだ。

効果範囲が狭いので自爆攻撃になってしまいそうだが、奥の手として大切にしまっておこうと思う。

魔族相手だと聖なる武器が勝敗を決するので、使う機会はなさそうだけどね。

続けて他の魔法も色々と実験を行った。

「風壁《エア・カーテン》」「理力の型《マジック・モールド》」「研磨《ポリッシュ》」「氷　結《フリーズ・ウォーター》」「浄　水《ピュア・ウォーター》」は色々と使い道が多そうだった。ただ「理力の型《マジック・モールド》」はコツを掴むのが少し難しそうだ。

また、オレには不要だが、他の子達の薬草採取に「害虫避け《バグ・ワイパー》」や「痒み止め《アンチ・イッチ》」は便利だと思う。オレの場合は蚊や害虫が皮膚を食い破れないのでまったく噛《か》まれないのだ。

土木作業時に「土壁《ウォール》」「岩砕き《ロック・スマッシャー》」「泥土硬化《ハード・クレイ》」があると効率が凄《すご》かった。冗談抜きで一夜城が造れる。試しに荒地に造ってみたら、三分で造れた。インスタントラーメン並みだ。

そんな便利な魔法が多い一方で「集光《コンデンス》」は使い道を思いつかなかった。「防護柵《フェンス》」は使えない事もないが「防御壁《シエルター》」や「盾《シールド》」の方が便利だろう。

そして最後の「立方体」の魔法だが――。

「これは楽しい」

空中に一辺一〇センチから一二メートルまでの透明な立方体を作る魔法で、大きさによって支えられる重量が違う。

「どこまで上れるんだろう?」

独り言を呟《つぶや》きながら、「立方体《キューブ》」で作り出した透明な階段を上る。

効果時間が最長一〇分なので、普通の術者なら魔力切れで落下してしまうが、オレの場合は体重を支える程度のサイズなら魔力の自然回復量で賄えるのでいつまでも作り続けられる。

空中に浮かんでいると、テリトリーを犯された飛行型の魔物が襲ってきたので、空中戦の練習をしてみる事にした。

飛んできたのはレベル二〇ほどの軽トラックくらいの甲虫だ。AR表示によると「甲虫兵《ソルジヤー・ビートル》」という名前らしい。

今回の目的は空中戦なので、「立方体《キューブ》」の魔法で空中に足場を作って跳び回り、甲虫兵の突撃や魔法を避ける。

――我ながらゲームキャラみたいな動きだ。

立体機動スキルと空中機動スキルの補助もあって、機動に合わせた「立方体《キューブ》」の最小サイズを学んだ。さらに最適な動きを模索する。

甲虫兵の体力が尽きる頃に、地上と遜色《そんしょく》のない戦いができるようになった。

これなら竜や魔族とも空中戦ができそうだ。

>「天駆」スキルを得た。
>称号「空を歩む者」を得た。
>称号「翼なき飛行者」を得た。
>称号「空の覇者」を得た。

変幻自在に空中戦ができるようになった時に、こんなスキルや称号を手に入れた。

スキル名に惹《ひ》かれたので、さっそくスキルにポイントを割り振って有効化《アクティベート》する。

この天駆スキルは、「立方体《キューブ》」を足場にして飛ぶのとほぼ同じ効果を、より少ない魔力で実現できるスキルのようだ。

レスポンスも早いし、毎回「立方体《キューブ》」を作る大きさや位置を意識しないで済むのが良い。

魔力消費の多い「天駆」の加速時でも魔力の自然回復速度より少し多いくらいなので、飛び方を工夫すれば航続距離はいくらでも増えそうだ。

風圧や減圧に耐えられるのがオレだけなので、誰かを連れて飛ぶ時は速度や高度に注意が必要だろう。

◆

魔法の実験を行った翌々日の朝。

オレ達は山間部を抜け、大河沿いの街道まで目前という場所まで辿《たど》り着いていた。

「ご主人様、主街道との合流地点が見えてきました」

御者台のルルがそう報告してきたのでオレも御者台に出る。

合流地点の近くには灯台のような櫓《やぐら》が立てられ、公爵領の兵士が詰めているようだ。大河は櫓の向こうにある林が邪魔でまだ見えない。

先行して合流地点を見に行っていたリザとナナの騎馬が戻ってきた。ナナの馬にはミーアも乗っている。

「ご主人様、あちらをご覧ください。林の向こうに何かいます」

リザの指差す方を見るが、林の合間に大型船の帆が見えるくらいで他には何もいない。いや、リザのいう何かは、あの帆の事だろう。

「あれは、船の帆だよ。林の向こうに大河があるから、そこを行き来しているんだろう」

オレの言葉が聞こえたらしいタマとポチが馬車の中から顔を出した。

「ふね～？」

「どこ、なのです？」

タマがオレの体を支えにして林の向こうを見ようと背伸びする。

ポチもルルの両肩を掴《つか》んで背伸びするが、見えないようだ。

「危ないから、こっちにおいで」

「捕虜～？」

「捕まっちゃったのです」

タマとポチを捕まえて膝《ひざ》の上に乗せて、両手で二人が落ちないように支える。

タマはオレに捕まったのを喜んでいたが、ポチは首をグリンと上に向けて訴えてきた。

「船、見たいのです」

「このまま座っていても、すぐに見えてくるよ」

そう説得してポチの頭を撫《な》でる。

馬車の中からアリサまで出てきた。

「――そうなの？」

アリサが後ろからルルの首に抱きついて、姉妹のスキンシップを深めながら聞いてきた。

やがて、河川が視界に入る。進行方向右手だ。

「ほら――」

「おっき～船～？」

「船が見えたのです！」

オレが促すのとタマとポチが大喜びするのが同時だった。

かなり大きな帆船が同じ方向へ向かって進んでいる。進行方向が川下なだけあって、向こうの方が速い。

オレの膝の上に座ったタマとポチが、船に向かって大きく手を振っている。

左に座ったポチが見えにくそうだったので、身体を右側に捻《ひね》る。

「お～い」

「向こうも振り返してきたのです」

ポチもそう言って船に手を振る。

「よく見えるわね。向こうも獣人なのかしら」

「とり～？」

「鳥頭さんなのです」

アリサの予想通りみたいだ。相手は鳥人族なのだろう。

ポチ達は、船が林の陰に見えなくなるまで手を振っていた。

さて、この辺りで少しオーユゴック公爵領の情報を再調査しよう。

この領土には全長八〇〇キロ近い長大な大河がある。

大河はセーラ嬢やカリナ嬢達が向かったダレガンの街を北端に、公都をはじめ四つの都市を経由して、海へと続いている。

こんな長大な大河がある時点で判る事だが、オーユゴック公爵領は広い。

ムーノ男爵領も歪《いびつ》な形ながら北海道なみの広さがあったが、今いる公爵領はそれより広く日本の本州くらいの面積がある。日本のように細長くないので、全長を比較すると半分くらいだ。

これだけの広さがありながら、都市の数は七つだけ。公都は人口二一万とこれまで見た都市とは桁違《けたちが》いの大都市だ。「都」と呼ばれるだけはある。

恐らく大河を利用した輸送力がこの人口を支えているのだろう。

大河沿いには無数の村があり、亜人だけの村も沢山あるようだ。

もっとも、総人口の八割が人族なので人族優位なのは他の領地と変わらない。

マップ検索した限りでは魔族、転生者、ユニークスキルを持つ者は存在しないようだ。

レベル三〇を超える人や魔物は多数に上るので全てにマーカーを付けるのは面倒だ。旅程上に絡んできそうな相手だけにマーカーを付けるようにしよう。

魔王信奉者の「自由の翼」の構成員も公爵領全体で三〇〇名を超える大人数だった。

基本的に都市や街の中にしかいないようなので、最寄りの都市や街にいる分だけにマーカーを付ければ良いだろう。

◆

大河沿いでお昼休憩を終えた後、大河支流が合流する橋の手前でオレ達は困った来客の対応に追われていた。

支流の上流方向から逃げ惑うように飛んできた、中型犬サイズの大針蜂という魔物達だ。

「ポチ、タマ、囲まれないように注意しなさい」

「あい！」

「はいなのです！」

大針蜂が獣娘達に殺到する。

「ひらひら～？」

「とー、なのです！」

複数の大針蜂の攻撃をタマが翻弄《ほんろう》し、隙を見せた個体にポチが攻撃を掛ける。

タマが縦列に誘導した大針蜂達を、リザの魔槍《まそう》が三色団子よろしく貫く。

「うはっ、まっず！」

「ごめっ」

ミーアが不用意に放った広範囲攻撃魔法が、多数の大針蜂を引き寄せたようだ。

「えいっ！　えいっ！」

アリサの精神魔法とルルの魔法銃が大針蜂を撃ち落とすが、ミーアに迫る数を減らせていない。

「ミーアの保護を実行します」

ナナが理術の「盾《シールド》」を生み出してミーアとの間に割り込むが、大針蜂達はナナを迂回《うかい》してミーアに向かう。

リザが駆けてくるが到底間に合わない距離だ。

「サトゥー」

「ご主人様へるぷー」

「ご、ご主人様っ」

魔法で迎撃したいが後衛陣が間に入っているので射線を確保できない。

オレはダッシュで駆け寄り——ミーア達を背後に庇《かば》ってから魔法で殲滅《せんめつ》した。

慌てて駆け寄った時に一瞬だけヌルリとした変な感じがしたが、気のせいのようだ。

オレが首をかしげている間に、残り数匹の大針蜂は獣娘達の手によって始末された。

「ふい〜」

「お疲れ様」

アリサに冷たい果実水を手渡す。

もちろん、周りにいる他の子達にも配る。

「ありがと。やっぱ前衛が誰も『挑発』スキルを持ってないと、後衛が攻撃の主役《ダメージディーラー》になるのは無理ね」

「あるのか？」

オレの質問にアリサが頷《うなず》く。

アリサの言う挑発スキルは多人数参加型のゲームの定番で、モンスターの攻撃目標《ターゲット》を盾役の重装備キャラに集めるモノだ。

ゲームによってはターゲットをいかに自分から動かさないかが、優秀な盾役の証明になるそうだ。

「アリサ、『挑発』とはどのような事か追加情報を求めます」

ナナの質問にアリサが答えてやっている。

「ご主人様、魔核《コア》を回収して参りました」

「ハネ～？」

「ハリなのです」

戦闘後でも元気な獣娘達が、大針蜂の死骸《しがい》から回収してきた戦利品をオレに手渡す。

「もうすぐ大針蜂の第二陣がくるから休憩しておきなさい」

オレはマップで確認した情報を獣娘達に告げて、彼女達も休憩に参加させた。


一〇分後、予告した大針蜂の第二陣が到着した。

せっかくなので、ナナと一緒に挑発スキル獲得にチャレンジしてみる。

「アリサ、サンプルの提供を希望します」

「おっけー。このグズでノロマなハチめ！　貴様らなんぞハチミツクマさんに食われてしまえ！」

アリサがノリノリで大針蜂を挑発するが、残念ながら大針蜂は無反応だ。

ふらふらと飛行してきた大針蜂は墜落するように橋の上に着地して翅《はね》を休めている。疲労困憊《こんぱい》の様子で、アリサの挑発どころかオレ達の存在さえどうでも良いような態度だ。

「さ、やったんさい」

「了解。このグズでノロマなハチよ！　その翅は飾りかと愚弄《ぐろう》します！」

アリサの指示でナナが挑発を行うが、やはり影響は無い。

今度はオレもやってみよう。

「来い！」

オレがシンプルにそう叫んだ途端、橋の上で蠢《うごめ》いていた三〇余匹の大針蜂がオレを目掛けて殺到してきた。


＞「挑発」スキルを得た。


このまま殺到されたら服が破れそうなので、近寄られる前に「短気絶弾《ショート・スタン》」で殲滅する。

「ああっ、経験値がっ」

「けいけちぃ、～？」

「ケンケンチなのです？」

地面に突っ伏すアリサを見て、タマとポチがマネをする。

オレはアリサの肩をポンと叩《たた》いて、彼女の杞憂《きゆう》を払ってやる。

「アリサ、安心しろ。大針蜂をここまで追いかけてきたヤツが来るぞ」

上流から水面を滑空してくるのは鎧井守《ハード・ニュート》という全長九メートルの魔物だ。こいつは強酸攻撃がある上にレベル二五もあるので、アリサ達と正面から戦わせる気はない。

「――来いっ！」

姿を見せた九匹《ぴき》の鎧井守達に覚えたばかりの挑発スキルを使う。

「皆、全部のイモリに一撃入れろ！　絶対に近寄らずに遠くから攻撃するのを徹底しろ！」

オレはそう告げて、鎧井守達の前に身を晒《さら》した。

パワーレベリングという言葉を体現するような戦闘により、うちの子達のレベルは二から四もアップした。一番低いミーアでレベル一一、一番高い獣娘達でレベル一六だ。

皆、色々な新スキルを覚えたが、特筆すべきはリザの「魔刃《まじん》」とナナの「挑発」だろう。

元のレベルが低かった子達はレベルアップ酔いが始まってしまったので、今日の野営は急遽《きゅうきょ》この辺で行う事が決まった。


夕方まで時間があるので、鎧井守の解体が終わった後は自由行動にした。

レベルアップ酔いでダウンしたルル、ミーア、ナナの三人は馬車の椅子を変形させたベッドで睡眠中だ。

リザは覚えたばかりの「魔刃」の練習を始め、タマとポチは川原へ採取に向かった。

アリサはボルエハルト市で手に入れた新しい魔法書を読むそうだ。

オレは久々に物作りをしようと思う。

予備の仮面や新色のカツラは移動中の手慰みで色々と作ったりしていたが、手間のかかる魔法道具や武器はご無沙汰《ぶさた》だったのだ。

新しい魔法も手に入った事だし鋳造で遊んでみる事にした。

防火用の土壁を四方に造って周りに被害が出ないようにしておく。高さは三メートルほどでいいだろう。

遊びなのでボルエハルト市で買った鉄インゴットや鋼材は使わずに、銀貨や真鍮《しんちゅう》の燭台《しょくだい》を熔かして材料にする。

一時間ほどで銀杯や銀の小瓶と無数の真鍮のアクセサリーを作り上げた。

ひよこのイヤリングはナナに、猫と犬のワッペンはタマとポチに、ミーアにはウサギのヘアピン、他の子達には花柄のカフスを作ってみた。各アクセサリーには錬成で銀メッキを施してある。

まだ時間があったので、聖なる武器も作る事にした。

「さて、材料は何を使うか……」

顎《あご》に手を当てて思案する。

前に聖矢を作る時には黒曜石の鏃《やじり》と山樹の枝から作ったのだが、黒曜石の手持ちが無かったので、隕石《いんせき》の作業台を作った時の端材を流用する事にした。

端材の加工には聖剣を使う。

いつもの聖剣エクスカリバーは魔力充填《じゅうてん》実験に使っているので、今回使うのは聖剣デュランダルだ。

聖剣は他にも二本あるが、地球の逸話に出てくるデュランダルは刃こぼれしても鞘《さや》に納めると元に戻るという逸話があるので、この聖剣を選んだ。

ちなみにまるで出番がないが、ストレージには魔剣が二本に聖槍も一本眠っている。

魔剣は使用するのに称号を必要としないようだが、見た目が派手な上に非常に重いのでうちの子達に持たせるのを躊躇《ためら》っている。

それにレベル三〇以下の魔物相手だと、ミスリル合金製の武具でも十分過ぎるのだ。

さて、端材から鏃や穂先を作り、魔法回路《サーキット》用の溝を掘る工具も端材から作る。余った欠片《かけら》は礫《つぶて》にしよう。

端材の鏃や穂先に回路用の溝を掘り終わった所で青液《ブルー》の作成に入る。

前に作った青液はムーノ市滞在中に使い果たしたので、もう一度新しく作り直す。今度は多めに作ろう。

二度目になると青液を作るのにも慣れてきた。

完成した青液を先ほど作った銀の小瓶に注いでストレージに収納する。小瓶五本分の青液ができた。

後は精密刻印棒で鏃や穂先に青液を流し込んで魔法回路を仕上げる。

作ったのは聖矢一〇本と聖短槍《せいたんそう》が三本だ。

聖剣を使いながらでは弓を構えられないので、その欠点を補助する為に片手で使える聖短槍を用意してみた。

「ご主人様、ルル達が目覚めたわよ」

土壁の向こうからアリサの呼ぶ声が聞こえたので、土壁を除去して皆の所に向かう。

なお、アクセサリーはとても好評だった。

◆

魔物との戦いでお腹が減っていたのか、今日の夕飯はなかなか激しかった。

食後の片付けはリザ達に任せて、オレは兼ねてからの念願を果たすべく木立の中にいた。

「この辺で良いかな」

大河が良く見える土手の一角を選ぶ。

土魔法の「土壁《ウォール》」と「落とし穴《ピット》」を上手く使って直径三メートルの浴槽を造る。

造った浴槽を土魔法の「泥土硬化《ハード・クレイ》」で固めて湯が濁らないようにしてから、川原でタマとポチに回収させておいた砂利を敷いていく。

これくらい広ければ皆で入れるだろう。

女性用の浴槽ができたので、少し離れた場所に自分用の一人用浴槽を造る。

混浴でも良い気がするが、恥ずかしがり屋で思春期まっさかりのルルが落ち着いて入れないと可哀想なので、男女で浴槽を分けてみた。

次に夜陰に紛れて大河の中ほどに向かい、ストレージに大量の水を確保する。

その水を浴槽に出して水魔法の「浄水《ピュア・ウォーター》」を使って綺麗《きれい》な水に変える。「浄水《ピュア・ウォーター》」で出た不純物の結晶はストレージに回収して後で処分しよう。

続いて火魔法の「火炎炉《フォージ》」を最小出力で使い、お湯を沸かして露天風呂の完成だ。

さらに「泥土硬化《ハード・クレイ》」で地面を固めて洗い場スペースも造っておいた。

温度調節用に真水を入れた樽《たる》と桶《おけ》を近くに置いておく。

ムーノ城にはサウナ室しかなかったので、久々の風呂《ふろ》だ。ゆったり楽しもう。

皆のいる場所に戻って、お風呂が出来た事を伝えると様々な反応をされた。ルルとナナはお風呂を知らなかったので簡単に説明する。

「くぅ、少年との混浴っ！　ああ、これまでの苦労が報われるようだわ！」

「風呂は男女別だよ」

「なっ、何だとぉ――！　これだから、草食系は！　ここはイチャラブ温泉回でしょう！」

変な方向にテンションの高いアリサは予想通りだ。そもそも温泉じゃない。

「マスター、背中を流す任務に志願します」

「ダメ」

「そう、ダメです」

ナナの言葉をミーアとルルが否定するのも予想通りだった。

「久しぶりのお風呂ですね。またご主人様のお背中をお流しいたします」

「タマもする～」

「ポチも流すのです」

セーリュー城の迎賓館での入浴を思い出した獣娘達が楽しそうに話す。

一部で「また」の部分に反応している者もいたが、瑣末事《さまつ》なのでスルーした。

自分の背中用の垢《あか》すり道具は作成済みなので問題ない。

そう伝えると何故か落胆された。リザやルルから先に風呂に入れと言われたが、別に浴槽を用意してあると伝えると、素直に浴場に行ってくれた。やはりアリサが男風呂《ぶろ》に付いて来ようとしたが、ルルに連行されて行った。

「ふぅ、染み渡るようだ――」

男湯に入って夜空を見上げる。

いい感じに星が見え始めている。大河の水面に星が映るほど凪《な》いでいないのは勿体《もったい》無いが、月明かりが反射してなかなか綺麗だ。

無粋なメニュー表示をオフにして風情を楽しむ。

「大自然の中の風呂なんて、大学時代に秘湯めぐりをした時以来だ」

背中を浴槽の壁に預けて寛いでいると、ちゃぷんという音がして体に重みが乗る。気配で誰かが来たのは判っていたが、レーダーを消していたので誰だか判らなかった。

顔を上げると髪を解いたミーアがいた。

「ミーア、こっちは男湯だよ」

「ん」

優しく窘《たしな》めるが、ミーアは気にした様子もなく姿勢を変えて、オレの膝《ひざ》の上に座って背中を預けてきた。

なんとなく親戚《しんせき》の子供をお風呂に入れてやったのを思い出す。

回収班がこちらに向かっているみたいだから、しばらく好きにさせてやろう。

「エルフの里にもお風呂があるのか？」

「共同」

公衆浴場があるらしい。

ミーアが小さな頭をオレの胸に預けて、オレと同じように星空を見上げる。

そこに回収班第一陣というか、襲撃班第二陣が到着した。

「いっしょ～？」

「入るのです」

タマとポチが左右からザップンと入ってきた。

君達が幾ら小さいからって流石に容量オーバーだ。お風呂に入っているというよりは、幼女漬けになっているようだ。ちょっと狭い。

タマとポチもミーアと同じ姿勢を取りたがったので、沈まないように二人の腰を手で支えてやる。

「ちょっと、三人とも！　抜け駆け禁止よ！」

薄い湯着を身につけたアリサが仁王立ちしている。

濡《ぬ》れた湯着が体に張り付いて透けているが、幼女の身体には興味が無いのでどうでもいい。

それよりも、アリサの後ろから来た年長組に視線が行ってしまう。

ナナのは凶悪すぎてコメントが出来ないが、出会った頃よりも良くなったルルのプロポーションに、娘の成長を見守る父のような感慨を抱いてしまった。

「ご主人様は向こうの大浴場で一緒に入るべきだと思うの」

アリサのそんな提案が全員一致で歓迎されてしまったので、オレも一緒に大風呂に入る事になってしまった。

——やっぱり風呂は広い方がいい。

「くそう、明かりが、明かりが足りないわ。やっぱり覚えるのは光魔法にするべきかしら」

先ほどから、アリサが風呂の中央でブツブツ呟《つぶや》きながら潜水を繰り返している。

なんとなく何が目的か予想が付く。残念ながら湯着代わりに真新しいトランクスを穿《は》いているので、彼女の見たいモノは見えないだろう。無粋だが緊急避難だと思って欲しい。

「さ、鎖骨の曲線が……」

アリサの近くで肩まで浸かったルルが、視線をオレにロックオンさせて赤い顔で何か呟いている。

そんなにじっと見つめられると、少し居心地が悪い。

浴槽の壁に背中を預けてさっきのポーズに戻る。

湯気があまり仕事をしないので、視線を前に向けにくい。

少し熱くなってきたので両腕を浴槽の上に出したら、枕代わりにされてしまった。右腕にタマとポチ、左腕にミーアだ。なぜかルルが順番待ちをしに寄ってきた。

「マスター、大変な事を発見しました！　確認を要請します」

ルルの後ろ辺りから、ナナが声を掛けてくる。無防備にそちらを見ると——。

「オッパイは水に浮くのです！　しかも軽くて、何か可愛いのです」

湯着の前を開いたナナが、湯に胸を浮かべて無表情のまま楽しそうにしていた。

マンガなら主人公が鼻血を出すシーンだろう。いやはや、眼福だ。

「ナナさん、ダメです！」

「えっち」

ルルがナナの前に立って、オレの視線を遮る。オレに背中を向けてるのはいいのだが、濡れた湯着が張り付いて可愛いお尻《しり》が丸見えだ。

少し遅れてミーアがオレの前で手足を広げて立つ。ミーアは湯着を着ていないので、見えてはいけないものが色々見える。オレが幼女趣味《ロリコン》なら泣いて喜ぶ所なんだろう。

こんな感じにゆったりと、時に姦《かしま》しくお風呂タイムは過ぎていった。

翌朝、冷えたお風呂を見てリザが物哀しそうな顔をしていたので、沸かし直してやったら朝風呂に入っていた。相変わらず、リザは風呂好きのようだ。

トルマ一家

〝サトゥーです。昔に見た映画が印象的だったのか、山狩りという単語から松明《たいまつ》を持った男達が山に入っていくというシーンを想像してしまいます。夜間に山に入るなんて危ないと思うのです。〟


グルリアン市まであと半日ほどの場所にある街道の交差地点で、オレ達は旧知の騎士と再会していた。

レーダーで事前に察知していたので受け入れ準備は万全だ。

「ペ、ペンドラゴン卿《きょう》か……頼む馬を貸してくれ」

オレが差し出した水筒の水を浴びるほど飲んだ騎士がそう告げる。

彼はムーノ市で出会った若い神殿騎士ヒースだ。

「『神託の巫女《みこ》』が盗賊共に拉致《らち》されたと太守に報告せねばならないのだ」

――なんと！　セーラ嬢が危ないのか？

彼の口にした「神託の巫女」という言葉に慌ててマップ検索してみたが、セーラ嬢は無事にグルリアン市にいる事が判った。どうやら別人のようだ。

「では、この馬をお使いください」

ナナの乗っていた駿馬《しゅんめ》の手綱を彼に手渡す。

オレがあっさりと馬を渡したのが意外だったのか、少し驚いた顔をして手綱を受け取った。

山中を駆け抜けてきたらしく彼の騎士外套《がいとう》は草木の汁で汚れ、かぎ裂きだらけになっている。

「感謝する」

疲労困憊《こんぱい》の様子ながら、彼は拳《こぶし》を胸に当てる騎士の敬礼をしてから馬に跨《また が》りグルリアン市へ向かって駆けて行った。

「ねぇ、ご主人様、この盗賊はどうするの？」

オレが騎士と会話している間に事後処理を行っていたアリサが尋ねてきた。

アリサの後ろには三〇人ほどの盗賊が武装解除された状態で縛られ、さらにアリサの精神魔法で眠らされている。

この盗賊達は神殿騎士を追いかけてきた連中だ。

路肩には盗賊の遺体が三つほど転がっているが、これは先ほどの神殿騎士によるものだ。

事前にレーダーで追跡劇を察知していたオレ達は神殿騎士との合流予想地点で準備万端の状態で応戦を行い、盗賊達を一網打尽にしたのだ。

盗賊のくせにやたら装備が充実しており、青銅製の鎧《よろい》や剣、それに四本だけだが火杖《づえ》や雷杖《かみなりづえ》といった軍用の魔法道具《マジック・アイテム》まで所持していたのが少々気になる。

「さっきの騎士が援軍を連れて戻ってくるだろうから、面倒な運搬作業は彼らに任せよう」

犯罪者の後始末は現地の官憲に任せるのが楽でいい。

そんな事を考えながらマップを調査する。

盗賊のアジトから「神託の巫女」を救出する為だ。

アジトの盗賊は一〇名。男が三名の女が七名。拉致された人物は男性が四名に女性が三名のようだ。

三名の女性の中にはセーラ嬢の護衛をしていた女性神殿騎士の名前もあった。恐らくさっきの神殿騎士ヒースと一緒に「神託の巫女」を護衛する任務に就いていたのだろう。

オレ一人で行こうかと思ったが要救助者が多い。

何人か連れて行こう。精神魔法の使えるアリサは必須《ひっす》として、リザともう一人くらい連れて行くか。

「盗賊のアジトから被害者を救いに向かう。アリサとリザ、それからタマはオレと一緒に来てくれ」

頷《うなず》く三人の横でナナ、ポチ、ミーアの三人は不満そうだ。

「マスター、同行許可を」

「ポチは、いらない子なのです？」

「むぅ、行く」

ナナはいつもの無表情、ポチが涙目、ミーアは頬を膨らませている。

「三人にはここでルルと馬車を守っていて欲しいんだ」

「マスターの拠点防衛命令を受託」

ナナはすぐに頷いてくれたが、ポチとミーアの反応は芳しくない。

二人の頭を順番に撫《な》でて改めて諭す。

ナナがスッとその横に並んだので一緒に撫でてやる。

「一人だと不安だな～、強い剣士様や魔法使い様が守ってくれないかな～？」

オレの意を汲《く》んだルルが上手く乗っかって二人を誘導してくれる。

「ポチが守るのです！」

ポチがすぐに釣られてくれた。

その宣言を聞いて馬車馬達が「ぶるん」と鼻を鳴らした。

「も、もちろん、ギーやダリー、それにニューとビーも守るのです。もちろん、ザードだって守るのですよ」

ポチが慌てて馬達の名前を呼んでワタワタとフォローの言葉を口にする。

馬達は「へん、俺達が守ってやんよ」と言いたそうな顔でもう一度「ぶるるん」と鼻を鳴らしていた。

そんな一幕の横でミーアの説得を続ける。

「頼むよ、ミーア」

「――ん、判った」

オレが目の高さを合わせてそう頼むと、首元に抱きついてハグした後、納得してくれた。

アリサが「あー！」と非難の声を上げていたが、それはスルーする。

盗賊達を三重の防御壁《シェルター》で隔離した後、オレ達は盗賊のアジトがある山へと向かった。

細い山道を駆け抜ける。もちろん、体力のないアリサは肩に担いで移動した。

やがて木立の向こうに洞窟《どうくつ》の入り口が見えた。入り口に半分に折れた結界柱らしき物がある。あれで魔物の接近を阻止しているようだ。

洞窟の前には二人の男盗賊が番をしており、丁度外から戻ってきた盗賊達を迎えている所だった。

「首尾はどうだ？」

「メスガキ二匹とショボイ積荷だけだ」

見張りの言葉にズダ袋を担いだ盗賊が不満そうに話す。ズダ袋の中には人質がいるようだ。

「御者はメスガキを捨てて山に逃げたんで、血の気の多い若いのが追いかけて行っちまったよ」

「お頭から『生かして連れて来い』って言われているのを忘れてなきゃいいがな」

「ま、無理だろ。それに生かして連れてきてもお頭がいびり殺しちまうんだから一緒さ」

ふむ、盗賊のお頭は拷問趣味の変態なのか。

リザ達を茂みに残して、オレは盗賊達に向かって忍び寄る。

「まったくだ。あの妙な花瓶を貰《もら》ってから、お頭のイカレ度が酷《ひど》くなっているからな」

「紫ローブの連中から武器や火杖と一緒に貰ったアレか」

「やっぱり、呪われた品なのかね――」

油断している盗賊達の間に踊り込み、相手が反応するよりも早く四人の盗賊を悶絶《もんぜつ》させ、警笛を吹こうとした盗賊をアリサの精神魔法「精神衝撃打《マインド・ブロー》」が昏倒《こんとう》させる。

ズダ袋を捨てて剣を抜こうとした残り二人の盗賊を前蹴《げ》りで吹き飛ばし、ズダ袋が地面に落ちる前に受け止めた。

オレはリザ達に合図をして呼び寄せ、盗賊達の拘束を命じる。

「怪我はないかい？」

「え？　助かった、の？」

ズダ袋から助け出された中学生くらいの少女が、キョロキョロと周囲の状況を見てポソリと呟く。

「お姉ぇちゃぁあああん」

もう片方のズダ袋から出してやったアリサくらいの歳の幼女が、先ほどの少女を見て泣きながら抱きつく。どうやら、二人は姉妹らしい。

「アリサ、二人のケアを頼む。オレが洞窟を偵察してくるから、リザとタマは外から戻ってくる盗賊を警戒していてくれ」

オレはそう告げて洞窟に向かう。戻ってくる盗賊はレベル七以下の三人だけなので、リザ達なら十分対処してくれるだろう。

マップで洞窟内を表示しながら、要救助者達の所に向かう。

一番奥の広い部屋に拉致された人達が集められ、盗賊の頭目と副頭目の女と一緒にいるようだ。出発した時と比較して、拉致された人達の数が減っている。男性三名が盗賊の手に掛かって殺されたようだ。急がねば。

残りの盗賊六名の内、女盗賊四人が洞窟内の水場に集まっており、残り二人が入り口へと移動中だった。

無警戒に角を曲がってきた二人の盗賊をサクッと昏倒させて、奥の広間へ向かった。

「くっ、——殺せ」

盗賊の頭目がいる広間からそんな女性の声が聞こえてきた。

入り口から顔を覗《のぞ》かせて中を見ると、壁の拘束具に固定された女性騎士の姿が見えた。

女性騎士は上半身の金属鎧を脱がされ、胸元の鎧下が破かれて片胸が露出している。

下は脱がされていないので緊急性は低いと判断して、先に周囲の状況を確認する。

女性騎士の傍にはボサボサの髪の中年男が座っており、顔を背ける女性騎士に何かを見せて下種な喜びに浸っている。

その横には露出の激しい濃い化粧の女盗賊がおり、女性騎士を見下ろしてゲラゲラと下品に笑っていた。

他の拉致された人達は少し離れた鉄格子に閉じ込められて、力なく視線を床に落としている。

広間の一角には無残な姿になった遺体が積み重ねられていた。

さて、罠《わな》も無いみたいだし、サクサク終わらせよう。

「そんなに早く観念されちゃ楽しくないぜ。もっと激しく嫌がれよ」

「や、やめろっ、それを近づけるなっ」

クズ丸出しなセリフを言う男の手元には、翅《はね》をもがれた子犬サイズの蜂の姿があった。

ＡＲ表示によると「腐肉蜂《コープス・ビー》」という名前の魔物で、動物の体内に卵を植え付け、孵《かえ》った幼虫が腐敗毒で宿主を腐らせながら餌にする、というホラー系の物語に出てきそうな凶悪なヤツだ。

「この蜂に刺されたヤツがどうなるか――」

みすみす若い女性をそんな目に遭わせる趣味はないので、ストレージから取り出した礫《つぶて》を投げて腐肉蜂を破壊する。

「――何モンだ！」

腐肉蜂の緑色の体液を浴びた盗賊が怒りの形相で振り返る。

オレはヤツの誰何《すいか》に答えず、淡々と始末を行った。

礫で四肢を撃ち抜かれた二人の盗賊が床に転がる。

すでに人語かどうかも怪しい罵倒《ばとう》を続ける盗賊達の腹を蹴って静かにさせた。これで半時間くらいは昏倒したままだろう。

オレは急展開に付いて行けずに目をパチクリさせる女性騎士の所へ向かう。

「き、貴公は確かムーノ男爵領の――」

彼女の胸元を近くにあった布で隠してやり、手首の拘束をナイフで破壊してやる。

彼女も腐肉蜂を破壊した時の体液を浴びていたので、水筒とタオルを追加で渡した。

「感謝する、ペンドラゴン卿《きょう》。それにしてもどうしてここへ？」

「若い神殿騎士殿を追ってきた盗賊を締め上げたら教えてくれたのですよ」

奪われた装備を捜す女性騎士に答えながら、鉄格子の中の人達に声をかける。

「救出に来ました。すぐに助けますから、もう少し待って下さい」

弱々しく喜びの声を上げる人達に微笑み返し、鉄格子の鍵《かぎ》がどこにあるかマップ検索する。

どうやら、壁際の机の上のようだ。

「若い神殿騎士？　ではヒースも一緒なのですか？」

「いえ、彼にはグルリアン市まで応援を呼びに行って貰いました」

女性騎士の質問に答えながら、ゴミが散乱する机に向かう。

まず目に入ったのが、机の上に置かれた花瓶だ。

それも目玉と口をモチーフにした怪しい文様が描かれた物だ。

AR表示によると、この蓋《ふた》付きの花瓶は名前を「呪怨《じゅおん》瓶」と言うらしい。

前にムーノ市で退治した魔族が「黄金の陛下」とやらの復活に必要だと言っていた邪念壷《カオス・ジャー》の亜種みたいだ。どうやら、怨念《おんねん》や負の感情を集めるのは色々な場所でやっていたようだ。

入り口の盗賊達がボヤいていた「頭目がおかしくなった原因の花瓶」というのはコレに違いない。

蓋《ふた》を開けたら呪われそうなので、さっさとストレージに没収しておく。

公都に着いたら、テニオン神殿の聖女様あたりに解呪して貰おうと思う。

鍵はすぐに見つかったので、鉄格子から拉致《らち》された人達を助け出す。

「もう大丈夫ですよ」

「あ、ありがとうございます」

赤ん坊を連れた二〇代半ばの女性が出るのを補助する。

最後の男性は顔を腫《は》らしており、片方の腕の骨が折れているようだった。

「酷い怪我ですね」

「私達を守ろうとして盗賊達に殴られて……」

「娘や妻を守るのは当たり前だろ？」

痛そうに口を歪《ゆが》めながら男性がニカリと笑う。

彼が殺されなかったのが不思議だったが、それはAR表示される彼の出自を確認して納得した。

彼は公都の上級貴族の一員のようだ。

おそらく、身代金目当てで生かされていたのだろう。

怪我が酷いので、骨折に効く下級魔法薬を与える。最近出番の無かった最高品質のヤツだ。

「これは魔法薬かい？　悪いね」

受け取った男性は水を一杯分けて貰ったような気軽さで、オレから受け取った魔法薬を飲み下す。

「おお凄《すご》い！　良い薬だね、もう治ったよ！」

男性が薬の効能に驚きの声を上げる。

「私はトルマと言うんだ。こっちは妻のハユナと娘のマユナだ。公都に来たらシーメン子爵家に寄ってくれよ。シーメン家の名に賭けて君を歓待させて貰うよ」

「子爵家の方でしたか――」

確かトルマ氏の実家のシーメン子爵家は公都で巻物工房を経営していたはずだ。

現子爵の弟である彼とコネができたのは望外の幸運かもしれない。

そして彼の娘のマユナちゃんが「神託の巫女《みこ》」だ。

オレが微笑みかけると「うあう」と興味深そうな声を上げた。

こんな場所なのに泣き声を上げないとは、赤ん坊にしては肝が据わっている。

自己紹介するトルマ氏にこちらも自己紹介を返す。

「ムーノ男爵領の家臣？　はとこ殿の所に貴族の家臣がいるなんて初めて聞いたよ。はとこ殿は壮健かい？」

彼とムーノ男爵は親戚《しんせき》関係らしい。ムーノ男爵も元は公都の出身だと言っていたから不思議ではない。

トルマ氏と当たり障りのない会話を交わしていると、後ろからハユナさんの悲鳴が上がった。

悲鳴の原因は女性騎士の復讐《ふくしゅう》にあったようだ。

血の滴る剣の先には盗賊達の首が転がっている。

無抵抗の者を殺すのはどうかと思うが、広間に積まれた遺体の山に合流寸前だった女性騎士からしたら当然の報復だったのだろう。

シガ王国の法律でも盗賊を殺すのは罪に問われないが、オレは一言だけ口を挟ませて貰った。

「――なんだ？　騎士道に反すると言いたいのか？」

「盗賊を殺すなとは言いませんが、人前で無闇に殺生をするのは控えてください」

「判った。次からは配慮する」

オレの言葉に剣を鞘《さや》に納め、広間の片隅で鎧《よろい》を身に着け始めた。

まったく、グロいのは勘弁して欲しい。

救出した人達を地上のリザ達と合流させ、洞窟内の女盗賊の捕縛や戦利品の回収、移動手段の確保を済ませて皆の待つ場所へと戻る事にした。

確保した移動手段とは荷馬車と鈍歩竜というカバと恐竜を掛け合わせたような使役獣、それからヴェロキラプトルのような走竜という騎乗動物に馬達の事だ。

「ご主人様、この走竜は素晴らしいですね。実に機敏に動きます」

「『くいっくたーん』も思いのまま～にゃん」

リザとタマが走竜を絶賛する。タマはアリサから教わったのか、変な「にゃん」語尾だ。

走竜の首で前が見えないタマは鞍《くら》の上に立って操作している。肉食の割りに大人しい生き物のようだ。

鈍歩竜の曳《ひ》く荷馬車に乗る前に、戦利品の中で見付けたミスリルの短剣と荷物袋を手渡す。

「おお！　これは我が家の家紋入りの短剣！」

「やはりトルマ卿の物でしたか」

ＡＲ表示で彼の持ち物だと判ったので返却しておいた。

「実にありがたい。これで実家に帰った時に兄上に面目が立つ。本当に感謝する、ペンドラゴン卿！」

「サトゥーで結構ですよ」

「ではサトゥー殿、この礼は公都で必ず！」

そこでトルマ氏が言葉を切って、少し気まずそうに早口で言葉を続ける。

「当主の兄上と違って手元不如意だけどさ。これでも社交界じゃ、ちょっとした顔だからね。きっと君の役に立てると思うよ」

社交界デビューしたい訳でもないので、トルマ氏から道中にでも公都の話を聞かせて欲しいとお願いしておいた。

到着までの間に公都での巻物工房の見学の約束を交わせたのは重畳だろう。

「そうだ、巻物集めが趣味なら、こんなのはいるかい？　こっちの二本は使用済みだけど、この『誘導矢《リモート・アロー》』の巻物は未使用品だよ」

「戴《いただ》いて宜《よろ》しいのですか？」

「ああ、勿論《もちろん》さ。短剣の対価にはまったく届かないけど、喜んでくれるなら幸いだ」

トルマ氏が荷物の中から取り出した巻物をありがたく受け取る。

後で「誘導矢《リモート・アロー》」を使って魔法欄に登録してみた所、ほとんど「魔法の矢《マジック・アロー》」と同じ性能だったが、目標追尾《ホーミング》機能があるので色々と便利そうだ。

鈍歩竜はその名に反してロバと同程度の速さがあるので、応援を連れた神殿騎士ヒースが戻ってくるよりも早く、ルル達の待つ馬車に合流する事ができた。

◆

神殿騎士ヒースが連れてきた太守の騎士と従士は合計三〇名。

そのうち二四名が盗賊の残党狩りをする為に、山道へと分け入っていった。

「では、後は宜しくお願いします」

「はっ！　盗賊共の護送はお任せください！」

実直そうな老従士が頼もしい笑顔で請け負ってくれた。

彼をリーダーとする合計六名の騎士と従士が、捕縛した盗賊達の運搬を担当してくれている。

足の遅い鈍歩竜の引く荷車に乗り切らない分は縄で繋《つな》いで引いていくらしい。

地球なら捕虜虐待で訴えられそうだが、こちらの世界では盗賊に人権はないので盗賊達も素直に従っている。なにせ、「否」を唱えた瞬間に首を飛ばされてしまうというのだから恐ろしい。

さて、自業自得な盗賊達の事を脳裏から振り払い、自分達の馬車に向かう。

そこではタマとポチが走竜に乗り、リザ、ナナ、ミーアが馬に乗って待っていた。

ポチ、タマ、ミーアの三人は赤ん坊が気になるのか、チラチラと馬車の中を窺《うかが》っているようだ。

さっきまで再会を祝っていた神殿騎士達も騎乗して待機している。

「ご主人様！　リザに譲って貰《もら》ったのです」

オレの姿を認めたポチが走竜の上でニパッと笑う。

どうやらリザは自分の愛馬を優先したようだ。

「ご主人様、アリサや他の方達は馬車に乗り込まれています」

御者台の上から報告してくれるルルに「判った」と返して馬車に乗り込んだ。

「ルル、発進してくれ」

「はい、ご主人様」

最近のルルは御者のテクニックが上がったのか、発進の時の無駄な加速が少ない。

「こんないい馬車乗るのはじめて」

「うん、ふわふわしてる」

「いいでしょ〜、最近ようやく柔らかくなった椅子なのよ」

助け出した村人姉妹がオレとアリサの対面の椅子に腰掛けて楽しそうにしている。

「いや〜、ほんとーに乗り心地が良い馬車だね。我が家の馬車と変わらない乗り心地だよ」

「満足いただけて光栄です」

馬車の最後部にある予備席に腰掛けたトルマ氏が興味深そうに馬車の中を見回す。

「相当高かったんじゃないか？」

「ちょっと、トルマ」

あまり上品とは言えないトルマ氏の発言を、彼の横に座るハユナさんが窘《たしな》める。

さっきまで静かだった赤ん坊のマユナちゃんが大声で泣き出した。

AR情報によると空腹のようだ。ハユナさんが胸をはだける素振りを見せたので、視線を前に戻す。

赤ん坊の泣き声をBGMにオレ達は大河沿いの街道を進んだ。

そのままグルリアン市まで夜を徹して走り抜けるのかと思っていたのだが、神殿騎士二人の勧めで途中の村に泊まる事になった。

なんでも夜の街道には大河から魔物が這《は》い上がってきて危ないそうだ。

マップで確認した限りそんな事実はなさそうなので、迷信の類だろう。

「やー、こんな大人数でいきなり押しかけて悪かったねぇ」

「い、いえ、そのような事はございません」

トルマ氏の気さくな言葉に村長が上ずった声で答える。

公都の上級貴族の一員や神殿騎士が予告も無しに現れたら、この反応もしかたないだろう。

女漁りに来たとでも思われているのか、村の娘達が村長の家から遠い納屋のような場所に匿《かくま》われているのをマップで発見した。

これは失敬だと怒るべきか、不自由な想いをさせて悪かったと謝るべきか迷うところだ。

とりあえず、明日《あした》出発する時には謝礼として相応の金品を贈らせて貰おう。

「このような場所で申し訳ありませんが……」

「集会場かい？」

「はい、皆様を歓待できる広さのある部屋がここしかございませんです」

緊張して変な言葉遣いが混じる村長の案内で、村長宅の横にある平屋の家に入る。

中には三〇畳ほどの部屋があり、年老いた女達が宴《うたげ》の準備を進めてくれている。

そしてポチやタマのお腹が鳴り出した頃、ようやく完成した料理が運ばれてきた。

各自の前に「マメとメザシとキノコ」のスープと「キノコと山菜」入りのお好み焼きのような物、それと同じ皿に小さな焼き魚が一尾ずつ添えられていた。

「わ〜、ご馳走《ちそう》だよ。お姉ちゃん」

「お、お祭りみたいね」

一般的な農村の食事かと思っていたが、姉妹達のような普通の村人基準だと上等な食事のようだ。

オレやルル、ミーアには丁度の量だが、他の子達には少し足りないかもしれない。

現にタマとポチがキョロキョロと料理を見回している。

「ちょ、サトゥーさん」

「なんだい？」

村人姉がちょいちょいとオレの袖《そで》を引く。

「あたし達、こんなご馳走の代金を払えるようなお金持ってないよ」

「代金は心配しなくて良いよ。オレの奢《おご》りだから安心して食べなさい」

「う、うん」

心配性の少女に問題ないと告げながら、席に座るように促す。

トルマ氏や神殿騎士の二人は平民や亜人と同席するのを忌避する様子は無いようだ。

「粗末な食事で、まことに……」

「偶《たま》には貧乏そうな食事でも構わないよ。食えればそれでいいさ」

「トルマ！　食事を作ってくれた人達に失礼よ！」

トルマ氏の歯に衣《きぬ》を着せない失言を、慌てた様子のハユナさんが叱りつける。

村長や手伝いのお婆さん達の顔が引きつっているので、フォローをしておく。

「同行者が失礼しました。皆さんの心尽くしはありがたく頂戴《ちょうだい》させていただきます」

「も、勿体《もったい》無いお言葉で」

気のせいか村長は公都の上級貴族がオレだと勘違いしている気がする。

トルマ夫妻は普通の旅装なので、仕立ての良いローブを着ているオレの方が貴族だと勘違いするのも仕方ないだろう。

現にオレの前だけ一皿多い。後で希望者に分けてやろう。

「さあ、戴こう」

貧乏そうな食事と言っていたくせに、トルマ氏が手をこすり合わせて一番に食べ出した。

欠食児童のような速さだが、上級貴族だけあって食べ方は丁寧だ。

ハユナさんや村人姉妹もトルマ氏に遅れて食べ始めた。三人ともなかなか食べるのが速い。

「「「いただきます」」」

うちの子達もアリサの音頭に合わせて食べ始めた。

いつもより質素な食事だが文句を言う子達はいない。ミーアとタマが魚と野菜をトレードしているくらいだ。

途中までは普通の食事風景だったのだが、タマとポチの様子がおかしい。

今日は食事の量が少ないから噛《か》み締《し》めるようにゆっくり味わって食べているのはいいとして、半分ほど食べ終わったところで、自分達の皿と赤ん坊を抱くハユナさんの間で視線を彷徨《さまよ》わせている。

カタンと椅子を鳴らして立ち上がった二人が、自分の皿を持ってハユナさんの所へ向かう。

——どうしたんだろう?

「ご飯分ける～?」

「半分あげるのです」

二人がハユナさんに自分の皿を差し出す。

なんだろう、凄《すご》く真剣というか辛そうな顔で差し出している。

「おいおい、いくら食事の量が足りなくても、亜人奴隷の残飯なんか喰《く》えるわけないだろう?」

トルマ氏の罵声《ばせい》は特に大きい声と言うわけでは無かったが、タイミングが悪く、酷《ひど》くよく通った。

それを聞いたタマとポチの耳がペタンとなる。

「トルマ! 口を開く前に相手の事を考えなさいといつも言っているでしょう!」

ハユナさんがトルマの罵声に立ち上がり、烈火のごとく叱り付けた。ついでに手も出ている。

頭を叩《たた》かれたトルマ氏が情けない顔でハユナさんを見上げる。

オレも彼の発言に文句を付けたかったが、ハユナさんが代わりに叱ってくれたので尻馬《しりうま》に乗って彼に罵声を向けるのは止めておこう。

この国には厳格な身分差があるからトルマ氏の立場なら当然の反応なのかもしれないが、二人の善意を罵声で塗りつぶすのは承服できない。

もう、トルマ氏とか言ってやらない、これから脳内での彼の呼び名はオッサンだ。

おっと、オッサンなんかよりタマとポチだ。

「どうしたんだい？」

「沢山食べないと赤ん坊死ぬ～？」

「オッパイが無いと赤ん坊が泣くのです」

意味が良く判らないけど、さっきキョロキョロしていたのはコレか。

そういえば道中でずっと赤ん坊が泣いていたから、それで赤ん坊が飢えていると勘違いしたのかな？

「ご主人様、以前の持ち主の所にいた時に、赤子をつれた豹《ひょう》頭族の女がいた事があるのです。食事が少なかったせいか母乳が出なくて、赤子が餓死しかけました。その時に亜人奴隷達で協力して食事を半分ずつ分け与えていたのを、二人は覚えていたのでしょう」

「なるほど、タマとポチは優しいね。心配しなくても大丈夫だから、それは二人が食べなさい」

リザの説明を聞いて納得した。獣娘達の前主人ならそんな待遇をしそうだ。

ハユナさんが二人の頭を撫《な》でて「心配してくれて、ありがとう」と言ってくれていたが、オッサンは頭を掻きながら「酒の一つも出ないのか」と虚空に向けてボヤいていた。

オッサンの催促は村の人にも聞こえていたようだが、誰一人それに応える者はいない。

タマとポチはオレとハユナさんの言葉を聞いた後、こくりと頷《うなず》いて自分達の席へ帰っていった。

食事の後――。

「さっきはうちの亭主がごめんなさい」

「いたたっ、ハユナ、反省したから耳を引っ張るのは止めてくれ」

「ダメですよ。この子達に謝るまで許してあげません」

にこやかな顔のまま怒るハユナさんに連行されて、オッサンが謝らされていた。

「サトゥー殿、君の奴隷の厚意を無にしてしまってすまない」

「謝る相手が違うでしょ？」

「いや、貴族同士の時はこれで合っているんだよ。それにさっき言ったじゃないか。亜人奴隷は不潔にしている者が多いんだ。食事を共有して変な病気を貰《もら》ったら危ないんだよ。母親の君が病気になったらマユナにだって感染《うつ》るんだぞ？」

なるほど、雑菌への抵抗力が低い赤ん坊への配慮だったのか。

「お二人とも喧嘩《けんか》はおやめください。トルマ殿の謝罪を受け入れます。この件に関してはここまでにいたしましょう」

「そうかい？　そう言ってくれるとありがたい」

オッサンとはグルリアン市までの付き合いだ。

巻物工房とのコネには使わせて貰うけど、今後はうちの子達との接点を作らないように注意しよう。

子供達の教育に悪いからね！

グルリアン市の騒動

〝サトゥーです。洋菓子も和菓子もどちらも好きですが、洋菓子の味を取り込んだ和菓子は特に好きです。伝統を守りつつも、弛《たゆ》まぬ進化を続けるのが良いと思うのです。〟


「グルリアン市に着いたら、銘菓グルリアンを食べなきゃダメだよ！　一個で大銅貨一枚するから、そう簡単に食べられないけどね」

「どんなお菓子なんだい？」

「えっとね～、白い粒々で作った本体に黒くて甘い粒々で作った皮がついてるの」

村人姉妹と街の銘菓の話をしていると、御者台のルルからグルリアン市の城壁が見えたと報告があった。その間も村人姉妹の話題が続く。

「アンタは食べた事無いでしょ」

村人姉の方がこちらを振り向いて妹の話の出所の補足をしてくれる。

「――村に来た商人さんが大げさに自慢していたので、この子も食べた気になっているんですよ」

「ふーんだ。奉公先で、お給金が貰える様になったら真っ先に食べるんだ～」

「お給金って、そんなの何年も先じゃない」

この姉妹は商家に奉公する為にグルリアン市に向かっていたらしい。

奉公先では一人前になるまで衣食住が保障される代わりに、給料などは出ないのだそうだ。

こういう奉公人の方が初期投資が不要な分、奴隷よりも安上がりな労働力なのかも知れない。

やがてグルリアン市の正門前まで辿《たど》り着く。

入市待ちの列ができていたが、オレ達は神殿騎士の先導で列の横を抜けていく。

門の前では青年貴族達が、入市待ちの商人を相手に演説をしていた。

「グルリアン市を訪れた商人達よ！　我等は魔剣を欲している。我らに魔剣提供した者には将来、御用商人として引き立てる事を約束しよう！」

正門の近くでは騎士服風ファッションの二〇歳過ぎの男達が大声で呼びかけている。

当たり前だが誰もそれに答えない。ボルエハルト市でも同じような若い貴族男を見かけたが、その同類だろう。

「ねぇねぇ、あの貴族様に魔剣を提供したら御用商人にしてくれるんだって！　すごいね、お姉ちゃん」

「本当ね。でも、魔剣なんて縁がないから関係ないよ」

「――アンタ達、そんなんで町で騙《だま》されるんじゃないわよ？」

暢気《のんき》な村人姉妹の言葉にアリサが心配そうに御節介を焼いている。

「あれはね、『俺達は金が無い。だが魔剣が欲しい。タダでくれ。その代わり、もし将来出世したら贔屓《ひいき》にしてやる。出世できなくても文句言うな』って言う自分達に都合のいい与太話よ」

「うわー、そうなんだ。判らなかったよ」

「アリサちゃん、小さいのに頭いいのね」

そんな暢気な会話を聞きながら、窓を開けて外の様子を眺める。

青年貴族達は物欲しそうにリザの魔槍《まそう》を眺めていたが、神殿騎士の護衛する馬車に無礼を働くほどの愚かさは持ち合わせていないようで、こちらに絡んでくる様子はなかった。

門を入った所で村人姉妹を降ろす。

彼女達は平民なので入市手続きがあるのだ。

神殿騎士ヒースと門衛が顔見知りだったらしく、村人姉妹の入市手続きはすぐに終わり、その門衛が奉公先まで送ってくれるという話になった。なかなか親切な門衛だ。

「サトゥーさん、ありがとね～」

「本当にありがとう。盗賊達から助け出して貰った上に色々とお世話になっちゃって……」

「気にしなくていいよ」

「そうはいかないよ、『緑屋』っていう金物問屋で奉公だからさ、何か入り用になったら来てよ。値引きとかはできないけど、精一杯良い品を用意するからさ」

奉公人は雑用しかさせて貰えないと思うが、彼女達なりの厚意を受け取って礼を言っておく。


村人姉妹と別れ、市内を進む。祭りでもあるのか人通りが多い。

大通りでも車道と歩道が分かれていないので、馬車だと進むのが遅い。

なので神殿騎士ヒースに一足先にテニオン神殿へと伝令に向かって貰った。

今のうちにマップを開いて再検索を実行しておく。魔族や「邪念壷《カオス・ジャー》」「呪怨瓶《じゅおん》」などは存在しなかったが、魔王信奉者「自由の翼」の構成員は二〇名ほど発見した。

構成員の名前と居場所を書いた紙を、夜陰に紛れて衛兵詰め所に投函《とうかん》しておこう。

「ご主人様～？」

走竜に乗ったタマが窓から呼びかけてきた。ポチも一緒だ。

「チャンバラしてる～」

「あっちで大人のヒトが戦っているのです」

二人の話に興味があったので、御者台に出て二人の指差す方を眺める。

近くの大きな公園に沢山の人が集まっていて、なかなか賑《にぎ》やかな雰囲気の場所だ。

「ご主人様、あそこです」

「なんだろう？　人垣ができているけど、試合かな？」

御者台のルルが指し示す方を見ていると、馬車の中からアリサが顔を出した。

余所見をすると危ないのでルルが徐行していた馬車を停める。

「ジョジョリさんが言っていた武術大会じゃない？」

そういえば公都で大会が開かれるって言っていたっけ。

「たぶん、一次予選への参加権を賭《か》けた予備戦だよ。見物していかないか？」

馬車から降りて伸びをしていたオッサンがそんな提案をしてきた。

――というかいつの間に降りた？

「トルマ卿《きょう》、まずテニオン神殿に参りませんと」

「固い事を言うなよ。ちょっと出店で美味い物を摘まんだら行くさ」

神殿騎士の制止をお気楽に流してオッサンが人ごみの中にひょいひょい入っていく。

「ごめんなさい、トルマはいつもああなの」

ハユナさんのフォローにも神殿騎士は渋い顔のままだ。

「──ペンドラゴン卿。すみませんがトルマ卿を連れ戻す為に、配下の方を貸して貰えませんか？」

「ええ、構いませんよ」

彼女の警護対象は「神託の巫女《みこ》」であるマユナちゃんだけなので、ここを離れるわけにはいかないようだ。

リザとナナの二人にオッサンの回収を頼む。

走竜に乗ったままのタマとポチが鼻をスンスンさせる。

「甘い匂い～？」

「蜜《みつ》菓子とも甘草とも違う匂いなのです！」

しばらくすると、オレ達にも判るくらい甘い匂いが漂ってきた。和菓子というか餡《あん》の匂いだ。

「くう、いい匂い！　和菓子かな？　かな？」

妙にテンションが上がったアリサがキョロキョロと視線を彷徨《さまよ》わす。

「そこの若様、銘菓グルリアンはいかがですか？」

首から番重《ばんじゅう》を下げた女の子が人ごみの中から現れ、御者台に腰掛けるオレに売り込んできた。

彼女の格好は昭和時代の駅弁とかの売り子スタイルに近い。

残念ながら服装は和服では無く普通の村娘風の衣装で、腰から下に短めのエプロンを着けている。

「それじゃ、一一個貰うよ」

「まいど！　大銅貨一一枚です」

値切るのも面倒だったので、彼女に銀貨二枚と大銅貨一枚を渡す。

一個でセーリュー市の門前宿一泊分と考えると、なかなか高価なお菓子だ。

葉っぱのお皿に載せられたグルリアンを皆に配る。

神殿騎士には断られるかと思ったが、嬉《うれ》しそうに受け取ってくれた。どうやら異世界でも甘味の嫌いな女子は少数派のようだ。

「むぅ、黒いブツブツ」

グルリアンを受け取ったミーアがちょっと嫌そうにしている。

オレが「穀物や豆で作った甘いお菓子だよ」と言って勧めると恐る恐る口にしていた。

「おいし」

ミーアが短く称賛の言葉を漏らし、両手で持ったグルリアンを大切そうに食べ始めた。

「もうちょっと砂糖が多くてもいいかな」

アリサは少し注文をつけていたが、瞬く間に食べきった。

たぶん、高価な砂糖を大量に使っているから一個あたりの値段が高かったのだろう。

「ふう、これはアレね」

「うむ、アレだ」

そう、「おはぎ」だ。

中はついたモチでは無くもち米の粒状のままの団子だ。

餡も粒餡で、昔ながらの「おはぎ」という感じだ。

「やっぱりさ、この都市の名前って」

「駄洒落《だじゃれ》なんだろうな」

日本語が判らなければ駄洒落とも判らないので誰にも言わないが、おはぎが白米を包むようにぐるりと餡を巻いてあるから「ぐるり餡《グルリアン》」という名前を付けたのだろう。

命名したヤツが駄洒落好きの日本人なのは確定だ。


おはぎを食べ終わっても、リザとナナがオッサンを連れて戻ってくる様子が無い。

「ちょっと見に行ってくるよ。護衛にタマとポチを連れて行くから、皆は待っていて」

オレはそう告げてタマやポチと手を繋《つな》いで人ごみの中に入っていった。

普通なら多重迷子のフラグだが、レーダーがあるオレに限ってその心配はない。

「予備戦の参加証が欲しいヤツはここだ！　役場まで行かなくても、この出張所で銅貨三枚で販売しているぞ！」

禿頭《はげ》の大柄な男が青銅製のバッジのような物を片手に叫んでいる。

どうやら、あのバッジを賭けて試合をしているようだ。

「勝者、『ワルト村の狼』トン！」

どうやら試合が終わったようだ。

トンと呼ばれた若者が敗者からバッジを受け取っている。

周りにいる友人達が若者に飲み物や汗を拭《ふ》く布を渡して誉めそやす。

「すげーよ、トン！　あと三枚で一次予選に出場だぜ」

「へっ、これくらい余裕だぜ！」

トン青年の胸には七個のバッジが所狭しと着けられている。

野試合で九回勝利したら大会の一次予選に参加できるらしい。

「一次予選出場なんてケチな事を言うなよ」

「そうだな、トンなら一次予選を四回勝ち抜いて公都の二次予選まで行けるぜ！」

「うはは、すげーな、そこまで行けたら騎士様にだってなれるじゃないか」

なるほど、武で身を立てられるニンジンがぶら下がっているから、こんなにも試合が盛り上がっているわけか。

領地内で魔物と戦える人も増えるだろうし、なかなか良い催しだと思う。

野試合をしている人達はレベル五から七程度が多く、レベル一〇以上の者はまれらしい。

「グルリアン市の一次予選枠はあと四つだから、余裕だな」

「油断は禁物だぜ、去年も残り三枠からは一日で決まっていたからな」

「ああ、休んでられねぇ。次の挑戦者はいないか！　俺は誰の挑戦でも受けるぞ！」

トン青年の熱い叫びに応えた中年男との試合が始まった。

少し試合にも興味があったが、試合場を囲む人垣の向こうにリザとナナを見つけたので合流しに向かう事にした。

「あれれ〜？」

「リザが苛《いじ》められているのです！」

近付いてみると、身なりの良い若者五人に絡まれるリザとナナの姿があった。

「マスター、助力を要請します！」

近くまで行くと、オレに気が付いたナナが駆け寄ってきた。

オレはナナに手を引かれるままに、五人の若者の前に出る。

「なんだ、アンタは？」

「この二人の保護者さ」

この若者達はグルリアン市在住の貴族子弟で、五人とも所属が空欄になっていた。

恐らく全員無位無官、ありていに言って無職なのだろう。

「この子達に何か？」

本来なら敬語を使うべきなんだろうが、こういう権力志向が強い連中は下手に出ると付け上がるので、偉そうに振る舞うのが良い——とムーノ男爵領執政官のニナ女史が不良役人粛清時に言っていた。

「そ、その亜人の持つ魔槍を譲れと命じたのに、言う事を聞かんのだ」

「その魔槍は槍の名手たるホランにこそ相応《ふさわ》しいと言うのに」

「キサマが主人なら、ホラン殿に献上するように命じるのだ」

要は「リザの魔槍が欲しいから、くれ」と子供のような駄々をこねているだけらしい。

二十代中盤にもなって、よく臆面《おくめん》もなく馬鹿馬鹿しい発言ができるものだ。

ちなみに、仲間から槍の名手と言われていたホランは一応「槍」スキルを有するもののレベルは四しかない。リザなら鼻歌混じりで倒せそうな相手だ。

さて、どう始末しようかと考えていると、予想外の援軍が現れた。

「やあ、君達」

「なんだ？　平民は引っ込んでいろ」

人垣を割って、旅装のオッサン《トルマ》が首を出したのだ。

「悪いけど、これから僕らはテニオン神殿でセーラ嬢に会った後、ウォルゴック卿に挨拶《あいさつ》しないといけないんだ。大した用事がないなら、立ち去ってくれないか？」

「セーラって、テニオン神殿に滞在している公爵家のお姫様じゃ？」

「ウォルゴック卿って太守様の事だろ？」

トルマの言葉を聞いて青年貴族の取り巻きが動揺した声を漏らす。

「おい、平民！　尊き方との仲を騙《かた》るとは無礼千万！　この場で成敗してくれるわ！」

浮き足立った仲間達の不甲斐《ふがい》ない姿に激昂《げきこう》したホランが鉄剣を抜く。

「気が短いな。これを見たまえよ」

オッサンが上着の陰からシーメン子爵家の家紋の付いた短剣を取り出して、貴族子弟達に見せる。

「あ、あれは！」

「こ、公都の大貴族……」

貴族子弟の中でシーメン子爵家の家紋を知っていたホランとその仲間が驚きの声を上げて後ずさる。まるで黄門《こうもん》様の印籠《いんろう》だ。

笑みを浮かべたオッサンが一歩前に踏み出すと——。

「「「申し訳ありませんでした！」」」

——と、貴族子弟達が揃《そろ》って詫《わ》びの声を上げて、ほうほうの体で表通りの方へ逃げ去ってしまった。

まさか、オッサンに助けられるとは思わなかった。

これは脳内の呼び名をトルマ氏に訂正するべきか——。

「助かりました、トルマ卿」

「いや、何。ちょっと僕もサトゥー殿の助けが借りたい所だったのさ」

飄々《ひょうひょう》としたトルマの指差すほうには、幾人かの屋台の店主達が待っていた。

……なるほど、代金を持ち合わせていなかったのか。

氏を付けるのは止めておこう。これからは脳内の呼び名をトルマにしよう。

オレはトルマの代わりに代金を払ってやった後、トルマのお勧めの屋台で皆へのお土産を買って回る。ヤキトリや井戸水で冷やした瓜《うり》など屋台の定番メニューが多い。

屋台巡《まわ》りの時に貴族子弟達がリザの魔槍《まそう》を求めた理由をトルマから教えて貰《もら》った。

「では、彼らは武術大会の一次予選を免除されるという慣例の為に魔槍を必要としていたんですか？」

「そうさ、魔槍に限らず魔剣やミスリル製の剣を所有している者も一緒だね」

「でも、免除されたとしても、実力が伴わなければ二次予選で惨敗して終わりでしょう？」

そこまでして公都の大会に参加したいのだろうか？

「そうじゃないんだよ。『二次予選突破』というのが公爵軍の近衛隊に入隊する条件にあるのさ」

「つまり、近衛隊に入隊したいが為にあんな事を？」

「サトゥー殿が考える以上に、近衛隊というのは、継ぐ爵位のない若手貴族にとって花形職業なんだよ」

なるほど、高嶺《たかね》の花の就職先から内定を取るための裏技だった訳か。

ちょっと理解できた。

でも、それに協力してやるかどうかは別問題だ。

彼らにはオレと関わらない方向で努力して欲しいと思う。

◆

屋台で買った土産を平らげて、オレ達はテニオン神殿へと出発した。

「――人々よ！　偽りの信仰から目を覚ますのだ！」

馬車の窓から胡乱《うろん》なセリフが聞こえてきたので、御者台のルルの横に出て外を見回す。

路肩に置かれた樽《たる》の上に乗って演説しているのは紫色のローブを着た男だ。

前にムーノ市で出会った魔王信奉集団の「自由の翼」の一員らしい。

「神は人の幸せなど望んでいない！　自由な発展を禁忌という言葉で妨げ、いつまでも魔物の脅威に震える事を良しとするのは、神の意志だ！　人々よ！　今こそ人族の自由を取り戻すのだ！」

口角泡を飛ばすという表現が似合いそうな感じの狂気を孕《はら》んだ紫ローブの演説に、大通りを歩く人達もリアクションを取れずにただ固まっていた。

紫ローブの演説に異を唱えたのは、オレ達に同行している女性騎士からだった。

神殿所属の騎士としては、紫ローブの演説が聞き捨てならなかったのだろう。

「おのれ、魔王信奉者共がっ！」

「ちっ、愚神の番犬共め！」

女性騎士の姿を認めるや否や、紫ローブが樽の上から飛び下りて路地の間に脱兎の如く逃げ出した。

「待てぇ！　この痴《し》れ者めぇ！」

その逃げっぷりに釣られたのか、女性騎士が騎乗したまま追いかけて行ってしまった。

マユナちゃん護衛の任務を放棄したら、上役から怒られるんじゃないだろうか？

そんな瑣末《さまつ》な事を考えつつ、市内の「自由の翼」がいる場所を再検索してみる。

何をやっているのか知らないが、過半数が何者かに追いかけられているかのような動きをしている。恐らく、演説をしては官憲や神殿関係者に追われているのだろう。

――ん？

突然、マップ上に赤い光点が生まれた。

この通りの先だ――。

「大変だ！　町の中に魔物が出たぞ！」

誰かがそう叫び、大通りでパニックが起こった。

人々が魔物の出現場所から逃げようと、物凄《ものすご》い勢いで走ってくる。

「アリサ！」

「おーけー！」

阿吽《あうん》の呼吸でアリサが精神魔法の「忌避空間《リパレント・フィールド》」を発動してくれる。

アリサの精神魔法を受けた人達が不浄な物を目の当たりにしたように、オレ達の前を避《よ》けて走っていく。

ムーノ市でゴブリンから逃げようとする人々に使ったのと同じ魔法だ。

その光景を確認してから、先ほどの赤い光点を確認する。

そこに居たのは、魔族――。

「ルル以外は戦闘準備。ルルは馬車を路肩に寄せてくれ」

戦闘準備と言っても、格納鞄《ガレージ・バッグ》からアリサとミーアが杖《つえ》を、タマとポチが小剣を取り出すだけだ。

オレは皆にそう命じてマップを確認する。

先ほど現れたのは短角魔族という種類の下級魔族だ。

レベル三〇で種族固有能力が「変形」「炎掌」、スキルは「怪力」「剛身」の二つだけ。魔法系のスキルは無い。前衛系の魔族みたいだ。

既に戦闘中のようで、レベル三三からレベル一三までの騎士や戦士が七名ほどで魔族を囲んでいた。

魔族と同等のレベルの人が三名もいるからオレが行く必要はないか――いや、違う。

――騎士中隊が半壊する覚悟で挑まねば勝てぬような相手なのだぞ？

確か神殿騎士のケオン卿《きょう》がそんな事を言っていた。

騎士中隊がどの程度の規模かは知らないが七名なんて少数ではないだろう。

それに……魔族の傍に知人を示す青い光点があった。二つもだ。

これは見捨てるわけにはいかないだろう。

「ルルはここで待機しろ。馬車と馬を任せる。ミーアとアリサも――」

「行く」

「わたしも行くわよ！」

オレの言葉を掻《か》き消すようにミーアとアリサが拒絶する。

「判った。後方からの援護に徹しろ。ナナはルルの護衛で待機。リザはタマとポチを指揮してオレに続け」

「ご主人様、コレ」

アリサが手渡してくれた妖精《ようせい》剣と剣帯を腰に付ける。

「ありがとう、アリサ。行くぞ！」

そう皆に告げ、オレは疎《まば》らになってきた人込みの間をすり抜けるように駆け出した。

後ろを付いてくる皆に、この先にいるのが魔物ではなく魔族な事、魔族のレベルやスキル、戦う時の注意点を伝えていく。

戦うのは騎士達に任せてオレはサポートに徹し、皆には要救助者の運搬と治療に当たって貰う予定だ。

今の獣娘達は並の騎士以上の防御力があるから、オレがちゃんとカバーすれば下級魔族が相手でも引けは取らないだろう。

それにしても、こんな市内に突然魔族が出現した理由が判らない。

少なくとも、この都市に入る前に魔族がいなかったのは間違いない。

それどころか公爵領全体でも居なかったと断言できる。テレポートができるようには見えないから、何者かが送り込んだか召喚したのだろう。

やがて人の流れが完全に途絶え、放置された馬車や荷車だけがポツポツと路上に転がるだけの状況になる。

大通りが交差する四つ辻《つじ》を曲がると、魔族と戦う騎士や戦士達の姿が目に入った。

魔族の姿はムーノ市に居たものと大きく異なり、赤く短い角のある六本腕のゴリラみたいな姿をしている。

戦いの場には破壊された馬車が数台転がり、通りに面した建物には幾つか大穴が開いている。

魔族の周辺には戦闘不能になった戦士達が累々と転がっていた。

奇跡的に死者はいないらしい。だが、このまま放置したら、多くが死んでしまうだろう。

状況からして、暴れる魔族が邪魔で救出作業ができないようだ。

最前線で戦っていた何人かが魔族の豪腕に殴られて、トランポリンで跳ねるような勢いで空中に打ち上げられ、こっちに向かって落ちてくる。

このまま落下したら重装備の騎士でも命に関わるだろう。

「ミーア！　膨張だ！」

オレは近くに転がっていた酒樽《さかだる》の一つを妖精剣で切断し、騎士達の落下地点に投げる。

「■■■　■　■　急膨張《バルーン》」

ミーアの魔法が作り出した爆発的な蒸気の奔流が騎士達の落下エネルギーを喰らう。

少なくともこれで死ぬことはないはずだ。男なら耐えろ。

オレは一人だけ軌道の違った美女の下に素早く回りこんで受け止める。

「……えっ、え？」

目を瞑《つぶ》って衝撃に備えていたドレス姿の美女が目を白黒させる。

「無茶は止めてくださいね、カリナ様」

「サ……いえ、ペンギョラドン卿」

カリナ嬢は受け止めたのがオレだと判ると狼狽《ろうばい》しながらオレの名前を呼ぶ。

噛《か》むのはいいが、胸の前で指を伸ばして手を組んだり離したりするのは何の儀式なんだろう。もしかして照れているのか？

さらに腕の中でブツブツと「二度も抱かれるなんて」とか「意外に力持ちなのね」とか、最後には「新婚旅行は王都かしら」とか意味不明な方向に独り言が暴走している。

異性との接触に免疫がないのは相変わらずのようだ。

「お姫様だっこ禁止ー！」

「ん、禁止」

後ろから追いついたアリサとミーアに文句を言われた。

さっき落下してきた騎士達にはタマとポチが体力回復薬を与えてくれているようだ。

『救援を感謝する、ペンドラゴン卿』

カリナ嬢の胸元で青く明滅する「知性ある魔法道具《インテリジェンス・アイテム》」のラカに「主人の無茶は止めてくれ」と苦言を呈しておく。

カリナ嬢はラカが護ったとはいえ二割近い体力を失っていたので、ミーアに治療を頼む。

その場にカリナ嬢を下ろした時に、なぜか袖《そで》を掴《つか》まれたが、本人もなぜ掴んだか判っていないよ

うだった。

ミーアが目を三角にしながらも、カリナ嬢に治癒魔法の詠唱を始めた。

「ご主人様、戦線が崩れそうです」

「加勢いく～」

「カリナも後から来るのです！」

タマとポチもカリナの左右のオッパイにポポンと挨拶《あいさつ》してから、リザの両翼に立つ。

何て羨《うらや》ましい事を……。

「判った！　オレが先鋒《せんぽう》を務めるから、リザ達は怪我人の救出を優先しろ」

オレがマネをする訳にもいかないので、軽く手を上げて挨拶をしてから駆け出した。

前線ではさらに二人の戦士が倒れ、残りはレベル三三の近衛騎士のイパーサ卿とレベル二九の大盾を持った戦士の二人だけになっていた。

二人とも流血が激しく、動きに精彩を欠く。

魔族の砲弾のような炎掌の三連打を戦士は大盾で防ぐ。

戦士の足元の石畳が砕け、踵《かかと》に押し退けられた土が足首を隠すほど盛り上がる。

ようやく勢いが消えた次の瞬間に、くるりと旋回した魔族の尻尾《しっぽ》が戦士を撥《は》ね飛ばした。

戦士は二転三転と跳ね転がり、最後は壁を突き破って近隣の家屋の中へと姿を消した。

重鈍そうな見た目に反して身軽な魔族だ。

魔族に斬りつけたイパーサ卿の剣が魔族の剛毛に激突する。

動きの止まったイパーサ卿の無防備な身体に、魔族が炎掌の連打を放とうと構える。

炎掌が放たれる瞬間に魔族の軸足の下に「落とし穴《ピット》」の魔法を使ってバランスを崩す。

狙いの逸れた炎掌がイパーサ卿の鎧《よろい》を掠《かす》めて、彼をそのまま数メートルほど地面に転がした。

半身を起こしたイパーサ卿の胸甲に攻撃の痕《あと》が残っている。痛々しいが直撃よりはマシなはずだ。

立ち上がるかに見えたイパーサ卿だが、そのまま盛大に血を吐いて地面に倒れた。

魔族が二人に止《とど》めを刺そうと、のそのそと歩み寄る。

二人とも体力ゲージが一割も残っていない。

それにあの位置はマズい。

——仕方ない。

目立つのは本意じゃないが、彼らが回復するまでの間くらいは盾役を務めよう。

「リザ、距離を取って戦え！　攻撃回避を最優先しろ！」

「承知！」

リザに指示を出してから、魔族の横にＡＲ表示される情報を再確認する。

頑丈なヤツだ。まだ一割ほどしか体力ゲージが減っていない。

「こっちだ！　ゴリラ野郎！」

オレは声に挑発スキルの効果を乗せて叫ぶ。

突撃するリザ達の頭上を軽々と飛び越えて、魔族がオレに襲いかかってきた。

落下に入った魔族が腕を背後に引き絞る。

――そして、次の瞬間。
伸びた腕が砲弾のように降り注いできた。
その拳をあえて至近距離で身体を逸らして避ける。
炎掌が通り過ぎ、熱い空気が頬を撫《な》でていく。
「ペ――サトゥー！」
「ご主人様！」
「サトゥー！」
後ろからカリナ嬢、アリサ、ミーアの叫びが聞こえた気がした。
魔族の燃える拳が地面に深く突き刺さり、土ぼこりと石畳の欠片《かけら》が周囲に飛び散る。
見上げると魔族の瞳《ひとみ》が憎悪に歪《ゆが》んでいた。
避けられるとは思っていなかったのだろう。
地面に突き刺さったままの腕が縮み、本体が地面に引かれて落ちてくる。
魔族の反対側の腕から、先ほどよりも勢いのある三連撃が降り注いできた。
当たったら痛そうなので、軽く横に跳んで回避する。
抜刀した妖精剣に魔刃《まじん》が発生しない程度に魔力を流して強化しておく。
遅れて着地した魔族の短い尻尾が伸び、鞭《むち》のようにヤツの背後から襲ってきた。
さっき戦士の不意を衝いた攻撃だ。
反射的に尻尾を斬り落としそうになるのを辛うじて耐える。

ビュンッと土煙を切り裂いて飛んできたソレをひょいっと一歩下がって避け、目の前を通り過ぎるタイミングで叩《たた》いてヤツの顔面にぶつける。

グホッだかゴボッだかいう悲鳴を上げて、魔族の動きが止まった。

丁度良い隙なので、妖精剣で魔族の足首を浅く斬り付けておく。

うっかり魔族の足を斬り落としたりしないように注意が必要だった。

「おお！　硬い魔族の毛皮を斬り裂いたぞ！」

「騎士達さえ攻めあぐねていたのに、凄《すご》い！」

「綺麗《きれい》な剣……」

「ドワーフ製のミスリル剣に違いないぞ！」

「なら、きっと名のある剣士様だよね。誰だろう？」

どこからかギャラリーの声が聞こえる。

魔族の尻尾攻撃を軽くジャンプして回避し、周囲に視線を配る。

路地の隙間から身なりの良い子供が五人ほど顔を覗《のぞ》かせて、こちらを観戦していた。物見高いことだ。

魔族の主戦場が移動した事で、イパーサ卿や戦士を始めとした戦闘不能者達を、近くの建物に潜んでいた人達が協力して運び去ってくれた。

今頃は建物の陰で回復薬でも貰《もら》っているだろう。

——リーンと涼やかな音が響く。

炎掌を放つ魔族の動きが鈍った。

ＡＲ表示では「行動力ダウン三〇％」と表示されている。

音の方を振り向くとアリサが青い輝きを帯びた「魔封じの鈴」を振っていた。

たぶん、カリナ嬢から渡されたのだろう。

「足を狙いなさい」

「あいあいさ～」

「らじゃなのです」

リザの指示でタマとポチが参戦する。

片足を潰《つぶ》して動きが悪くなった魔族の膝《ひざ》裏を狙って獣娘達がチクチクと攻撃する。

魔族が鬱陶《うっとう》しそうに尻尾を振って獣娘達を排除しようとするが、その時には三人は退避した後だ。

セーリュー市の迷宮で格上の魔物と戦った時のように、一撃離脱に徹しているらしい。

「お前の敵はこっちだ！」

魔族の注意を引くために「挑発」を重ねる。

そこにタイミングよく二発の炎弾が命中し、魔族の体表で弾ける。

アリサとミーアが盗賊から没収した火杖《づえ》を使ったようだ。

「魔法が効かないわ……」

「あの毛皮は炎に耐性があるみたいだ」

「口の中なら攻撃が通るんじゃ？」

ギャラリーの子供達の評価通り、火杖の攻撃は全く効いていないようだ。

「加勢いたしますわ！　ペンドラゴン卿《きょう》！」

そこに旋風のように駆け込んできたカリナ嬢が、魔族の横っ面に飛び蹴《げ》りを放つ。

わざわざ周りに宣伝するかのように、オレの名前を大声で叫ぶのは止めて欲しい。

カリナ嬢も自分の名前も呼んで欲しそうに、こちらをチラリと視線を送ってきたが黙殺した。

甘やかしてはいけない。

火杖が効かないと判ったミーアが水魔法の「刺激の霧」を使って、魔族の肺を焼く。

オレの肺まで焼かれそうだったので、非難を篭《こ》めてミーアを見たが目をそらされた。

オレの隙を狙った魔族が炎掌を打ち込んで来た。

「戦場で余所見は禁物ですわ」

オレを狙った攻撃を蹴りで逸らしたカリナ嬢が、こちらを振り向いてドヤ顔で告げる。

『カリナ殿！　油断するな！』

ラカの忠告もむなしく、余所見をしていたカリナ嬢が魔族の反対側の手から放たれた炎掌に殴り飛ばされた。

――自分が余所見をしてどうする。

カリナ嬢の場合、ラカの絶大な防御力に守られているので問題ない。

現にあれだけ派手に吹き飛ばされても、ほぼ無傷だ。せいぜい目を回すくらいだろう。

ラカの作り出す小さな光の盾を幾重にも重ねた防御力は類似する術理魔法の「盾《シールド》」と比べても別

格で、この自動防御だけ抜き出してうちの子達全員に装備させたいくらいだ。

そんなアクシデントを挟みつつ、オレ達は地道な戦いを続ける。

少し飽きてきたが我慢だ。気を抜いてうちの子達を怪我させる訳にはいかない。

――BUFOOOOW。

オレに攻撃が当たらない事に腹を立てた魔族が腕を頭上でグルグルと回転させる。

「下がれ！」

オレの指示で獣娘達が飛び退いた直後に、広範囲の地面を抉《えぐ》り取る魔族の旋回攻撃が炸裂《さくれつ》し、土煙を周辺に撒《ま》き散らした。

「「「うわっ、目が、目がぁあああ」」」

ギャラリー達が目を押さえて悲鳴を上げている。土埃《つちぼこり》が目に入ったのだろう。

周囲の耳目がなくなったのを幸いに、魔族の後背に回り込んで無傷の方の足を妖精《ようせい》剣でザクザクと突いて使い物にならないようにする。

ついでに魔族の両肩の付け根もチョイチョイと突いておこう。

手加減をミスしたらしく、魔族の体力が七割くらい削れてしまった。

土煙が晴れる前に血振いをして剣の汚れを払っておく。

「見て！」

「いつの間にか優勢になっているぞ！」

「魔族の背中や足が血だらけだ！」

「きっと魔槍《まそう》の鱗人《うろこ》がやったんだ！」

「じゃあ、足はあのちっこい子達か？」

短時間で姦《かしま》しいギャラリー達が復活してしまったが、こちらの誘導通りの誤解をしてくれたようで何よりだ。

血を撒き散らしながらも執拗《しつよう》にオレを殴ろうと拳を振る魔族との追いかけっこを続ける。

――近くの建物の屋根の上から、青い輝きが降ってきた。

「カリナ、キィイイイイック!!」

馬鹿な技名を叫びながら放たれたカリナ嬢の飛び蹴りが、魔族の頭に降り注ぐ。

回避行動を始めた魔族の顎《あご》を蹴り上げて、カリナ嬢の飛び蹴りでサンドイッチ状態になるように持って行く。

グシャリと魔族の頭蓋骨《ずがいこつ》が割れる感触が足裏から伝わってきた。

魔族の体力ゲージが凄い勢いで減っていく。

「リザ！　やれ！」

「承知！」

リザの魔槍が赤い軌跡を残して魔族の首に突き刺さる。

「――ハッ！」

リザが突き刺した魔槍を捻《ねじ》る。

一瞬だけ魔槍の穂先が赤い輝きを生んだ。

リザ本人は気づいていないそうだが、今のは魔刃《まじん》だろう。
完全に体力ゲージがゼロになった魔族が黒い塵《ちり》となって崩れていく。
黒い塵は風に流され、魔族がいた痕跡《こんせき》を拭《ぬぐ》い去っていく。
リザが黒い塵のあった場所から何かを拾い上げた。
「ご主人様、魔核《コア》と何かの角のような物がありました」
「――角？」
リザから受け取ったのは親指ほどの魔核と小さな赤い角だった。
魔核はいいとして、角を見つめると「短角」という名前が表示される。
詳細情報を確認すると「現地の知的生物を魔族に変換する」と書かれていた。
街の中に突然魔族が出現したのはこのアイテムのせいだろう。
マップで「短角」が他にないか検索してみたが発見できなかった。
もっとも、「宝物庫《アイテムボックス》」や格納鞄の中は検索できないので絶対に無いとはいえない。
さて、その辺は時間ができてから考えよう。
オレは「短角」をストレージに収納して、怪我人の救出作業に向かう。
最初にイパーサ卿達が戦っていたあたりだ。
横転した馬車が三台ほど団子になっている所に入っていく。
レーダーの青い光点が近くなった。
質素な神殿の馬車の上に跳び乗り、扉が開いたままの馬車の中に入る。

「──セ、セーラ様」

オレが呼びかけても苦しそうな瞼《まぶた》は開かない。

体力ゲージが四割ほど減り、状態が「昏倒《こんとう》」「内臓損傷」になったままだったので、魔法薬を飲ませようと口元に持っていく。

だが、魔法薬は口から零れるばかりで中々飲み込ませる事ができない。

申し訳ないが魔法薬を口移しでセーラ嬢に飲ませる。柔らかい唇を通して、彼女の喉《のど》の奥に魔法薬が流れ込むのを感じる。

薄っすらとセーラ嬢の瞳が開かれた。

オレはセーラ嬢から顔を離し、彼女の意識が覚醒《かくせい》するのを待つ。

「……ペンドラゴン卿?」

「気が付きましたか?」

「え、ええ──」

オレはセーラ嬢を抱きかかえて馬車の外に出る。

どの辺りからセーラ嬢の意識があったのかは判らないが、唇に指を当てて俯《うつむ》いていたので、その表情は窺《うかが》い知れなかった。

さっきのは治療行為だったんだから、ノーカンだよね?

◆

セーラ嬢を救出した後、目まぐるしく事態が進行した。

重傷者やセーラ嬢を神殿に運び、トルマ一家と神殿で別れ、太守の城に呼ばれて感謝の言葉と勲章や褒美の金貨一〇〇枚を貰い、そのまま晩餐《ばんさん》にまで招待されてしまった。

超絶美味な晩餐に参加できたのはオレとカリナ嬢だけだったので、可能な範囲で料理を再現して皆に食べさせてやりたいと思う。

その晩餐も先ほど終わり、今は場をサロンに移して談笑タイムとなっている。

婦人達に囲まれたカリナ嬢が、さっきから色恋話を振られているようだ。

「カリナ様の婚約者はペンドラゴン卿ですの？」

「——い、いいいえ違います」

太守夫人の問いに、挙動不審な感じでカリナ嬢が答える。

カリナ嬢は内弁慶な気質《かたぎ》なので、初対面の人が相手だと受け答えがぎこちない。

助け船を出してやりたい所だが、オレはオレで男性陣に囲まれてムーノ市防衛戦や昼間の魔族退治の話をせがまれている状況なのだ。

「魔族を倒せるほどの剣豪ならば武術大会でも優勝を狙えるのでは？」

「先ほども申しましたが、私共は騎士様や戦士殿達が半死半生にした魔族に止《とど》めを刺しただけなの

です。それに仲間達の協力や魔法の援護がなければ、力及ばず屍《しかばね》を晒《さら》していたでしょう」

貴族の一人がそんな会話を振ってきたので、先ほどまで繰り返してきた話を混ぜつつ大会出場を否定する。

やっぱり武術大会は観戦する方がオレの好みだ。

そうそう、騎士といえば――。

昼間の下級魔族戦で神殿騎士のケオン卿ではなく近衛騎士のイパーサ卿がセーラ嬢の護衛に就いていた理由を教えて貰《もら》った。

神殿騎士達は「自由の翼」掃討作戦に出動して不在だったからとの事だった。

あの時マップ検索で見つけた追いかけっこの相手は神殿騎士達だったらしい。

ちなみにマユナちゃんの護衛を放棄した女性騎士は、神殿の偉い人から大目玉を喰らっていた。

「では公都に行っても武術大会には出ないと言うのかね？」

オレが参加しないと聞いて太守が不思議そうに問いかけてきた。

そんなに戦闘狂みたいに見えるのだろうか？

「はい、勝負事には向いておりませんので……」

「私の推薦枠で本選出場も可能だが？」

「それは太守閣下の配下の方に使っていただければ幸いです」

「ふむ、欲の無い者だ――」

重ねて参加否定する事でようやく太守も納得してくれた。

「時にペンドラゴン卿、貴公の剣は魔族の毛皮すら斬り裂く名剣と聞いたが、やはり名のある名匠の作品であるか？」

「はい、ボルエハルト自治領のドハル師に鍛えて戴《いただ》きました」

興奮した様子の老貴族の質問に正直に答える。

「な、なんと！」

「あの気難しいドハル翁に作らせるなんて、やるじゃないかサトゥー殿！」

「あの御仁は大貴族相手でも、気に入らない相手には頑として剣を鍛えてくれぬからな……」

「や、やはりロットル子爵の紹介で？」

同席している貴族達の間から、驚きの声が上がった。

一人だけ気安い感じなのは、ちゃっかり晩餐に招待されていたトルマだ。今は太守の館で借りた貴族らしい衣装に身を包んでいる。

それにしても、ドハル老のネームバリューが凄《すご》い。

どんな剣か見たいと太守達にせがまれたので、来訪時に預けていた妖精剣をサロンに持ってきて貰う。

「これは、まさか——真印⁉」

執事から受け取った妖精剣の柄を目にした太守が驚きの声を上げた。

太守に続いて他の貴族達も驚きの声を上げる。

「ドハル老の作品の中でも、傑作にしか入れられないと言う、あの真印！」

「私は初めて実物を拝見しました」

「この柄の細工も素晴らしい」

「いやはや、この鞘《さや》だけでも美術品としての価値がある。私の佩剣《はいけん》にも、このような流麗で品のある鞘を作りたいものだ。どこの工房の品であろう？」

鞘から抜く前に騒ぎになってしまった。

この鞘は太守の晩餐会に招待される事が決まった時に地味な黒鞘を慌てて加工した物なので、工房を聞かれても答えられない。

なので、鞘もドハル老から貰った事にしておいた。

鞘から抜いた剣を執事が差し出した台の上に載せて太守の前に置く。

「銘を『妖精剣』と申します」

「なんという美しい刃紋だ」

「この緑銀の刃紋は厳選された一級品のミスリルでも、なかなか出せませんぞ」

「さすがはドハル翁の作品だ」

綺麗《きれい》な剣だとは思っていたが、目の肥えた貴族達ですら虜にするほどだったのか。

変な相手には見せびらかさないように注意しないといけないね。

「少し風に当たってきます」

オレはそう断ってサロンの席を立った。

太守の秘蔵の酒を味わいながら、太守の若い頃のヤンチャ話を拝聴していたのだが、話題がグルリアン市の権益関係に変わり始めたので、少し中座させて貰った。

部外者が聞いて良い話でもないはずだしね。

バルコニーの扉を開けてベランダに出る。

ここは二階のはずだが、中庭の地面はベランダと同じ高さにあった。

オレは後ろ手にガラス戸を閉める。

先ほどの雑談の中で聞いた話では公都のガラス工房で作られている品らしい。

オーユゴック公爵領ではガラス製品はさほど希少ではないそうだ。

「ペンドラゴン卿《きょう》？」

涼やかな声に振り返ると、月明かりに照らされたセーラ嬢の髪が幻想的な銀色の輝きを帯びていた。

まるで――。

「――妖精《ようせい》のようだ」

「まあ、ペンドラゴン卿ったら……」

後半のセリフが口から出てしまった。きっと酔っているせいで詐術スキルが暴走したに違いない。

「こんばんは、セーラ様。先ほどの失言はお忘れください」

「うふふ、忘れてあげません」

周りに人がいないせいか、今夜のセーラ嬢は巫女《みこ》らしさが抜け歳相応の少女のような気安さがある。

　オレの長い家名が言いにくそうだったので、「私の事はサトゥーとお呼びください」とセーラ嬢に伝える。

「サトゥーさん、お庭を散歩しませんか?」

「ええ、喜んでお供いたします」

　イタズラっ子のように微笑むセーラ嬢の提案に乗ってみた。

　中庭には小川を模した水路が配置され、そこには月明かりに淡く輝く月見草が咲き乱れていた。自分で淡く光っているので、日本で見た月見草とは別の種類だろう。

　月見草の陰からはリーンリーンと鈴虫のような音が聞こえる。

「あ、蛍」

　セーラ嬢の視線の先には二匹の蛍がダンスを踊るように月見草の間をふわふわと飛んでいた。

「綺麗ですね」

　幻想的な風景に神秘的な美少女。実に絵になる。できればルルも一緒に並べたい。

　せせらぎの音や虫の声に包まれながら、セーラ嬢と水路沿いを散歩する。

　実に心が落ち着く。

　なかなかの癒し空間だ。

「ねぇ、サトゥーさん……」

　セーラ嬢が前を向いたままぽつりと呟《つぶや》く。

「サトゥーさんは……運命を変えられると思いますか？」

なかなか重そうなテーマが来たぞ。

思春期の頃なら大好物だったが、歳を取るとこういう話題が苦手になってきた。

ここは当たり障りのないポジティブな答えを返しておこう。

「もちろんです」

オレがキッパリと即答したのが意外だったのか、セーラ嬢に驚きの表情が浮かんだ。

なので、もう少し言葉を足してみる。

「この世に変えられない運命なんてありませんよ」

ビッグクランチとかは変えられない気がするが、そんな事はセーラ嬢も聞いていないと思う。

「本当に……そう思いますか？」

何か内心の葛藤《かっとう》があるかのように言葉を詰まらせながら、セーラ嬢が尋ねてくる。

公爵令嬢で神託の巫女のセーラ嬢にはさぞかし色々と大変な事があるのだろう。

「ええ、思います。理不尽な運命なんて力ずくでねじ伏せてやりますよ」

セーラ嬢の重そうな悩みを払拭《ふっしょく》するように、オレはなるべく気楽な感じで答えた。

腰の後ろで手を組んだセーラ嬢がくるりと振り向く。

「うふふ、魔王に殺されそうになっても？」

「ええ、その時は魔王からでも助け出してみせます。魔王なんてサクサクと退治しちゃいますよ」

オレに合わせた軽口を叩《たた》くセーラ嬢に同じノリで返すと、ようやく明るい声で笑ってくれた。

涙が出るほど笑ったセーラ嬢にハンカチを差し出す。

「――サトゥーさんがいて良かった」

目元の涙を拭《ふ》いたセーラ嬢が目を細めて笑みを浮かべる。

「ありがとうございます、サトゥーさん」

消えそうな儚《はかな》い笑顔に思わずセーラ嬢を抱きしめたい衝動に駆られたが、それは何とか耐えた。

なんともいえない雰囲気が場を支配する。

五年後ならともかく、自分の半分くらいの年齢の少女を相手に何をやっているのやら。

――って、今の身体だと同い年だっけ。


「おや？　サトゥー殿とセーラじゃないか。こんな所で逢《あ》い引《び》きかい？」

暗闇の向こうから声を掛けられてセーラ嬢の肩がびくりと震える。

背の高い植木の間の小道を通って現れたのはトルマだ。

「ト、トルマ小父《おじ》様！　私とサトゥーさんは逢い引きなんてふしだらな真似はいたしません！」

「そうかい？　セーラにしては距離感の近い呼び方だと思ったんだけど？」

空気の読めない彼の性格はこういう時には頼もしい。

「もう、小父様ったら！」

トルマにからかわれて、セーラ嬢が子供のように怒る。

「トルマ卿、からかうのはその辺にしてあげてください」

「サトゥー殿は歳の割りに老成していてからかい甲斐《がい》がないねぇ」

そりゃ、中身はアラサーだからさ。

「サトゥーさんに今日のお礼を申し上げていただけです」

「こんな人気のない場所で？」

「小父様っ」

「ごめん、もう言わないよ」

トルマのもっともなツッコミをセーラ嬢が柳眉《りゅうび》を逆立てて阻止した。

「夜風に当たり過ぎて風邪を引いてもいけません。そろそろサロンに戻りましょう」

「……そうですね」

「おや？　戻るのかい？　逢い引きの続きをするなら、先に帰ってあげたのに」

セーラ嬢の「小父様！」という声に追い払われるようにトルマがサロンへの小道へ逃げる。おどけた様子のトルマの後にオレとセーラ嬢も続いた。

歩きながらトルマが話題を振る。

「でも、魔族との戦闘で死者が一人も出ないなんて奇跡だね」

「はい、神のご加護とサトゥーさん達のお陰です。怪我人は魔法で癒せますが、死者はどうにもなりませんから……」

トルマの軽口にセーラ嬢が神殿の人間らしい答えを返す。

オレ達への評価もちゃんと入っている所に好感が持てる。

それよりも聞き捨てならないセリフがあった。

「死者を蘇《よみがえ》らせる魔法はないのですか？」

「……ありません」

オレの質問が意外だったのか、セーラ嬢の返事には少し間があった。

だが、そんな事よりも、ファンタジー世界なのに死者蘇生《そせい》魔法が無いとは！

――残念過ぎる！

「忘れたのかいセーラ。公子殿が謀殺された時に聖女様が――」

「トルマ小父様！」

トルマの失言にセーラ嬢が血相を変えて制止する。

さっきまでの可愛い「トルマ小父様！」とはまるで語調が違った。

「ごめんごめん、他言しちゃいけなかったんだっけ。サトゥー殿も今のは聞かなかった事にしてくれよ」

「ええ、私は何も聞いていません」

オレはトルマの頼みを快諾する。

恐らく蘇生アイテムの情報は秘匿されているのか、もしくは使用条件が厳しくて簡単には使えないのだろう。

中途半端な情報が広まったら、蘇生を求める人達で混乱が起こりそうだ。

トルマがいて良かった。セーラ嬢と二人だけだったら、あらぬゴシップの種にされるところだった。

サロンに入ってきたオレ達三人を見て太守夫人が声を掛けてきた。

「セーラ様、散歩に行ってらしたのね」


なぜかオレを見るカリナ嬢の瞳《ひとみ》に険がある。

助け船を出さずに放置した事を恨んでいるのかもしれない。

「お庭にも人を呼びにやったのだけれど、お会いにならなかったようですわね」

「私に何か御用でしたか?」

太守夫人の言葉にセーラ嬢が僅《わず》かに首を傾げる。

「ええ、先ほどテニオン神殿から急使が来られたのです――」

太守夫人がおっとりとした声でセーラ嬢に告げる。

セーラ嬢が太守に礼を告げて急使の待機する隣室に向かう。

なぜか、トルマがセーラ嬢について行ったので、オレも釣られた風を装って二人について行った。

急使という言葉が気になったのだ。

「――公都のテニオン神殿からの緊急召還ですか?」

「はい、大河の信号灯を使用したモノでしたので、詳細な内容までは判りかねます」

「判りました。太守様から快速艇をお借りして帰還いたします」

セーラと神官の会話を聞きながら、マップを開いて公都周辺やテニオン神殿を確認したが、大きな騒ぎが起こっている様子は無かった。

たぶん、神殿内部の問題だろう。

たとえ緊急時でも夜間航行は禁止されているそうで、セーラ嬢は夜が明けてから太守の用意した快速艇に乗って公都に帰る事になった。


「道中お気を付けて、セーラ様」

「はい、また公都でお会いしましょう、サトゥーさん」

貴族用の船着き場でセーラ嬢の乗る快速艇を見送る。

後ろからアリサやミーアに浮気者《うわき》をみるような目で見られたが、友人との別れに後ろめたい事は欠片《かけら》もない。

グルリアンの鐘が鳴る。

この鐘は緊急用の快速艇が通る事を告知するモノらしい。

応えるように大河下流からも木霊《こだま》のような音色が聞こえてくる。

港の管制塔で旗が振られると、沖で待機していた快速艇が水柱を吹き上げて急加速で出航していった。

「はやい～？」

「すごく、速いのです！」

横で見ていたタマとポチが手をブンブン振って驚きを表現している。

快速艇には魔法による高速推進機構が搭載されているそうで、時速一〇〇キロもの速度で水上を走っていった。

一瞬しか見えなかったが、一種の水中翼船らしい。

なお、快速艇の定員が少なかった為に、セーラ嬢に同行するのは神殿騎士ケオン卿《きょう》一名のみで、トルマ一家や残りの神殿騎士達は後から出る太守の大型船で公都に向かう事になっている。

オレ達も魔族退治の褒美として便乗させて貰《もら》う予定だ。

大河の旅

〝サトゥーです。船の旅と聞くと両親は豪華客船をイメージしていましたが、小市民な私はフェリーを使った離島への旅を思い浮かべてしまいます。波間に残る航跡とかロマンですよね。〟

セーラ嬢が出発した日から二日後、オレ達はトルマ一家やカリナ嬢一行と太守の船に乗船していた。護衛の騎士達も一緒だ。

想像していたよりも大型で甲板に数台の馬車を積載できるほどのサイズだった。

今回はオレ達の馬車だけなので前日の内に港の作業員達が乗せてくれていた。

体長六メートル超えのゴーレムや小巨人達が、港の荷揚げ用クレーンを使って馬車を船に乗せるのはなかなか見ものだった。

出航の汽笛が鳴る。

蒸気ではなく魔力で鳴る道具なので魔笛と呼んだ方が正しいだろうか？

「出航！」

船長の号令で船員達が慌しく動き出す。

船長は人族だが、船員達は半分が獣人のようだ。

メインマストの見張り台には鳥人族や蝙蝠《こうもり》人族といった飛行型の亜人達が配置されていた。

オレは甲板の手すりにもたれ掛かり、見送りに来てくれた人達に手を振った。

「サトゥー様ぁ～、ミーア様っ、また遊びに来てくださいねぇ～。あとアリサも」

大きな声で見送ってくれているのは太守令嬢だ。

魔族退治の時にギャラリーをしていた子供達の中に交ざっていたらしい。てっきり男の子達だけだと思っていたので初めて知った時は驚いたものだ。

ミーアがエルフだと知った太守令嬢が魔法の教えを請い、オレとアリサが通訳と解説を担当したのだ。

その過程で少し懐かれたが、中学生くらいの子供に興味はないので特にイベントは無かった。

オマケ扱いされたのに、アリサは楽しそうに大きく手を振り返している。

さすがはアリサ。転生者だけあって大人だ――。

「ふふふ、新キャラにフラグなんて立たせてたまるもんですか！　こうして消えていけばいいのよ」

新キャラって……太守令嬢の事をキャラ扱いか。

今日はアリサが少し黒い。

船が旋回したのを機に、アリサの頭をポンポンと軽く叩《たた》いて、船首付近で水面を見て騒いでいるポチ達の所に一緒に向かった。

「この先の公都にも邪教集団がいるの？」

「ああ、いる。思ったよりも規模の大きな組織みたいだ」

船首で両手を広げるアリサの腰を支えながら、そんな話を交わす。

「じゃ、今回みたいに掃除するの？」

「可能な限りね。公都の高位貴族にもメンバーがいるから、今回みたいに簡単にはいかないかもしれないけどさ」

グルリアン市にいた「自由の翼」の構成員達は所在を密告して牢獄《ろうごく》送りにしてある。逃れた数名は昨夜のうちに黒頭巾《ずきん》の謎の男として捕縛して、牢獄の中に追加投入しておいた。

「例の角の事は公爵様に伝えるの？」

アリサが言う角とは人を魔族に変える「短角」の事だ。

「公爵に会って人となりを確認してから判断するよ」

「うん、それがいいと思う」

突然街中に出現する下級魔族も怖いが、人々が疑心暗鬼になって暴徒になる方がよっぽど怖いからね。

「まったく異世界にまでテロリストが存在するとは思わなかったわ」

「まったくだ」

アリサのウンザリした言葉に心底同意する。

「あの、士爵様、危ないですから、そろそろ……」

今居る船首は立ち入り禁止区画にあるのだが、アリサの頼みで無理を言って入らせて貰っていた。

オレ達の世話を取り仕切ってくれている添乗員さんが困った顔で訴えてくるので、満足したらしいアリサを連れて通常の甲板へ戻る。

「前世で遣《や》り残した事が、また一つクリアできたわ～」

見覚えのあるポーズだと思ったら、有名な洋画のワンシーンだったらしい。

名作なのでオレもタイトルは知っていたが多忙で映画館に行けず、あいにくと予告編しか見たことがない。

「では皆さんのお部屋にご案内いたしますね」

添乗員さんに案内されて、甲板後部の客室への階段を下りる。

この船は三層甲板の大型船で、二層目には客室と船長室があり、三層目には家畜部屋と貨物部屋、それから船員達の部屋がある。

公都は三〇〇キロ下流にあるが、今回は太守の御用船を使わせて貰ったので、わずか二日で辿《たど》り着くらしい。

通常の船便なら途中にある四つの都市や街に寄港するため三～四日の行程になるそうだ。

船旅で一番懸念していた船酔いだが、出発してから半時間でカリナ嬢のメイド隊の一人がダウンし、一時間ほどでトルマがダウンしただけで打ち止めになった。

船に初めて乗る者も多かったが、他に船酔いになる者はいなかった。

添乗員さんが船酔いに効く薬をトルマやメイドに配ってくれたので、その内回復するだろう。

部屋に荷物を置いた後、皆に自由行動を許可した。

「いい風だ」

「はい、河の匂いと緑の香りを運んできてくれます」

果実水の入ったゴブレットを傾けながら、添乗員さんが甲板に用意してくれたソファーで寛いでいる。貴族の館で見るような物ではなく、湿気に強そうな素材や編み方をしたタイプだ。

傍らでは草を編んで作った円座に腰掛けたリザが、緩やかな風に朱色の髪をなびかせて目を細めている。

船上にあっても、愛用の魔槍《まそう》は彼女の傍らに置かれていた。

さすがに鎧《よろい》は無粋なので、今日のリザは他の子達とお揃《そろ》いの白地に模様が入ったワンピースだ。模様は個別で、リザのは赤い炎をイメージした柄が入っている。

他の子達は船内の探検に出かけていてココにはいない。

ルルまで行くとは思わなかったが、こんな大きな船に乗るのは初めてらしいので、彼女が好奇心に負けるのも判る。

そんな事を考えていると、小船を見物していたカリナ嬢が戻ってきた。

「ヒマですわ」

「カリナ様も皆と一緒に、船内の探検に行ってみてはいかがですか?」

「……ペンドラゴン卿はわたくしが邪魔ですの?」

魔乳《まにゅう》の向こうからすねた子供のような目で見下ろされたので、傍らのリザに目配せして予備のソファーを用意して貰う。

用意と言っても上に掛けてあった防水シートを除《よ》けるだけだ。

「そんなつもりはありませんよ、お掛けになりますか？」

「……ええ、失礼いたしますわ」

カリナ嬢がリザの用意したソファーにお淑《しと》やかに腰掛ける。

魔乳と慣性の法則の関連性に想いを馳《は》せながら、カリナ嬢に話を振る。

「果実水はいかがですか？　なかなか刺激的ですよ」

「刺激ですの？」

「ええ、これまで見た事のなかった世界が見えますよ」

「刺激的……見た事がない……」

カリナ嬢がブツブツ呟《つぶや》きながら、オレが掲げたゴブレットとオレの口元の間で視線を彷徨《さまよ》わせる。

「い、今は喉《のど》が渇いていないから、え、遠慮いたしますわ」

カリナ嬢が美貌《びぼう》を赤く染めてブンブンと首と両手を振る。魔乳のダンスが素晴らしい。

何を連想したのか知らないが、年頃の娘さんは想像力が逞《たくま》しいようだ。

しばらくして落ち着いたようだが、まだ顔を赤くしてオレから顔を背けている。

そこに探検を終えて帰ってきたタマとポチがダイブして来た。

「ただいま～」

「なのです！」

「はい、おかえり」

二人を空中で受け止めて、ソファーの両脇に座らせる。

喉が渇いていそうだったので、サイドテーブルにある果実水を勧めてやる。

「しゅわしゅわ～？」

「口の中でぷちぴちなのです！」

コップを両手に持った二人がソファーの上に立ち上がる。

二人ともまん丸に目を開いて驚いている。タマは尻尾《しっぽ》が膨らむほどだ。

「おおぅ、炭酸じゃない！　う～ん、久々の喉越しね～」

オレのゴブレットを奪ったアリサが一口飲んで感想を口にする。

公爵領では天然の炭酸水が採れるらしく、大河沿いの都市では比較的安価な物らしい。

「ずるい」

ミーアがアリサから取り上げたゴブレットに口を付ける。

エルフの里では珍しくないのか、炭酸入りの果実水を飲んでもミーアが驚く事は無かった。

「取り合いをしなくても、テーブルの上にいくつもあるじゃないか」

「判ってないわね～」

「ん、朴念仁」

ちょっとした指摘なのに酷《ひど》い言われようだ。

その光景を微笑ましそうに眺めながら、ルルが新しいゴブレットに果実水を注ぐ。

「ルル、注ぐ量は半分くらいにね」

「は、はい——わ、わわっ」

炭酸の泡が零れそうになってルルが慌てる。

オレは素早くゴブレットを攫《さら》って、零れそうな泡を啜《すす》った。

「これで大丈夫」

「ありがとうございます、ご主人様。ちょっと動かないでくださいね」

オレの唇に残った泡をルルがハンカチで拭《ふ》いてくれる。

「ルルお姉様。ささ、ハンカチの処分はワタクシめが——」

「だめよ、アリサ。これは私が洗います」

いつの間にか移動していたアリサがルルとハンカチの取り合いをしている。

笑顔でじゃれ合うルルの代わりにナナの分の果実水を注いでやる。

「マスターに感謝を」

「注意一秒～？」

「ぷちぷちするから注意するのです」

炭酸入り果実水を口に運ぶナナにタマとポチが注意する。

「両機の助言を受託。注意すると報告します」

タマとポチに頷《うなず》いてから、ナナが果実水に口を付け——。

「マスター！」

——グリンッと人形のような動きでオレの方を振り返る。

「マスター、この果実水は生きていると報告します」

「ただの炭酸だ。ぷちぷちするのは化学反応だよ」

無表情のまま驚くナナの誤解を解いてやる。

ちょっとだけ作り話でからかう事も考えたが、本当に信じそうなので自重した。

「サ――ペンドラゴン卿《きょう》、わたくしにも一杯戴《いただ》けないかしら?」

さっきからチラチラと様子を窺《うかが》っていたカリナ嬢が、我慢できなくなってこちらにやってきていた。

「ええ、すぐに注ぎますね」

「ご主人様、私がやります」

アリサとの戦いに勝利したルルが溌剌《はつらつ》とした笑顔で労働を代わってくれた。

炭酸の興奮が薄れてきたタマとポチが、うんしょとソファーによじ登ってオレの左右に座る。

二人掛け用のソファーなのでギリギリだ。

「おとなり～」

「なのです!」

ソファーに座ったタマとポチがリザに預けていた果実水を受け取る。

「わたし、膝《ひざ》の上!」

アリサが両手を広げて素直にねだってきたので、持ち上げて膝の上に乗せてやる。

「むぅ」

出遅れたミーアが唸《うな》るが、既に隙間はない。

トテトテとソファーの後ろに回りこんだミーアがオレの後頭部に抱きついて、髪をわしゃわしゃし始めた。

「ミーア、髪をいじるのは止めてくれ」

「……ん」

オレが注意すると髪をいじるのは止めてくれたが、今度は指でオレの耳を弄《いじ》り始めた。

そういう事は大人になってからして欲しい。

「こんな昼間からベタベタするなんて破廉恥ですわ！」

無邪気なスキンシップに目くじらを立てたカリナ嬢が、ルルからひったくるように果実水を受け取って勢い良く口に運んだ。

——あっ。

たぶん、この時、カリナ嬢以外の心は一つになった。

ブファッという音が生まれ。

オレンジ色の飛沫《しぶき》が空を舞う。

人生初の炭酸飲料を口にしたカリナ嬢が盛大に果実水を噴き出し、手に持っていたゴブレットを取り落とした。

果実水は何の落ち度も無いルルに吹きかけられ、手から離れたゴブレットはカリナ嬢の豊かな胸元で跳ねて、隣で座っていたナナの胸元を経由して床に転がった。

――あ～あ。

オレはアリサを床に下ろして立ち上がり、格納鞄《ガレージ・バッグ》から取り出したタオルを三人に手渡す。

ナナやルルは白いワンピースが透けて現代風の下着が透けている。なかなか目のやり場に困る。

この下着はアリサデザインでオレが仕立てた物だ。立体縫製には苦労した。

カリナ嬢の服も透けていたが、こちらの世界の胸帯にはセックスアピールを感じない。

そういえばラカならゴブレットくらい防御できそうなのに――違うか。防御していたら、周辺に果実水が弾き飛ばされて被害が増えたはずだから、あえて防御しなかったのだろう。

「ナナさん！　こんな場所でボタンを外して拭きはじめちゃダメです」

「ですが、ルル。衛生的に早く果実水を除去すべきだと主張します」

「ダメ」

甲板で服を脱ぎ始めたナナをルルとミーアが叱っている。

「ナナ、命令だ。部屋に行って着替えてくる事。身体はその時に拭きなさい」

「――マスターの命令を受託」

果実水がベタベタして気持ち悪かったのだろう。

ナナの返答には少しの間があった。

「さ、カリナ様も部屋でお着替えになってください」

「え、ええ」

『カリナ殿、我も洗浄を希望する』

立ち尽くしたままのカリナ嬢に、ラカも着替えを勧める。

淑女らしくない失敗に落ち込んでいるのか、タオルを手に持ったまま胸元を隠そうともしていない。

悪かったと思っているのか、視線は部屋に向かうナナとルルを追いかけていた。

オレはもう一枚のタオルを格納鞄から取り出して、カリナ嬢の肩から掛けて胸元を隠す。

「ルルとナナは怒っていませんよ。そのままでは目のやり場に困りますから部屋でお着替えください」

再度勧めると、カリナ嬢は顔を真っ赤にして胸元を押さえた後、逃げるように階段の方へ駆けて行った。

階段の入り口でカリナ嬢がルルとナナに謝る声を、聞き耳スキルが拾っていた。


船員達がソファー周辺を掃除する間、オレ達は舷側《げんそく》から大河沿いの景色を眺めて過ごしていた。

「見て見て！　人魚よ、人魚！」

なぜ二回繰り返す。

アリサが指差すほうを見ると、確かに人魚が居た。

ＡＲ表示では「鰭人族《ひれひと》」になっている。水棲《すいせい》の亜人らしい。

この船に乗っているのは鰓人族《えらひと》の兵士だが、他にも魚人族というのがいるそうだ。

鰭人が貝や海老《えび》などを獲って、小船の上にいる人族の所へ運んでいる。

なんとなく海女《あま》さんというよりは鵜飼《うか》いの鵜みたいな印象を持ってしまった。

見るとは無しに小船の方を見ていたのだが、それに気がついた添乗員さんが小船を呼んでしまった。

水産物を買う方向へ話が進んでしまったので、リザを連れて舷側の昇降機前へ移動する。

添乗員さんやリザと一緒に昇降機のゴンドラで水面付近まで降り、小船の中の獲物を覗《のぞ》き込む。

お盆くらいありそうな大型の貝や、伊勢海老《いせえび》サイズの海老、それに足を伸ばすと二メートルくらいの長さになるタコまでラインナップに入っていた。

たしかタコは淡水に生息しないはずなんだが、異世界で地球の常識を引きずってもしかたない。

「こ、この奇妙な生き物は食用なのですか？」

「ああ、タコって言うんだ。こんな見た目だけど美味《おい》しいんだよ」

タコを見て驚くリザに説明してやる。

驚いた拍子にオレの腕を抱きしめている事に気が付いていないようだが、わざわざ指摘する程の事でもないので放置した。

「士爵様、いかほど買い求めましょう？」

人数分の海老と、貝を数個、タコも三匹ほどあれば昼食には十分だろう。

オレが品数を告げると添乗員さんが驚いた顔を見せた。

添乗員さんによると、他領の者や貴族はタコを忌避するので珍しいそうだ。

なお、水産物の値段は相場より遥《はる》かに安い大銅貨二枚だった。

「たこ～？」

「こいつめ、なのです」

桶《おけ》から逃げ出すタコをタマとポチが捕まえに行ってくれたのだが、触手に絡みつかれて苦戦中だ。

なかなか剥《は》がれない触手に業を煮やしたのか、ポチがガシガシと触手を齧《かじ》っている。

美味しいかも知れないが、生で齧るのは止めなさい。

タマはいつの間にか触手から抜け出して、ポチに絡みつくタコを爪で突《つつ》いている。

楽しんでないで、ポチを助けてやりなさい。まあ、嫌がる仕草が可愛いから、見ていたいのは判る。

さて、そろそろ助けるか——。

「サトゥー」

後ろから情けなさそうなミーアの呼び声がしたので振り返ると、ミーアまでタコの餌食になっていた。

ポチはともかく、ミーアがタコの触手に絡まれてると背徳的な感じがしていけない。

アリサも「エロフきたー」とか言ってないで助けてやれ。

着替えて戻ってきたルルにも手伝って貰《もら》って、ミーアの触手を剥がす。

ポチの方はナナとリザが剥がすのを手伝ってやっているようだ。

「べたべた」

ミーアがすごく情けない顔で、不満を訴えてきた。

添乗員さんに言って、水を汲《く》んで貰う。

後ろから、ポチの「助けてなのです」という悲鳴が聞こえてきた。

振り返ると、タコの墨で真っ黒になっているポチの姿があった。リザとタマは回避したようだ。

「マスター、魔法の矢《マジック・アロー》の使用許可を」

ポチから離れたタコがナナの上半身に絡み付いていた。

ミーアと違ってエロ過ぎる。

タコはリザとオレの手によって除去されたが、イタチの最後っ屁《ぺ》のような墨攻撃を喰らって、着替えてきたばかりのナナのシャツが真っ黒になってしまった。

「マスター……」

ナナが無表情のまま、すごく情けない雰囲気を出してオレの方を見る。

どうやら、今日のナナは水難の相があるようだ。

航行中の船は揺れるので、部屋で水を使うと水浸しになってしまう。

しかたないので、甲板に衝立《ついたて》を立てて、その内側でタコの被害にあった三人を水浴びさせる事にした。

衝立の外側にこっそりと「風壁《エア・カーテン》」を使って風で衝立が捲《めく》れないようにした。

ナナ以外は見えたら困るというよりは、風邪を引かないようにだ。

船員や騎士達はこちらに背を向けて任務に従事している。実に紳士的といえるだろう。

「拭いて」

「ポチも拭いて欲しいのです」

ミーアとポチが体を拭いてくれと衝立の外に出てきたが、周りの目があるので今日は自分で拭くように言いつけて衝立の奥に押し込んだ。

その時に、ナナの素肌が見えたのは不可抗力だ。断じてやましい気持ちは無い。

「口元、ニヤけてるわよ」

「失礼な」

アリサの言葉に思わず口元に手をやりそうになったが、伸びをする事で誤魔化した。

今日はいいものが見られたし、タコの料理はオレがやる事にしよう。

添乗員さん経由で船長に甲板で調理をしても良いか確認した。

火を焚《た》かないなら構わないという話だったので、調理用の加熱魔法道具を見せて許可を貰った。

「ぴんく〜?」

「丸まっちゃったのです」

茹《ゆ》で蛸《だこ》をタマとポチが物珍しそうに見る。

この茹で蛸は薄切りにして香草を添えたり、酢の物にして小鉢に分ける。

「ご主人様、ご飯が炊き上がりました」

「ありがとう、こっちに貸して」

オレはルルから受け取ったご飯を使ってタコピラフを作る。ミーアの分はタコの代わりにニンジンやブロッコリーを使った野菜ピラフにしてある。

貝やエビはリザに下処理をして貰ってから、金網に並べて貰う。

ピラフが完成した所で、高火力型の加熱魔法道具に金網を載せて焼き始める。

スライスして並べた貝柱に醤油《しょうゆ》を垂らすと暴力的な香りが広がった。

「う～、たまんない！」

「待ちきれない～?」

「お腹と背中がくっつきそうなのです！」

金網の近くでアリサ、タマ、ポチの三人が待ち遠しそうに匂いをクンクン嗅《か》いでいる。

待ち時間の間に、未調理のタコを薄くスライスして味見してみる。泥臭くないか警戒していたが、刺身でも問題なく食べられそうな感じだ。

「わたしも味見！」

「タマも～」

「ポチも味見したいのです」

目ざとく見つけた子供達に一切れずつ食べさせてみる。

「やっぱ、新鮮なタコは良いわね」

「くにゅ、くにゅ～?」

「あんまり味がしないのです?」

アリサには好評だったが、タマやポチには余り受けなかったようだ。

「ご主人様、生のままだとお腹を壊しちゃいますよ」

「僭越《せんえつ》ですが、私もルルと同意見です」

ルルやリザが苦言を呈してきた。

「これは新鮮だから大丈夫だよ」

衛生面や鮮度の問題で、刺身は一般的な調理方法として広まっていないのだろう。

めったに使わない鑑定《アナライズ》スキルも併用して確認しているから、腹痛を起こす事はないはずだ。

船員から羨《うらや》ましそうな視線を感じたので、添乗員さんに言って彼らの昼食が豪華になるように少しだけ心付けを渡しておいた。

料理の準備が終わる頃に、年少組に呼びに行って貰ったハユナさんがやってきた。

彼女はマユナちゃんを抱いているが、トルマの姿は無い。

ここにいないと言えば護衛の騎士達もだ。彼らは料理にタコが使われているのを目にすると、「我々の糧食は別にありますから」と建て前の理由を付けて断ってきた。

今は匂いを避けて、風上の後部デッキで周辺監視任務に従事している。

……美味しいのに。

「ペンドラゴンの若様、誘ってくれてありがとうございます。トルマは食欲が無いって言っていたので置いてきました」

このハユナさんは平民出身のせいか、オレに敬語を使う。

トルマは平民のハユナさんとの仲を許されず、駆け落ちしたそうだ。

マユナちゃんに「神託」のギフトが備わっていた事が判ったために結婚を許可され、公都に帰れる事になったらしい。

「さあ、食べましょう。皆さん席についてください」

席といっても、円座があるだけだ。

給仕はカリナ嬢のメイド隊に任せ、「いただきます」の合図で食事を始めた。

「んまいのです！　箸《はし》が止まりまへん」

「んまいのです！」

タコの刺身を豪快に箸に挟んだアリサが、ピラフでいっぱいの口に放り込む。

ポチもアリサのマネをしてハムスターのように口を膨らませている。

むぐむぐと咀嚼《そしやく》する顔は晴天の空に負けないくらいの全開の笑顔だ。

あんな笑顔を見せられると、もうちょっと味わって食えとは言いにくい。

「パキパキした独特の食感、そして苦味の奥から湧き上がるような海老の甘みと旨みが素晴らしいです」

「美味美味～？」

リザとタマは焼きエビの皮を剥《む》かずにゴリゴリとワイルドに食べている。

満足そうなので、食べ方が違うとは指摘しなくて良いだろう。

その様子が、よっぽど美味しそうに見えたのか、カリナ嬢まで真似しようとしてメイドのピナさんに怒られていた。

「おいし」

野菜ピラフを頬張るミーアは少し寂しそうだ。

金網でスライス野菜を焼いて、ゴマ味噌《みそ》のタレを作ってミーアに差し出してやる。

「サトゥー」

ぱあっ、と笑顔になったミーアが嬉《うれ》しそうに抱きついてきた。

喜んでくれて何よりだ。

「ミーア、星を分けて欲しいと嘆願します」

「ん、あげる」

ナナがミーアにねだった星とは、星形にカットしたニンジンの事だ。

スライス野菜を作る時に少し遊びを入れてみたのだが、ナナの琴線に触れてしまったようだ。

今度、シチューを作る時に色々な形にカットした野菜を入れてみるのも楽しいかもしれない。

「ご主人様、楽しそうですね」

「ああ、楽しいよ」

オレの皿に食べ頃の貝柱をよそってくれたルルに笑顔で答える。

青空の下《もと》、美少女や美女と美味しい料理を食べられるなんて、なかなか幸せだ。

いつかセーリュー市のゼナさんや公都のセーラ嬢とも、こんな時間を過ごせたらいいね。


後片付け作業はカリナ嬢のメイド隊が引き受けてくれたので、満腹になったオレ達は添乗員さんが甲板に敷いてくれたふかふかした大きな毛皮の上で午睡を楽しむ事にした。

うちの子達だけじゃなく、マユナちゃんを抱いたハユナさんやカリナ嬢も一緒だ。
この毛皮は「八足豹《やつあしひょう》」という魔物の物らしい。マップ検索した所、公爵領の南東に生息している
ようなので、今度狩りに行って来よう。
そんな事を考えているうちに、うつらうつらと夢の世界へと落ちていった。

◆

——夢を見た。
子供の頃の暑い夏の日の夢だ。

眼下に、蝉時雨を浴びながら、長い石段を駆け上がる少年が見える。
あれはオレだ。祖父《じい》さん家《ち》の飼い犬のリードを引き、一段抜かしで階段を上る。
肩から掛かった鞄《かばん》には当時の最新型携帯ゲーム機が入っているはずだ。
俯瞰《ふかん》視点の夢らしいので、視線を境内へ移す。
神社の境内で大人しそうな栗色の髪をした幼馴染《おさななじみ》が石を蹴《け》って遊んでいる。
子供のオレが境内に入った瞬間、俯瞰視点が本来の視点へと移動した。
ボクが境内に入ると、こちらに背を見せていた金髪の幼女が嬉しそうに振り返った。

「おう！　待っておったぞ、サトゥー」

「もう、ゲーム中以外はイチローって呼んでよ」

サトゥーっていうのはお祖父ちゃんの飼い犬の名前だ。へんな名前の犬だけど、お祖父ちゃんに犬をくれた人の名前が佐藤《さとう》さんだかららしい。うちの家族らしい適当な名前の付け方だ。

「ふふん、わらわは犬の方を呼んだのじゃ」

「そうなんだ、じゃあ今日はゲームは止めて外で犬と遊ぼうか」

ボクが意地悪してそういうと、彼女は偉そうな態度を崩してワタワタと焦《あせ》りだす。

相変わらず、のじゃのじゃと変な語尾だ。

「ま、待つのじゃ、わらわがやらねば誰がトロイア連邦をアカイア帝国から救うのじゃ」

「はいはい、遊ぶのは日陰に行ってからね」

ボク達は境内の風通しのいい日陰の縁側に並んで座る。リードを外した犬のサトゥーは夏の暑さにも負けず境内を駆け回っている。

ボクは鞄から取り出した二台の携帯ゲーム機ポッケーのうちの一台を彼女に渡す。

コントローラーを動かす時のカチカチいう音が彼女のお気に入りだ。

いつも電源を入れる前に小さな指でカチカチ鳴らして楽しんでいる。二台のゲーム機を通信ケーブルで繋《つな》いで電源を入れた。

「おお、始まったのじゃ」

ゲームはトロイア戦争をモチーフにした宇宙戦争モノのシミュレーションゲームだ。

子供向けにもかかわらず、索敵範囲や補給の概念まである。

「むぅ、また索敵範囲外から奇襲をかけおって。そんなだからキサマはサトゥーなのじゃ」

彼女の理不尽な文句に思わず苦笑が漏れる。

「じゃあ、次のマップからハンデで『マップ探査』を一回分あげるよ」

「やったー、なのじゃ。どうせなら『彗星《すいせい》弾』も付けてたもれ」

「えー、『彗星弾』はダメだよ。一気に戦況が逆転しちゃうじゃん」

「そこがいいのじゃ！　一発だけ。の？　一発だけでいいから付けて欲しいのじゃ」

朱色の髪を振り乱して懇願する彼女に結局承諾させられる。泣く子と地頭には勝てないって言うもんね。地頭が何かは知らないけど。

「ふははは、くらえー、なのじゃ」

彼女は楽しそうに『彗星弾』でボクの主力を駆逐していく。

そして、航行能力を失ったボクの主力戦艦を鹵獲《ろかく》してホクホク顔だ。

「あー『彗星弾』は気持ちいいのう。オマケにお土産の戦艦まで手に入ってしまったのじゃ」

上機嫌の彼女だが、戦艦を自陣に引き込んだ処で驚愕《きょうがく》に変わる。

このゲームはトロイア戦争をモチーフにしている。当然、「トロイの木馬」に該当する戦法もあるのだ。

「うあ、戦艦からロボが湧き出てくるのじゃ。ああ、その空母は完成したばかり。だめじゃ、そっちの工場は手をだしたらダメなのじゃ～～」

ロボ達に内部から攻撃されて補給設備を潰《つぶ》された彼女の軍に、伏せてあった本当の主力部隊を突撃させる。ギリギリだったが、戦いはなんとかボクの勝利に終わる。

「うう、酷《ひど》いのじゃ。小さな女の子への配慮がないのじゃ」

彼女が縁側に両手を突いて悔しがる。彼女の綺麗《きれい》な藍色の髪が縁側に広がった。

「ほら、戦いは全力じゃないと相手に失礼じゃないか」

「ふーんなのじゃ、サトゥーなんて嫌いなのじゃ。一生ツルペタにしか好かれない呪いをかけてやるのじゃ」

冗談でも酷い呪いだ。

うちのクラスでも巨乳アイドルが一番人気なのに。

「それにしても、いつも負けた時は本気で悔しがるね」

だから、一緒に遊ぶのが楽しいんだけど。

「当たり前なのじゃ！　負けた時は全力で悔しがらんと、成長がないのじゃ！　失敗を生かしてこそ人は成長するのじゃ！」

目に涙を浮かべながら、橙色の髪をかき上げて格好良く宣言する。

かき上げた手に巻かれたブレスレットの青い鈴が陽光を反射して光っていた。

「あれ？　前からそんなブレスレットを着けていた？」

「ふふん、今日のわらわのラッキーアイテムなのじゃ！」

彼女が薄い胸を張って自慢し、鈴の一つを外してこちらに差し出してきた。

「サトゥーにも一個鈴をやるのじゃ、ラッキーアイテムじゃから大切にするのじゃぞ?」

「うん、ありがとう」

ボクは貰《もら》った鈴を大事に胸ポケットに――。

◆

懐かしい夢だった。

いつの事か思い出せないけど、境内で幼馴染とゲームした記憶はある。

それよりも、サトゥーっていうゲームキャラ名のルーツが、祖父さん家《ち》の飼い犬の名前だった事を思い出してしまった。

この事は決して他人《ひと》には知られないようにしなければ……。

前にセーリュー伯爵領の転移門を見た時のフラッシュバックが混ざったのか、幼馴染の女の子の髪の色がデタラメだった。まったく、夢らしいテキトーさだ。

水でも飲もうと半身を起こすと、離れた場所で眠るカリナ嬢の枕元に置かれた鈴が目に入った。

森巨人達から預かった「魔封じの鈴」だ。

なんとなく、寝ぼけた頭で夢との関連性に想いを馳《は》せていると――。

ガバッとアリサが跳ね起きた。

「どうした――」

「ご主人様！」

オレが声を掛け終わるより早くアリサに抱きしめられ、そのまま両手両足でガッチリホールドされた。

いつものセクハラかと思ったが様子がおかしい。

不安そうに「ご主人様」と繰り返すアリサの髪を撫《な》でてやる。

「――アリサ？」

「ご、ごめんなさい」

あっさりと身体を離したアリサが、素直に謝罪の言葉を口にする。

「怖い夢でも見たのかい」

「うん、実はイノ――」

言いかけてアリサが口を閉ざす。

「――言えない」

「アリサ？」

「ご主人様が筋肉マッチョに囲まれて男祭りしていたなんて、わたしには言えないの！」

アリサがハンカチ片手に泣きマネをする。

たぶん思い出したくない過去の夢でも見たんだろう。ここはアリサに誤魔化されておいてやろう。

「言ってるじゃないか！」

オレはアリサの頭を抱えてホールドしたフリをする。

ぜんぜん痛くないはずなのに、アリサが無理にはしゃいだ声でギブギブとオレの腕を叩《たた》いたので、適当にスキンシップを取ってから離してやる。

煩《うるさ》くしてしまったせいで、他の子達がむくりむくりと起き上がる。

「寒いのはイヤ～」

「ひもじいのは嫌なのです」

「ご無事でしたか！　ご主人様！」

獣娘達が苦しいほどの力で抱きついてきた。

寝ぼけたままのミーアがぽふんとオレの顔に抱き付いてオレの髪を撫でる。

「サトゥー」

ナナがミーアのマネをして同じ事をした。

「マスター」

幸せな感触を楽しみつつ視線を動かすと、半身を起こして静かに涙を流すルルと目が合った。

オレと目が合うと、安心したような笑みを浮かべて涙を拭《ぬぐ》う。

良く判らないが、皆夢見が悪かったようだ。

なんとなく「神託の巫女《みこ》」であるマユナちゃんが目に入ったが、たぶん関係ないだろう。

もし、傍で寝るだけで影響があるなら、母親のハユナさんは毎日変な夢を見るはめになるはずだからね。

夜間の大河航行が禁止されている為、オレ達の乗る船は日暮れ近くにツゥルート市の港へ入った。

それにしても船旅は楽だ。今日一日で一六〇キロの大河を下り、早くも明日《あした》には公都に到着だ。

途中で水賊の襲撃が一回、魔物の襲撃が三回あったが、オレ達の出番どころか護衛騎士が出張る前に、船専属の鰓人水兵達や鳥人兵達が手馴《てな》れた様子で撃退していた。

◆

「ペンドラゴン卿《きょう》は本当にいらっしゃいませんの？」

「はい、私は招待されていませんから」

ツゥルート市の港に停まった馬車の前で、カリナ嬢の懇願に首を横に振る。

彼女の夜会服が大人しいデザインで良かった。

もし、彼女の夜会服が胸の谷間を主張する魅力的なデザインだったら、魅了されて首を縦に振ってしまったに違いない。

カリナ嬢が言ってるのはツゥルート太守の晩餐《ばんさん》会への招待の事だ。

招待されたのはトルマ一家とカリナ嬢、それから近衛騎士の面々だ。神殿騎士達はマユナちゃんの護衛として、太守の城へ行くらしい。

魔族退治の褒美として招待されたグルリアン市と違って、本来はオレのような最下級の名誉士爵が太守の晩餐に招待されるなどありえない事なのだ。

カリナ嬢がトルマ一家と一緒にツゥルート太守の差し向けた馬車に乗り込む。

馬車の中からこちらを見るカリナ嬢に、明るい笑顔で手を振って送り出した。

「港近くにある商店街を見物してから、トルマ卿に教えて貰った料亭に向かおうか」

「予約も無しに大丈夫なの？」

「そこは抜かりないよ。添乗員さんに料亭の予約をお願いしておいたから」

コネがあるから大丈夫と言っていたし、予約がキャンセルされていたら適当な食堂に行くか露店で済ませても良いだろう。

旅先のトラブルも醍醐味《だいごみ》の内だよね。

ツゥルート市の商店街は道幅が狭く、店舗も四畳ほどの狭さで連なっている。

店舗は奥行きがなく、店主が店の前で販売や客寄せをしている。総じて店舗の前面に壁がない。

商品のジャンルにも統一性がなく、食品の隣の店舗で細工物を売るような混沌《こんとん》とした雰囲気の場所だった。

猥雑《わいざつ》な場所なので、人攫《さら》いに遭わない様に必ず二人以上で手を繋ぐように命じておいた。

さらに獣娘達やナナには本来の武器ではなく、青銅製の安物を装備させてある。

「ご主人様！　コンブよ！」

「ほう乾燥昆布か」

「これで昆布《こぶ》巻きを作ってよ」

なかなか渋いリクエストだ。

出汁《だし》取りにも良いので、数把纏《まと》め買いしておく。

「イリコもどうだい？　出汁取りに良いぜ？」

「ならそれも一袋貰うよ」

「ありがとよっ」

昆布一把、イリコ一袋は共に銅貨一枚だった。実に安価だ。

「マスター！」

ホクホク顔のオレの腕を胸元に抱きしめて、ナナが隣の店にオレを連れて行く。

「保護を希望します！」

ナナが指差したのは小さなガラス細工の髪飾りだ。

ひよこや魚、猫や犬などを模した小物がいっぱい飾られている。

「どうだい若旦那《わかだんな》。どれも大銅貨一枚だよ」

「ふむ、少し高いな」

相場価格だと一個当たり銅貨一枚ほどだ。

他の子達もやってきたので、好きに選ばせる。

待つのがヒマだったので店主と雑談に興じてみた。

「このガラス細工はこの街の工房で作っているのかい？」

「そうさ、内壁の向こうの貴族街に囲われているから、直接買い付けるのは無理だぜ？」

ふむ、外国の商人とでも思われたのか、店主の言葉に警戒するような色が見える。

「鏡は置いてないかな？」

「こんな場末の店に置いているわけないだろ？　鏡や窓に使う平らなガラスは公都のガラス工房でしか作れないから、公都まで仕入れに行った方がいいぜ」

オレは店主に礼を言い、皆の様子を確認する。

そろそろ選び終わりそうだ。

時間つぶしにカリナ嬢一行やセーラ嬢へのお土産用に追加で細工を選ぶ。

ふと脳裏にセーリュー市のゼナさんの横顔が浮かんだので彼女の分も選ぶ事にした。デートした時の服に似合いそうな青ガラスのブローチを贈ろう。

長々と値切るのが面倒だったので、サクッと代金を支払う。

オレが値切りもせずに購入したのが意外だったのか、店主が笑顔で会計処理を済ませた。

「若旦那、土産にするならオークガラスのゴブレットを買わないかい？」

オレをカモだと思ったのか、店主が店の奥から箱を取り出してきた。

「オークガラスって何だい？」

「オークの帝国で作られたガラスの事さ」

店主が箱を開けながら、オレの質問に答えてくれる。

「王祖様が魔王を退治するまで、この辺がオーク共の帝国だったのは知っているかい？」

「ああ、聞いた事があるよ」

「その帝国の特産品だったから、オークガラスって名前になったんだよ」

箱の中からは赤いガラス製のゴブレットが出てきた。

持ち手の所に銀で飾りが施してあり、ボディ部の中央には花を模した薄い青ガラスが溶接してある。一見溶接している継ぎ目が判らないほど自然だ。

「――見事だね」

「そうだろう？　二脚しか無いから銀貨六枚でどうだい？」

相場より若干安い。この辺りだと買い手が付かなかったのだろう。

火酒を飲む時にでも使おうと、店主の言い値で買い取る。

他にも幾つかの露店で買い物をして、目的地の料亭へと辿《たど》り着いた。

添乗員さんがどんな紹介をしたのか判らないが、獣娘達が邪険にされる事も無く個室に通されてご馳走《ちそう》にありつく事ができた。

舟盛りにされた巨大エビの料理をメインディッシュに、丁寧に細工された小皿や小鉢が並び、色とりどりの野菜や果物が調理されて並んでいた。

肉や魚が食べられない者がいるという話も、ちゃんと伝えてくれていたようだ。

自分の屋敷を建てる事があったら、彼女のような執事か秘書を雇いたい。


「まんぴ、く～？」

「しゃーわせ、なのです」

お腹がぽっこりと膨れたタマとポチが満足そうに呟《つぶや》く。二人はお腹が膨れて眠くなってきたのか、さっきから千鳥足だ。

夕飯を少し食べすぎたので、オレ達は港沿いに散歩しながら船に向かっている。

「蒸しエビが可愛かったと告げます」

「綺麗《きれい》な細工でしたよね」

「味も素晴らしく、エビのカラもハリハリと絶妙な食感でした」

ナナ、ルル、リザが夕飯の感想を交わす。

リザの感想が微妙におかしいが、そこは大人の対応としてスルーしておいた。

「満足」

オレと手を繋《つな》ぎながらミーアが呟く。

反対側の手を握ったアリサが静かだ。

夕飯の間は元気だったのに、散歩を始めてから何かを思い悩むような真面目な顔をしている。

「食べ過ぎで気分が悪いのか？」

「——うん、ちょっとね」

とてもそんな感じではないが、思い当たるのは昼寝の時の夢くらいだ。

話したくなったら、アリサの方から相談にくるだろう。

オレ達は夜風に当たりながらゆったりと歩む。

大河に反射した天の光と都市の明かりが混ざって、今まで見た事がない綺麗な景色を作り出す。

オレが足を止めてその景色を静かに眺めていると、ルルが感極まったような吐息を漏らした。

「素敵です」

「僚機ルルの評価を肯定します」

二人もオレと同じように大河の絶景を気に入ったようだ。

気のせいか二人の視線が大河を向いていなかった気がするが……他に素敵と評するモノもないか
らオレの勘違いだろう。

「そろそろ行こうか――」

違和感に気が付いて視線を下げる。

少し立ち止まっていたせいか、タマとポチがリザの足元で眠っていた。

二人ともお腹が膨れていたのでリザが両脇に抱えるのではなく、ナナとリザの二人が一人ずつを
抱き上げるように指示する。

「ご主人様、船が動いています」

リザがオレに耳打ちするように呟く。

日没後の大河航行は禁止されているのにどこの船だろう、と疑問に思ってマップで調べてみた。

――所属「自由の翼」。

「また、あの連中か」

オレの呟きにさっきまで静かだったアリサが反応した。

「もしかして魔王信奉者の連中？」

「ああ、そうみたいだ」

都市内にいたはずの「自由の翼」構成員達が、あの船に乗ってどこかに行くようだ。

官憲に追われて逃げ出すだけなら良いが、どこかで悪巧みを実行する為に出かけるなら見過ごせない。放置して魔王でも呼び出されたら面倒だ。

船本体と一番偉そうな構成員にマーカーを付けておこう。

もしかしたら、セーラ嬢が緊急信号で呼び出された件と関係があるかと思い、マップを開いてセーラ嬢の状態を確認する。

——何⁉

「どうしたの、ご主人様？」

あまりのショックな情報にアリサへ答える余裕がない。

——状態「憑依《ひょうい》」。

それが今のセーラ嬢の状況だった。

誰も知らない夜

〝サトゥーです。かつて読んだ祓魔《ふつま》物の小説に『悪魔と取引をしてはならない。悪魔は甘言を弄《ろう》し人を誘惑するのだから』というセリフがありました。今でもこのセリフを思い出す事があります。〟


「ねぇ、どうしたの、ご主人様？」

フリーズしたように動きを止めたオレを見て、アリサが再度問いかけてきた。

「先に船に帰っていてくれ。ちょっと行く所ができたんだ」

「ど、どういう事？　……ねぇ、教えて」

アリサが青い顔で質問を重ねる。

いつものようにふざける事もなく、真剣な表情だ。

「公都でセーラ様が危ないんだ。ちょっと助けに行って来る」

「えっ、神託の巫女《みこ》が――まさか、魔王が復活しようとしているんじゃ無いでしょうね⁉」

それは話が飛躍しすぎだ。

復活に必要な「邪念壷《カオス・ジャー》」も潰《つぶ》したし、途中で見つけた「呪怨瓶《じゅおん》」も没収した。

いずれ魔王が復活するにしても、まだまだ先のはずだ。

恐らく今回は、魔王復活の前段階として下級魔族を憑依させただけだろう。

「大丈夫だ。せいぜい下級魔族さ」

「ダ、ダメよ！　魔王だったらどうするのよ！」

他の子達は納得してくれたみたいだが、アリサだけがいつになく心配そうだ。

「大丈夫だ。ちゃんと無事に帰ってくるさ。美味《おい》しい昆布巻きを作ってやるって約束しただろう」

「し、死亡フラグなんて立てないでよ、バカぁぁあ」

確かにアリサの言うように若干死亡フラグっぽい発言だが、死ぬつもりは全く無い。

珍しく取り乱したアリサがオレのローブを握り締める。無理に剥《は》がしたら、アリサの華奢《きゃしゃ》な指が折れそうだ。

「セーラ様が憑依されているんだ。早く助けに行かないとマズイんだよ。手を離して、アリサ」

「イヤよ。……昼に夢の話をしたのを覚えている？」

アリサが震える声で言葉を紡ぐ。

「あの時は誤魔化したけど、本当はご主人様が巨大な猪頭の大男と戦う夢だったの。ご主人様は黒い剣で戦っていたけど、最後はその大男の持つ黄金の刀で斬り殺されていたのよ……」

アリサが搾り出すように語る言葉は「ただの夢だ」と断じるには少々重い。

何よりアリサは黒い神剣の事は知らないはずだ。

だけど、たとえセーラ嬢のいる場所に魔王がいるとしても放置はできない。

サガ帝国の勇者が来るのを悠長に待っていたら、セーラ嬢の命は無いだろう。

「大丈夫だよ。魔王がいても倒してくるから、この手を離して」

「イヤ！　行かないで……心配なの」

アリサが頑なに首を横に振る。

涙目のアリサには悪いけど今は問答している時間が惜しい。

「どうしても聞き分けないなら、『命令』するよ？」

「してみなさいよ……。『命令』くらいで、わたしの乙女心は負けないんだから」

仕方ないな。

命令は可能な限りしたくないが、今はセーラ嬢の命が賭かっている。

「なら、『命令』だ。手を離せ、アリサ。船に帰って待機する事を命ずる」

「絶対に、絶対に行かせない！」

オレの命令を受けても、アリサは手を離さない。

アリサの呼吸が荒くなり、額に脂汗が浮かぶ。

奴隷契約の「主人の命令に従う」という項目に反する為、苦痛がアリサを襲っているのだろう。

「い、行かないで、サ……トゥ……」

苦痛で意識を失ったアリサがオレのローブを掴《つか》んだまま脱力する。

「ア、アリサ！」

ハラハラと成り行きを見守っていたルルがアリサの肩を抱き止めた。

オレは気を失ってもローブを掴んだままだったアリサの指を解き、抱き上げてルルに預ける。

意識を失ってもなお苦しそうなアリサの頭を撫《な》で、耳元で命令を解除すると伝えてみた。

効果があるか疑問だったが、アリサから苦痛の表情が消える。

「ルル、アリサを頼む」

「は、はい」

優しくキスでアリサの涙を拭《ぬぐ》ってやり、ルルに後を任せる。

「御武運を」

「マスター、グッドラックと応援します」

「ご主人様、無理をしないでくださいね」

「サトゥー。怪我をしないで帰ってきて。怪我をしちゃダメなの、絶対よ」

リザ、ナナ、ルル、それから長文のミーアの言葉に頷《うなず》き返し、オレは銀仮面の勇者スタイルで闇夜に舞い上がる。

なお、タマとポチは最後まで眠ったままだった。

◆

オレは公都に急行する前に太守の館にいるカリナ嬢の所へ向かった。

彼女から「魔封じの鈴」を回収する為だ。

マップ検索でカリナ嬢の現在位置を調べた所、変な情報が目に入った。

――状態「麻痺《まひ》」だと？

どうやら、太守の館でもトラブル発生中のようだ。

空から晩餐《ばんさん》会会場のバルコニーへと着地する。

「――さあ、誰から苦しめてやろう？　『呪怨瓶』に最初の怨嗟《えんさ》を捧《ささ》げるのはダレだ？」

会場のテーブルの上で紫色のローブの男が独演している。

この男は「自由の翼」の構成員でレベル三一の死霊使いらしい。彼の周辺には種族固有能力に「麻痺」の力を持つ浮遊霊が浮かんでいた。ＡＲ表示が無かったら、半透明な茶色の物体としか思わなかっただろう。

「やはり、生贄《いけにえ》といえば乙女からだ。騒霊《ポルターガイスト》達よ――」

死霊使いが指示すると男の持つ袋から、ひとりでにロープが伸びて床に倒れていたカリナ嬢を拘束して持ち上げる。

晩餐に参加するにあたってラカを置いて行ったのが仇《あだ》になったようだ。

「くぅ、サトゥー……」

「クカカカ、最後に恋しい男の名を呼ぶか！　娘よ、その男が来た時に慟哭《どうこく》の声を上げるような姿にしてやろう」

死霊使いの男がカリナ嬢を見下ろして厭《いや》らしく嘲笑《ちようしよう》する。

「まずは、その胸から――ぐがっ」

カリナ嬢の魔乳《まにゆう》を守るべく、死霊使いに「短気絶弾《ショート・スタン》」の雨を降らせる。

オリジナリティの無い野太い悲鳴を上げて死霊使いが吹き飛び、壁を突き破って部屋から消える。

死なないように調節したが、死霊使いの状態が「重傷」になり体力ゲージも尽きる寸前だ。

浮遊霊やロープを持った騒霊が襲ってきたが、ストレージから出した聖剣の一撃で消え去った。

テーブルの上に置いてあった「呪怨瓶」はストレージに回収しておく。

「ムーノの娘よ、なかなか波乱万丈な人生のようだな」

オレは以前の演技を思い出しながら、カリナ嬢に麻痺解除薬を飲ませる。

「……あ、ありがとうございます。ゆ、勇者様」

「助かったばかりで悪いが、君の持つ『魔封じの鈴』を貸して欲しい。どうしても必要なのだ」

少し躊躇《ためら》う素振りをみせたカリナ嬢だが、首もとのボタンを外して胸元から鈴を取り出してくれた。

チラリと見えた谷間に視線を奪われそうになったが、状況を思い出して必死に耐えた。

「ど、どうぞ……」

「ああ、確かに預かった」

何か言いたげなカリナ嬢に「全て終わったら返しに来る」と約束し、人数分の麻痺解除薬を置いてその場を後にした。

なお、死にかけの死霊使いは集まってきた太守の兵に拘束されたようだ。

◆

夜の大河上空を飛翔《ひしょう》し、半時間と経たずに公都上空へと辿《たど》り着いた。

マップによるとセーラ嬢の現在位置は「猪王の迷宮：遺跡」となっている。

マップを開いて3D表示にしてみると公都の遥《はる》か地下にある空白地帯にセーラ嬢のマーカーが光っていた。

その情報を頼りに地下への経路を探す。

都市の地下には迷路のような下水道が張り巡らされ、貴族区画の地下にはシェルターまであるようだ。

そうしてチェックを続けていると、下水道を「自由の翼」の構成員が何十人も移動しているのを発見した。

——怪しい。

オレは公都にいる構成員全てにマーカーを付けて、地下道への入り口へ向かう。

視界の隅にマーカー一覧を表示したままにしていると、一部の構成員の現在位置が「オーユゴック公爵領」から「猪王の迷宮：遺跡」に変わったのを確認できた。

どうやらアタリのようだ。

構成員達の動きを監視すると一箇所に集合し、そこから何らかの手段で転移している事が判った。

オレは構成員達の集合地点までの最適な経路を調べ地下道へと向かう。

地下道の入り口に近付くだけで臭気を感じたので、香水を染み込ませたハンカチを口に当てて中に入る。

下水道横の通路の汚れが酷《ひど》いので、徒歩ではなく天駆で空中を駆け抜ける事にした。

そのまま飛行しながら装備のチェックを行う。

武器は問題ない――。

神剣を筆頭に、いつも使っている聖剣エクスカリバー、他にも三本の聖剣と一本の聖槍《せいそう》、二本の魔剣と巨人から貰《もら》った魔弓《まきゆう》がある。

ほとんどは「竜の谷」で手に入れてからストレージに死蔵していたが、問題なく使えるはずだ。

更に使い捨ての聖矢を一〇本に、聖矢と同じ製法で作った聖なる短槍《たんそう》も三本ほど用意してある。

これらの使い捨て武器は過剰供給スキルの補助を受けて、臨界ギリギリまで魔力を充填《じゆうてん》済みだ。

一方で防具に関しては色々と問題がある。

竜の谷の戦利品《ドロップ・アイテム》にある高性能防具のほとんどが「流星雨」によって壊れてしまったようで、聖盾が一枚ある他はオレが自作した鎧《よろい》くらいしかない。

それでも無いよりマシだと、早着替えスキルの助けを借りて鎧を着込む。

魔王が待っている可能性がゼロではない状況で、「ぬののふく」装備のまま突撃する蛮勇は持ち合わせていない。

程なくして構成員達の集合場所付近まで辿り着いた。

ここに来るまでに何度か蜘蛛《くも》の巣を模した警報装置があったが、罠《わな》発見スキルと危機感知スキルの前では何の障害にもならない。

下水道を進む途中で単独の構成員から紫色のローブを強奪して着替えた。

秘密結社の制服らしく顔や体形が隠れるようになっている。ゆったりとしたローブだったので、革鎧の上から着られるのが良い。


「自由の空に」

「翼が舞う」

地下道の向こうからそんな会話を聞き耳スキルが拾ってきた。

仲間か否かを確認する合い言葉だろう。

オレは早足で地下道を抜け、怪しい扉の前に立つ男に先ほど聞いた合い言葉を返す。

男は無言で扉の前を空け、オレを通してくれた。

扉の向こうは広い部屋となっており、中央には巨大な魔法装置らしき朱色のオブジェが鎮座している。都合の良い事に部屋の明かりは暗く、フードの下の顔はほとんど見えない。

オブジェの周りに何人もの構成員が集まって、何やら揉《も》めていた。

「どうしましょう、紫三位の公子がまだいらっしゃいません」

「あの方の事だ、どこかで疲れて休憩しているのかもしれん」

どうやら幹部が遅刻しているようだ。

「儀式まで時間も無いことだ、先に送ろう。魔力は足りるか?」

「問題ありません」

場のリーダーらしき男の声に魔法装置の操作盤をチェックしていた女が答える。

オレは儀式という不穏な言葉に心乱されながらも、まだ儀式が行われていないという事実に僅《わず》かな安堵《あんど》を覚えていた。

こいつらと一緒に送って貰えれば、セーラ嬢を助け出せそうだ。

「――門が開きました」

「よし、同志達よ！　儀式の間に向かおうぞ！」

幹部の言葉に平構成員達が片腕を天に掲げるポーズで応えたので、オレも空気を読んでマネしておいた。

オブジェの中央にある円環を潜ると、先ほどの部屋の中から広大な地下空洞へと移動していた。

どうやら、あの円環が転移装置になっていたようだ。レーダーの表示も未探索エリアのそれに変わっている。

オレは魔法欄の「全マップ探査」を発動して現在位置の情報を取得した。

ここは公都地下にある迷宮の最深部らしい。

迷宮内には魔物はおらず、人がいるのもこの大空洞のみのようだ。横に寝かせた卵形をした空洞は短径でも三〇〇〇メートルもある。よく崩落しないものだ。

大空洞内には奇妙な異形のオブジェが林立し、小さいものでも二メートルで大きなものだと五メートルを超えるようなモノまであった。

少し触ってみたが大理石くらいの硬さの石でできているようだった。

遠くの方にひときわ明るい場所があり、構成員達はそこで儀式を行っているらしい。

ここまで読経《どきよう》のような声が聞こえる。呪文の詠唱とは少し違うようだ。

「儀式が始まっているじゃないか……」

――何だと!?

「急げ！　『再臨の儀』に間に合わんぞ！」

幹部の言葉に構成員達がオブジェの林の間を慌てて走って行く。

オレも彼らに紛れて祭儀場に向かいながら、セーラ嬢の奪還と脱出に必要な情報を収集する。

セーラ嬢の他にも彼女と同い年くらいの神託の巫女《みこ》が二人捕まっていた。セーラ嬢と同じく二人も憑依《ひようい》されているようだ。

この場にいる構成員達は全部で二〇〇人強、レベル五以下の者が殆《ほとん》どでレベル三〇を超える者は「自由の翼」の首領を含めた三人だけらしい。

首領は重力魔法と空間魔法が使えるようだ。さらに、高レベルの幹部二人が例の「短角」を所持しているのを確認した。こいつらは要チェックだ。

最上階までの脱出経路は三箇所ほどある。北側の経路が一番追跡しにくそうだ。

チェックが完了する頃には祭儀場の目と鼻の先まで辿り着いていた。

首領のいる祭殿には石の寝台があり、セーラ嬢は気を失った状態でそこに寝かされていた。

セーラ嬢と一緒に拉致《らち》されている二人の巫女は先ほどの高レベル幹部達に両手を拘束され、セーラ嬢の身体の上に掲げられている。

幹部達は片手で華奢《きやしや》な巫女の両手首を掴《つか》み、反対の手には怪しい形状の儀式用短剣を握っている。

二人の巫女は憑依状態にあるからか、能面のような顔でされるがままだ。

セーラ嬢を含め巫女達は全身の肌を外気に晒《さら》し、紫色の塗料で魔法陣のような模様を描かれていた。

そんな光景を瞬き一つの間に確認する。

だが、オレが救出のタイミングを計るよりも早く儀式が進行した。

「我らここに穢《けが》れ無き乙女達を捧げ、偉大なる主の再臨を願う！」

「「「再臨を！」」」

首領の叫びに構成員達が唱和する。

二人の巫女を拘束した幹部達が儀式用短剣を構える。

オレは矢の様に飛び出した。彼我の距離は二〇〇メートル。

ドンッという音が地下空洞に響き、背後から構成員達の悲鳴が届く。

後ろの構成員達は加減抜きで急発進した天駆の反動をまともに浴びたのだろう。

二歩目を蹴《け》るのと同時にオレは懐から取り出した礫《つぶて》を投擲《とうてき》する。

轟音《ごうおん》に驚いた幹部達がこちらを振り向く。

オレが三歩目を蹴るよりはやく、礫が儀式用短剣を打ち砕いた。

だが、幹部達は諦《あきら》めていないようだ。

砕けた短剣で尚も儀式を続行しようと巫女達の心臓へと振り下ろす。

——間に合えっ！

そう心の中で叫んだ瞬間、オレの身体は水の中を走るような違和感に包まれる。

気が付いたら幹部達の足元に辿り着いて短剣を蹴り飛ばしていた。


＞「縮地」スキルを得た。


便利そうなスキルだが、今は状況が切迫しているので後回しだ。

未だに巫女達から手を離さない幹部達の顎《あご》を殴り飛ばし、二人の巫女を引き剥《は》がす。

「何者だ！」

きっと結社の首領らしき人間はそう言いたかったに違いない。

最後まで聞かずに首領の腹に「短気絶弾《ショート・スタン》」を叩《たた》き込んで悶絶《もんぜつ》させた。どんなレアスキルを持とうと使う前に倒してしまえば問題ない。

血飛沫《ちしぶき》を上げて倒れる首領を一顧だにせず、「憑依」状態の巫女達に向けてストレージから取り出した鈴を振る。

もちろん、「魔封じの鈴」だ。

涼やかな音色と共に巫女二人の身体から、半透明の青と赤の異形が浮き上がる。

なぜかセーラ嬢の身体は何の変化も無い。

その事実に心臓が氷漬けにされるような嫌な予感を覚えたが、剥がれかかっている方の始末を優先する事にした。

青と赤の異形をむんずと掴み、そのまま祭儀場の外へと投げ捨てる。

異形に向けて小火弾《ファイア・ショット》を連続で撃ち込んでおく。下級魔族ならこれで無力化できるだろう。

オレ達を包囲して杖《つえ》を構える構成員達に「短気絶弾《ショート・スタン》」を雨のように叩き込んで無力化した。

もちろん、首領と違って直撃させたら死んでしまうので、掠《かす》めるような軌道で放つ。

朽木の様に地面に倒れる構成員達の後ろから、二体の魔族が姿を現した。

先ほど投げ捨てたやつらだ。

——下級魔族じゃない？

前にセーリュー市の地下迷宮で戦った黒い上級魔族と同じような迫力を感じる。

『儀式をジャマするとは無粋な輩でオジャル』

『然り然り、下等な人族らしいナリ』

オジャル語尾は赤い肌に鹿のような角をつけた体長四メートルの魔族。ナリ語尾は前者より少し小柄で、青銅色の肌に水牛のような角と二対四枚の翼を持っている。

前者が「空間魔法」を、後者が「重力魔法」を使う。共にレベル六三だ。

青肌魔族が唸《うな》り声を上げると、ヤツの組んだ腕の上にセーラ嬢が現れた。

——転移魔法か？

「まったく、我の再臨の儀をジャマするとは、度し難いバカものナノダ」

セーラ嬢は立てた片膝《かたひざ》を脇息のように使い、羞恥心《しゅうちしん》の欠片《かけら》も無いポーズでオレを罵倒《ばとう》する。

閉じられていたセーラ嬢の瞳《ひとみ》が開く。その双眸《そうぼう》が紫色の輝きを帯びている。

――違う。

セーラ嬢の瞳は萌黄色《もえぎいろ》だ。

オレはセーラ嬢に憑依したヤツを祓《はら》うために、もう一度「魔封じの鈴」を振る。

今度はグルリアン市の魔族戦でアリサがやったみたいに、魔力を篭《こ》めて効果アップを狙う。

「ふん、不快ナノダ」

だが、結果は一緒だった……。

セーラ嬢に憑依したヤツは不快そうに舌を鳴らす。

『主上、任せて欲しいナリ』

「よかろう、勇者を倒してみせるノダ」

一歩前に出た青い肌の魔族の肩に口のような切れ目が走り、唸り声が響く。

危機感知の反応を待つまでもなく、足元の巫女達を抱えて後ろに飛ぶ。

オレの足元に転がっていた首領と幹部二人が、不可視のハンマーに殴られたかのようにベシャリと潰《つぶ》れた。

――やむを得ない。

ここは二人の巫女だけでも先に助けよう。

脱出の為に縮地にスキルポイントを割り振って有効化《アクティベート》する。

『なかなかの反応速度でオジャル』

このまま逃げても追って来るだろう。

オレはそう考えてバックステップで距離を取り、魔族達との間に十重《とえ》二十重《はたえ》の土壁を作っていく。

『勇者のくせに土魔法とは地味でオジャル』

『空を飛べば壁なんて関係ないナリ』

翼を持つ青肌魔族が壁の上に顔を出す。

その顔を目掛けて、「魔法の矢《マジック・アロー》」「短気絶弾《ショート・スタン》」「小火弾《ファイア・ショット》」を連続で放つ。

これで倒せるとは思えないけど、牽制《けんせい》になれば十分だ。

オレは結果も確認せずに、巫女達を抱えて縮地でその場を離れた。

華奢な巫女達が急加速でダメージを負わないか心配だったが杞憂《きゆう》に終わったようだ。

彼女達の体力ゲージに変化はない。

どうやら、縮地は単なる肉体的な技術ではなく、術理魔法を再現する天駆と同じようになんらかの魔法的手段で移動するスキルのようだ。一回当たり魔力を一〇ポイントほど消費している。

オレは縮地を繰り返し、瞬く間に北側の通路へと辿《たど》り着いた。

祭殿の方を目視で確認したが魔族は追って来ていないようだ。

いつの間にか気を失っていた巫女達を北側の通路に寝かせ、「防御壁《シェルター》」と「土壁《ウォール》」の魔法でシェルターを作って安全を確保する。

これで天井が崩落しても彼女達は無事だろう。

オレが祭殿に戻ると、そこは血の海となっていた。

「――皆殺しにしたのか？　お前の信奉者だったんだろ？」

「信奉者ならば我の復活の肥やしになって本望に違いないノダ」

セーラ嬢の身体でヤツが答える。

その後ろには赤と青の上級魔族が控えていた。

「その身体から出て行く気はないか？」

「ふん、そんなにこの娘が大事ナノカ？」

オレの提案にヤツは愉快そうに口を歪《ゆが》め、セーラ嬢の歳の割りに大きな胸を無造作に掴む。

「この乳房を千切っても、同じことが言えるノカ？　この美しい顔はどうナノダ？」

更に反対の手に持った短剣を頬に添えてオレを脅迫する。

残念ながら「魔封じの鈴」が効かない以上、後は舌戦くらいしかセーラ嬢を取り戻す手段はない。

ここはヤツのプライドに賭《か》けよう。

「セーラを返せ、そして尋常に戦え！　それとも人質がいないと戦うのが怖いのか――」

上級魔族が二体も傅《かしず》くヤツの正体こそ――。

「――魔王！」

「くはははは、我に勝負を挑むか！　それでこそ勇者！」

おっ、意外に好感触だ。

「かつて、天竜を従えた勇者シガ・ヤマトに敗れたとはいえ、凡庸な勇者では相手にならぬ。我が配下を下して見せよ。さすれば、勝負の前の褒美にこの娘の身体はキサマに返してやろう」

魔王が約束を守るか判らないが言質《げんち》は取った。

いざとなったら、テニオン神殿の聖女様にお祓いをして貰《もら》う事も考えよう。


『アイツの魔法に注意するナリ』

『反射の守りがあるから大丈夫でオジャル』

万が一にもセーラ嬢の身体を戦いに巻き込まないように、天駆で祭壇から距離を取る。

『逃がさないでオジャル』

目の前の空間が割れて赤肌悪魔が姿を現した。ヤツの空間魔法だろう。

牽制にメニューの魔法欄から「誘導矢《リモート・アロー》」と「短気絶弾《ショート・スタン》」を連続で使う。

もちろん、弾数は最大の一二〇発だ。

『返すのでオジャル』

赤肌悪魔に向かって撃った魔法がことごとくオレの方に返ってきた。

目標追尾性能《ホーミング》のある「誘導矢《リモート・アロー》」は赤肌悪魔に方向転換していたが、「短気絶弾《ショート・スタン》」はオレに直撃するコースで飛んできた。

先ほど言っていた「反射の守り」というやつだろう。なかなか厄介だ。

オレはそれを縮地で避《よ》ける。

後ろで「短気絶弾《ショート・スタン》」を喰らった異形のオブジェが倒れる音が聞こえてきた。

『うっとうしいのでオジャル』

赤肌悪魔が咆哮《ほうこう》を上げると、空間に亀裂が走り「誘導矢《リモート・アロー》」が破壊された。

ストレージから聖剣デュランダルを取り出す。

出し惜しみするわけではないが、いつものエクスカリバーは魔力充填《じゅうてん》実験で過剰供給状態寸前の魔力を蓄えているので、下手に使うのは躊躇《ためら》われたのだ。

あれだけの聖剣を使い捨てにするのは惜しい。

聖剣デュランダルの性能は聖剣エクスカリバーにやや劣るものの、聖剣ジュルラホーンに比べたら格段に強力なので問題ないだろう。

左から危機感知が働いたので、縮地でその場を離れる。

先ほどまでオレが立っていた場所で地面がベコリとへこんだ。

『独り占めは良くないナリ』

どうやら、今のは青肌魔族の重力魔法だったらしい。

オレは縮地による瞬間移動さながらの踏み込みで青肌魔族の懐に潜り込み、そのまま跳ね上がる様に聖剣を斬り上げ――。

突然、凄《すさ》まじい重圧がオレに伸《の》し掛かった。

>「重力魔法：悪魔」スキルを得た。
>「重力耐性」スキルを得た。

高重力に耐えて強引に剣を振るが、聖剣が青肌魔族にあたる寸前で刃《やいば》を止めてバックステップで距離を開ける。

『今代の勇者は勘が鋭いナリ』

『あのまま斬っていれば、勇者の体も真っ二つだったのに惜しいでオジャル』

こいつにも「反射の守り」が掛かっていたのか。

危機感知が警鐘を鳴らしていなかったら危ない所だった。

少し体が赤肌魔族に引っ張られた気がした。ログを見ると「引き寄せ」という魔法を使われたようだ。ゲームのボスキャラのような技を使うやつだ。


＞「空間魔法：悪魔」スキルを得た。

＞「空間耐性」スキルを得た。


二つの耐性スキルを有効化する。

『レベルが低いくせに魔法が効きにくいでオジャル』

『うしゃしゃしゃしゃ、耄碌《もうろく》した言い訳ナリか？』

上級魔族達がお互いに罵《のの》り合う隙に、オレは次の手を打つ。

二体の魔族に「短気絶弾《ショート・スタン》」を叩《たた》き込む。

案の定、反射されて返ってきたので、軽いバックステップで回避する。

戻ってきた「短気絶弾《ショート・スタン》」の軌道から推測して、反射の弾道は完全な正反対じゃないようだ。

オレは再度、「短気絶弾《ショート・スタン》」の魔法を二体に撃ち込む。

『何度やってもムダでオジャル』

この「反射の守り」は回数制限の無いタイプか……厄介だ。

赤肌魔族と青肌魔族の詠唱用の口がそれぞれ唸り声を上げた。

危機感知に従って、横っ飛びに避ける。

オレがいた場所に深い亀裂が走り、オレを追うように不可視の重力鎚《つち》が地面に大穴を空けていく。

オレは重力鎚を天駆で回避し、青肌魔族との間に土壁を次々に生み出して時間を稼ぐ。

先に倒すべきは面倒な空間魔法を使う赤肌魔族からだ。

攻撃が止んだ隙に、次の手を打つ。

魔法欄から選んだ「風圧《ブロウ》」の魔法を使い、その暴風の中にストレージから取り出した大量の塩を撒《ま》く。

キメの細かい塩が空中に浮遊する。

『目眩《めくら》ましとは下策でオジャル』

吹き荒れる塩が赤肌魔族の見えない「反射の守り」を浮き上がらせる。

オーソドックスな確認手段だが効果は抜群だ。

「反射の守り」は名前の通りの完全反射ではなく、空中に浮かぶ無数の吸収孔と排出孔が身体の周りをランダムに動き回るモノらしい。

一個一個は塵《ちり》以下の微小なサイズなので目に見えなかったようだ。

塩粒の方が明らかに大きいが、吸収孔に接した塩粒は排出孔へと転送されている。物理的な穴ではなく、極小の転移ゲートなのだろう。

念の為、細い釘《くぎ》を吸収孔の隙間に投げて確認する。

吸収孔の横を通り抜けようとした途端、近くの吸収孔に吸い込まれてすぐ近くの排出孔から排出されたのを確認できた。

細剣でも矢でも触れずに隙間を通り抜けるのは無理だろう。

青肌魔族の攻撃が来ないと思って視線を送ると、ヤツは腕組みをして興味深そうにオレと赤肌魔族を見物している。なかなか余裕のある態度だ。

オレはストレージから糸の束を取り出す。

山樹の実の繊維で作った魔力伝達率の良い逸品だ。

その束に魔力を流し、全ての糸に魔刃《まじん》を生み出す。

『ハリネズミ勇者でオジャル。糸なら隙間を通り抜けられると思うなら、試してみるが良いのでオジャル』

自信満々に嘲笑《ちょうしょう》する赤肌魔族。

――笑っていられるのも今のうちだ。

縮地で赤肌魔族の正面に飛び込み、こいつがハリネズミと称した魔刃糸の束で突く。

『自殺でオジャル？』

目の前に飛び出してきた無数の魔刃糸を、発動準備していた「盾《シールド》」の魔法で受け止める。

一瞬で「盾《シールド》」が砕けてしまったが、これで良いのだ。

――捕まえた。

糸の魔刃を解除しつつも、魔力で強化した状態は維持する。

オレは「排出孔」から飛び出してきた糸の束を掴《つか》む。

それをグイッと横に振った。

糸を捕まえた無数の「吸収孔」と「排出孔」も一緒にだ。

余裕ぶって嘲笑していた赤肌魔族の顔が驚愕《きょうがく》で彩られる。

フリーの吸収孔が隙間を埋めようと動くが――もう遅い。一瞬だけでも隙間ができれば十分だ。

聖剣デュランダルの鮮やかな青い軌跡の残滓《ざんし》が闇に溶ける時、赤肌魔族は黒い塵となって散っていった。

>「閃光斬撃《せんこうざんげき》」スキルを得た。
>「聖刃」スキルを得た。
>称号「糸使い」を得た。

『これは驚愕ナリ』

青肌魔族が重力操作で身体の周りの「反射の守り」を破棄した。

ふむ、やはり同じ手でやられてはくれないか。

オレは手に入ったばかりのスキルを有効化する。

『身どもの奥義を見せてやるナリ』

両肩の詠唱口が怪しい唸《うな》り声を上げる。

それと同時にオレは聖剣に魔力を注ぐ。

——魔族の詠唱は人族より速い。

聖剣が青く輝いて滅魔の力を帯びる。

——だが、その時間はゼロではない。

縮地は青肌魔族との距離をゼロにし、ヤツが詠唱を終えるよりも速く閃光斬撃をヤツの体に叩き込んだ。

さしたる感触も無く縦横に斬り裂かれた青肌魔族が黒い塵となって消え去る。

……呆気《あっけ》ない。

やはり聖剣の魔族への特効は凄《すご》い。刃さえ届けば下級も上級も大差ない気がする。

◆

天駆で祭壇へと舞い戻ったオレを迎えたのはセーラ嬢の姿をした魔王の拍手だった。

石の寝台の端に立て膝《ひざ》で座っていた魔王がその場に立ち上がる。

「見事ナノダ。雑魚《ざこ》勇者と侮ったのを詫《わ》びねばならんノダ」

裸で仁王立ちした魔王が、舞台女優の様に朗々と言葉を紡ぎはじめた。

「まさか仲間もおらぬ勇者が単独で我が廷臣達を屠《ほふ》るとは予想外だったノダ」

セーラ嬢の身体が淡い紫色の光を帯びている。

——嫌な予感がする。

早く魔王をセーラ嬢の身体から追い出さねば。

「約束は果たしたぞ、魔王！　さっさとセーラの身体から出て行け！」

「よかろう、試練を果たした者に褒美を与えるのも王の務めナノダ」

——良かった、思ったよりも素直に応じてくれるようだ。

魔王が腕を横に振ると、セーラ嬢の身体を覆う紫色の光が濃くなる。

「勇者よ。我が敵手たる資格を汝《なんじ》に認めるノダ」

魔王がそう宣言すると、セーラ嬢の双眸《そうぼう》が強烈な紫色の輝きを放つ。

——なんだ？

「黒髪の勇者よ。パリオンの走狗《そうく》よ。姿を偽る理由は問わぬが、ヤマトのように楽しませてくれるノダろうナ？　我を失望させる事は許さぬノダ」

魔王の言葉に髪を触ると、いつの間にか金髪のカツラが無くなっていた。

カツラや仮面の予備はあるが、今はそんな事に拘泥している場合ではない。

——早くセーラの身体から追い出さなければ。

「ああ！　お前がその身体から出て行けば存分に戦ってやる！」
「では、受け取るノダ」

メリメリと音を立て。

セーラの背中が裂ける。

そこから突き出てきたのは猪頭。

——ああ。

《ねぇ、サトゥーさん……》

『廷臣共を贄《にえ》にしたお陰で、力は満ちたノダ』
服を脱ぎ捨てるように、紫色の肌をした猪頭の魔王が顕現した。
子供のような背丈が見る見る膨張して、成人の五割増しほどの巨躯《きょく》に変わる。
続けて魔王の体に紫の波紋のような光が這《は》うと、ヤツの肌が金色に輝き出す。

——なぜ、あの時に魔王の言葉を信じたのだろう。

《サトゥーさんは……運命を変えられると思いますか？》

脳裏にかつてセーラと交わした言葉が蘇《よみがえ》る。

体毛のない猪頭の魔王が出現し始めた一瞬でセーラの命の炎は尽きた。

——何が「魔王からでも助け出してみせます」だっ！

渦巻く後悔がオレの中で暴れる。

だが、それは束の間の事だった。

時間にして一秒も経過していないだろう。

オレの高い精神値《MND》が後悔に曇るオレの心を平常状態へと引き戻す。

正常に動き出した思考が、過去の記憶の中から希望を拾い上げる。

——蘇生《そせい》魔法。


ふと脳裏にそんな言葉が浮かんだ。

セーラは否定していたが、トルマは蘇生魔法の存在を肯定していた。

そしてそのトルマをセーラは否定していなかった、はず。

ならば、まだ絶望するには早い。

『我の復活の時は来た。人類よ恐怖せよ！　今日この時より世界は滅びへと歩み始めるノダ！』

演説する魔王の懐に縮地で接近し、全力の掌底を叩き込んでセーラの体から引き離す。

死んだばかりのセーラの体に触れストレージに格納する。

もちろん流れ出た血液もセットだ。

オレのストレージ内は時間経過による劣化が無い。

テニオン神殿の聖女なら死にたての死体を復活してくれるかもしれない。

グルリアン城でセーラが口を濁したように、蘇生魔法にはなんらかのリスクや使用条件がある可能性が高い。

だが、今それを思い悩んでも意味が無い。

だから……気持ちを切り替えろサトゥー。

今は全力でこいつを退治する事だけを考えるんだ。

『フム？　なんのつもりナノダ？　キサマは死体を回収するよりも、我に追撃を仕掛けるべきナノダ』

魔王の傲慢《ごうまん》な言葉を聞き流し、オレは戦いの準備を進める。

戦いに入る前に魔王の情報を調べ上げてやる。

名前は「黄金の猪王」、レベル一二〇もあるオークの魔王だ。

かつて無い高いレベルに加え、こいつは「一騎当千」「万夫不当」「変幻自在」という三つのユニークスキルを持っている。

詳細は判らないが名前から推測すると戦闘力強化系、耐久力強化系、変身系のスキルだろう。

普通のスキルには魔王らしく剣や回避などの物理戦闘系、レアな破壊魔法や爆裂魔法などの魔法戦闘系が充実していた。

金色に染まった肌は何らかの支援魔法かユニークスキルによるモノらしく、「物理ダメージ九九％カット」「魔法ダメージ九〇％カット」とAR表示されている。

——でたらめな防御力だ。

これなら魔法攻撃の方が良さそうだが、こいつには「下級魔法無効」というイヤなスキルがある。

ムーノ市防衛戦で戦った魔族が持っていた「下級魔法耐性」の上位互換スキルだろう。

『今は復活したてで、我は全盛期よりも弱いノダ。キサマが勝てる千載一遇の好機ナノダゾ？』

これで弱体化しているとは元はどれだけ強かったのやら……。

魔王の横にアイテムボックスの黒い切れ目が開き、魔王がマントと二本の柳葉刀を取り出す。

魔王の羽織った赤いマントが変形して豪奢《ごうしゃ》な衣装へと変わる。

AR表示によると柳葉刀は魔剣に分類されるらしく、聖剣と遜色《そんしょく》がないほどの性能を誇るようだ。

魔王の身体を覆う金色の光が両手に持つ柳葉刀へと伸び、その刀身を金色に染める。

AR表示される柳葉刀の攻撃力がアップしていく。もともと聖剣に匹敵する威力があったのに、今は確実に聖剣デュランダルよりも上だ。

『さあ、全身全霊を賭けてかかって来るノダ』

元よりそのつもりだ。

こいつにはセーラの敵討ちと、オレの八つ当たりの対象になって貰《もら》う。それに——。

「――手加減するつもりは無い」

オレの言葉に魔王が愉快そうに嗤《わら》う。

オレはストレージから取り出した黒い剣を構え、魔王を睨《にら》み付ける。

最初から全力で行く。出し惜しみは無しだ。

そうだ、魔王を次の一撃で確実に滅ぼせるように、神剣を更に強化しよう。

魔力を注ぐと魔剣や聖剣は元より、普通の木串《きぐし》でさえ強化される。

ならば、その法則は神剣にも適用されるだろう。

オレは神剣に魔力を注ぐ。

――なっ⁉

オレが初めに一〇ポイントほどの魔力を注いだ途端、全身の魔力が凄《すさ》まじい勢いで神剣に吸い込まれていく。

――くっ、止まれ！

流星雨以来の急激な魔力消費を意志の力で阻む。

何とか勢いを抑える事ができたが、そのままズルズルと吸い上げられてしまい、概《おおむ》ね停止できた頃には残魔力が半分を切っていた。

しかも、まだ毎秒一〇ポイント程度の速度で神剣に魔力を吸われている。

『身の丈に合わぬ剣に振り回されるとは未熟な勇者ナノダ』

魔王の罵倒《ばとう》が耳に痛い。

わずかな危機感知の反応に視線を向けると、神剣の周りに漆黒のオーラが生まれていた。

ＡＲ表示には何も表示されない。

――何だ？

『攻めあぐねているならば、我が手本を見せてやるノダ』

上段から振り下ろされた右の柳葉刀を縮地で避《よ》け、時間差を付けて真横から襲ってきた左の柳葉刀を天駆で立体的に避ける。

――もちろん、避ける方向は前にだ！

魔王の紫色の双眸がチカチカと怪しく光る。

――魔王が何かをする前に始末してやる。

眼前に迫る魔王の猪頭に神剣の一撃を振り下ろす。

オレの神剣が魔王に触れる遥《はる》か手前から、カリナ嬢のラカが使うような魔法の小盾が幾重にも浮かび上がる。

小盾はシャリシャリと氷の薄膜を割るような涼やかな音と白い光を撒《ま》き散らして消えていく。

魔王の身体を守る魔法なのだから防御力は高いのだろうが、神剣の前では何の障害にもならない。

『バカな――』

遺言を聞いてやる趣味は無い。

最後まで言わせずに魔王の頭を縦に裂いた。

魔王の顔が神剣に触れる端から消滅していく。さすが神剣だ。

――側面から強烈な危機感知反応！

オレはとっさに天駆で宙を蹴《け》り、その場から離脱する。

ヴォンッという重い風切り音と共にオレがいた場所を柳葉刀が通り過ぎた。

死後硬直の一種なら良いのだが、そうではなさそうだ。

なんと、魔王の首の根元からボコリと新しい頭が生えてきた。

……さすが魔王。

『我に万夫不当の効果を使わせるとは……』

復活した魔王が独白しながら、後ろへ跳んで距離を取る。

――おかしい。魔王が離れたのに危機感知が止まらない。

前方の魔王からの危機感知は最初からだが、それ以上の反応をオレが持つ神剣から感じる。

『恐るべき剣ナノダ。ヤマトが使うクラウソラスとは比べ物にならんノダ』

魔王に向けて神剣を正眼に構えると、その異常さが目に入った。

神剣に纏わりついていた漆黒のオーラが生き物のように刃《やいば》からオレの手に伸びようとしている。

……ヤバい。

コレは何かヤバい前兆だ――。

オレは速やかにストレージに神剣を収納する。

オレはストレージから上級魔族戦で使っていた聖剣デュランダルを取り出し称号を「神殺し」から「勇者」に戻す。

魔王の柳葉刀には劣るが、あのまま神剣を使う方がヤバそうだ。

変な状態異常を受けていないかログを見て少し背筋が寒くなった。


＞「即死耐性」スキルを得た。

＞「兜割《かぶと》り」スキルを得た。


さっきの妖しい眼光は即死攻撃だったらしい。

レベル差と魔眼耐性スキルが無かったら、逆にこっちがやられていたかもしれない。「即死耐性」スキルは速やかに有効化する。

『我も本気を出すとするノダ』

魔王の身体を紫色の輝きが二度覆う。

さっきも見た輝きだ。アリサがユニークスキルを使った時に似ている。

魔王の発言からして、残り二つのユニークスキルを使ったのだろう。

『先ほどの黒剣はどうしたノダ』

オレの持つ剣が変わっているのに気付いた魔王が、訝《いぶか》しげに問いかけてきた。

「悪いが降板だ。ここからは聖剣で相手をさせて貰う」

オレの言葉に魔王がニヤリと口角を上げる。

『なるほど、使用回数に制限のある類の武器ナノダナ』

単にオレが余計な事をしたせいで使えなくなっただけだが、それを口にする気はない。

軽く魔力を流して聖剣デュランダルを強化し、さらに聖刃で表面を保護する。

魔王の柳葉刀Ⅲとでも言うべき強化刀相手ならこの程度は必要だろう。

——行くぞっ。

まずは牽制《けんせい》だ。

通じるかどうかの確認に、いつもの「誘導矢《リモート・アロー》」「短気絶弾《ショート・スタン》」「小火弾《ファイア・ショット》」のコンボを魔王に連打する。

三種類の攻撃魔法は魔王の黄金色の肌に接触する寸前に弾ける様に消えていく。

黄金の肌まで届いたのは「小火弾《ファイア・ショット》」の残滓《ざんし》だけだ。

残念な事にオレの予想通り、「下級魔法無効」を持つ魔王には下級魔法では傷を付けられないようだ。

魔法の目眩ましの間に縮地で魔王の足元に移動し、魔王の死角から聖剣を斬り上げる。

オレの剣が魔王に届く遥か手前で、神剣の時と同じ小盾群が現れて聖剣の行く手を阻んだ。

聖剣に触れると容易く砕ける小盾だが——。

少しずつ。

そう、ほんの少しずつ聖剣の勢いが削られている。

一〇〇枚近い魔法の小盾を砕き、五〇センチほど進んだ所で聖剣が止まった。

オレは尚も強引に押し通そうとしたが、それを黙って見ていてくれる魔王ではない。

『この程度の攻撃は我に通じぬノダ！』

魔王が雄たけびを上げて、オレに斬りかかってきた。

左上から襲い来る柳葉刀を聖剣デュランダルで受ける。

直後に黄金色と青の火花が地下空洞を鮮やかに染め、視界を奪う。

――重い攻撃だ。

オレは両足に力を込めて耐える。

その重圧に耐え切れなかったのか、足元がボゴンッという重い音と共に陥没した。

閃光《せんこう》に眩《くら》んだ視界は光量調整スキルがすぐに回復してくれる。

わずかに姿勢が崩れたオレを目掛けて、魔王が左手に持つ柳葉刀を振り下ろしてきた。

オレはとっさにストレージから取り出した聖盾で受け止める。

なんとか受け止められたが、ベルトで腕に固定していない為、次の瞬間には大空洞の彼方《かなた》へ弾き飛ばされてしまった。

魔王が柳葉刀を振り抜いた隙に、バックステップで距離を取る。

魔王の方からブオンと低周波のノイズが聞こえた。

『喰らうノダ！』

魔王の周りに漆黒の輪が幾つも生まれる。

それは独立した生き物のようにオレに襲い掛かってきた。短気絶弾や誘導矢で迎撃するが、どちらの魔法も輪に触れるなり蒸発して消えてしまった。

――対魔法攻撃か？

ストレージから取り出した礫《つぶて》を投げつけるが、熱したフライパンに水滴を落としたような音を立てて消えてしまった。物理もいけるみたいだ。

今度は聖刃を纏わせた青銅の釘《くぎ》を、漆黒の輪に投げつける。

バキンと板が割れるような音を残して漆黒の輪が砕けた。

これなら、普通に聖剣で迎撃できそうだ。

――危機感知に反応アリ。

オレはとっさに横に跳んで不可視の攻撃を避《よ》ける。

さっきまでオレがいた場所の謎オブジェが軽々と穿《うが》たれ、砕かれていく。

『我が必殺の上級破壊魔法をどうやって避けたノダ⁉』

どうやら魔王はオレやアリサと同じように、無詠唱で魔法が使えるようだ。

――さすがは魔王。なかなか手強い。

無策に反撃しても小盾群に防がれてしまう。あれをどうにかしないと攻撃が届かない。

それに距離を取ったら魔法が来る。

攻撃を捌《さば》くためにも、まずは手数を増やすのが優先だろう。

オレは先ほどの攻防で聖刃の剥《は》がれた聖剣の状態をチラリと確認する。

刃に僅《わず》かな欠けがある。無策に打ち合えば聖剣を失う事にもなりかねない。

魔族への特効のある聖槍《せいそう》や予備の聖剣は温存して、柳葉刀を捌くのは魔剣を使った方が良さそうだ。

オレはそう判断して空いている左手に魔剣バルムンクを取り出す。

聖剣ではないが攻撃力ならデュランダルに匹敵する。関係ないがどちらも柄が黄金でお揃《そろ》いだ。

聖剣に聖刃を魔剣に魔刃を生み出す。魔剣に聖刃を生み出すのは無理だった。

『魔刃と聖刃を同時に使うダト⁉』

驚きつつも魔王が柳葉刀で斬りかかってきた。

魔王の連撃をこちらも聖剣と魔剣の二刀流で捌く。

右に左に上下にと、予測不能な軌道から襲い来る魔王の斬撃《ざんげき》を、必死に受け流し回避する。

>「二刀流」スキルを得た。

柳葉刀だけでは埒《らち》が明かないと焦《じ》れた魔王が、攻撃に先ほどの不可視の弾丸も交ぜてきた。

弾丸が一発掠《かす》める。柳葉刀の方が危機感知の反応が大きいので、不可視の弾丸を避けるのが難しい。

>「破壊魔法：悪魔」スキルを得た。
>「破壊耐性」スキルを得た。

耐性スキルと二刀流スキルを速やかに有効化する。

近くを弾丸が通っただけで服が蒸発するので、アリサが喜びそうな格好になってきた。

魔法欄から「盾《シールド》」を出して防ごうとしたが、不可視の弾丸一発で破壊されてしまった。やはり下級魔法じゃ上級魔法を防げないようだ。

弾丸が体を掠める度にヒリヒリとした痒《かゆ》みが残る。

そのうち集中が乱れてクリーンヒットを貰《もら》いそうだ。

聖刃を発動した聖剣で不可視の弾丸を防ぎたいが、柳葉刀を防ぐので大忙しだ。

魔剣を再度取り出して防戦に使うが、それでも受け流すので手一杯だ。

『でき損ないの勇者よ、キサマは何ナノダ？　相反する魔刃と聖刃を使いこなし、回避も剣術も我を超える速さと反応なのに、攻撃に虚実織り交ぜる事もセヌ。しかも使う魔法は馬鹿げた威力の下級魔法』

喋《しゃべ》りながらも魔王の柳葉刀や不可視の弾丸の攻撃は止《とど》まる所を知らない。

二刀流スキルを手に入れたお陰で、迎撃が少し楽になった気がする。

『手加減をしているふうでもない。まるで促成栽培されたかのようナノダ』

分析が的確すぎて、耳が痛い。

『耐性もバカげたほど高いノダ。即死も石化も呪詛《じゅそ》も麻痺《まひ》も、我のあらゆる魔眼が利かぬノダ』

ログには石化を始め、麻痺や呪詛など特殊攻撃のオンパレードだったが、全てレジストしていた。

『まるで神を相手にするかのように……』

神様は言いすぎだろう。

ちょっとばかりレベルが高くて、一通りの耐性スキルを持っているだけだ。

痒みで集中力が乱れているところに余計な事を考えたせいで、魔王の柳葉刀を受け流し損ねた。

魔剣バルムンクが大空洞の彼方へ飛んでいく。

追撃を避ける為の苦し紛れに「火炎炉《フォージ》」を発動する。

目眩ましくらいにはなるだろう。そんな軽い気持ちで使ったのだが、思ったよりも効果が高かった。

オレの聖剣を防いでいた小盾群を紙切れを燃やすように焼き払っていく。

『「火炎地獄《インフェルノ》」か！　それがキサマの奥の手ナノカ！』

魔王の叫びと同時に、耳が聞こえなくなるほどの轟音《ごうおん》が響き渡った。

前方からの凄《すさ》まじい閃光と圧力を受けた。オレはその圧力に抵抗せず、自ら後方へ跳んで威力を逃す。

どうやら、魔王の広範囲魔法攻撃の直撃をくらったみたいだ。

周辺にあった異形のオブジェが綺麗《きれい》に掃除されて更地になった。


＞「爆裂魔法：悪魔」スキルを得た。

＞「爆裂耐性」スキルを得た。

破壊と爆裂の違いが気になるが、今はとにかく耐性が欲しい。

正直、今の攻撃は痛すぎる。苦痛耐性にもっと仕事しろと言いたい。

体力ゲージがほとんど減ってないのにこの痛みとは……柳葉刀の直撃を食らうのが怖い。

自己治癒で瞬く間に怪我は治ったが、ボロボロだった服が完全に消し飛んでいる。

裸じゃ格好が付かないので動きやすい服を取り出し、早着替えスキルの助けを借りて一瞬で着込む。この速度は変身と言われそうだ。

今のうちに失った魔剣バルムンクの代わりにストレージから魔剣ノートゥングを取り出す。

——そうだ。

また痒みで失敗しないように、オレは魔法欄から使う機会の無かった生活魔法の「痒み止め《アンチ・イッチ》」を使う。

身体を包む清涼感が痒みを払拭《ふっしょく》する。やはり魔法は素晴らしい。

オレが魔法の素晴らしさを再認識していると、粉塵《ふんじん》の向こうから魔王が姿を現した。

『ふむ、相殺で終わったようナノダ』

——相殺？

とてもそうは思えない姿だ。

魔王の半身が焼け爛《ただ》れている。

先ほどの「火炎炉《フォージ》」の炎が小盾群を突破して魔王本体に届いたのだろう。

火に弱いのか？　もしくは「火炎炉《フォージ》」が中級魔法なのが理由かも知れない。

『喰らうノダ！』

魔王がさっきの爆裂魔法と漆黒の輪を同時に発動させてきた。

爆裂魔法の発動時に出る轟音を合図に、地面に「短気絶弾《ショート・スタン》」を撃ち込んで視界を乱し、その隙に宙返りするように天駆を使って魔王の後背頭上に回りこむ。

眼下を漆黒の輪が通り過ぎるのが見えた。

先ほどの「短気絶弾」が作り出した土煙が「不可視の弾丸」の軌道を浮き彫りにする。

どうやら魔王は二つではなく、三つも同時に魔法を発動していたようだ。

気のせいか、土煙が無くても「不可視の弾丸」が見える気がする。


＞「魔法視」スキルを得た。


おっと便利なスキルが手に入ったが、今は有効化している暇がない。

オレは魔王の背後頭上から天駆で猛禽《もうきん》のように襲い掛かる。

間合いに入るのと同時に「火炎炉《フォージ》」を再発動させて、両手の聖剣と魔剣で斬り付ける。

小盾群が「火炎炉《フォージ》」の業火で紙切れのように焼け落ちる。

完全に焼き払うよりも早く剣が小盾群に届いたが、残り枚数が少ないせいか十分な威力を維持したまま魔王の体に達することができた。

炎を引き裂き、青と赤の軌跡を残して魔王の黄金の肌に聖剣と魔剣で斬り付ける。

だが、魔王の体表に黄金色に輝く波紋が広がり、攻撃が防がれてしまった。

防がれた時に何かの防御膜を砕いた感触がした。

強力な防御膜のようだが、そう何度も防げないだろう。攻撃が届くまでラッシュを掛けて全部剥いでやる。

オレの決意をあざ笑うように、柳葉刀を持った魔王の腕が鞭《むち》のようにしなって襲い掛かってきた。

生物的にはありえない可動範囲と動きだが、魔王の「変幻自在」というユニークスキルの効果だろうと納得して、凄まじい勢いで襲ってくる柳葉刀を二本の剣で受け流す。

だが、それは魔王の罠《わな》だった――。

危機感知で察知するのと同時に、魔王の背中を突き破って無数の白い槍が飛び出してきた。

オレは咄嗟《とっさ》に回避行動を取ったが、オレの予測より速く爆発的な加速で飛んでくる白い槍を全て避けきる事はできなかった。

数本の白槍がオレの体を貫く。

――痛い、痛い、痛いっ。

オレは口から漏れそうになった悲鳴を、無表情《ポーカーフェイス》スキルの助けを借りて耐える。

焼けるような激痛を苦痛耐性スキルの力を借りてねじ伏せ、刺さっていた白い槍を膝《ひざ》で折り飛ばす。

この時初めて白い槍を間近で見たが、どうやら槍ではなく変形した魔王の肋骨《ろっこつ》だったようだ。

痛みは一瞬だったようで、すぐに潮が引くように消えていく。

ジクジクと疼《うず》くが我慢だ。

痛みで動きの止まっていたオレを魔王が放置してくれるはずもなく、ヤツは柳葉刀を捨ててオレを拘束して締め付けてきた。

魔王の腕が逆関節方向に曲がっているのに、凄まじい馬鹿力だ。

単純に考えて高レベルのオレの方が力が強いはずなのに振り払えない。

やはり、魔王のユニークスキルで何倍、何十倍もの力に強化されているのだろう。

魔王が更に力を込める。オレの身体を圧《へ》し折るつもりのようだ。

——くっ、苦しい。

肘《ひじ》の下を押さえられているので、剣が振れない。オレは両手の剣をストレージに収納する。

オレに残された唯一の希望の「火炎炉《フォージ》」を全力で放つ。

熱に強いミスリルさえ蒸発させる、紅蓮《ぐれん》の炎が魔王の身体を焼いていく。

もちろん至近距離で放ったオレも無事では済まない。

魔王のように直接炎を浴びていないのに、着替えたばかりの服が一瞬で燃え尽きた。

火耐性のお陰か、オレの体は肌が赤くなるだけで火傷《やけど》をせずに済んでいる。

もちろん、気が狂いそうなくらい熱い。

このガマン比べはオレの勝ちだったようだ。

オレを拘束する魔王の腕の力が緩んだ。

一瞬の隙があれば十分だ。無理矢理隙間を広げて抜け出す。

腕の感覚が少し薄い。いつも通り剣を使えるくらい回復するには数秒ほど掛かりそうだ。

オレはストレージから魔力過剰充填《じゅうてん》済みの使い捨て聖短槍《せいたんそう》を取り出した。

地下空洞に青い輝きが満ちる。

聖短槍の核を成す青液《ブルー》の魔法回路《サーキット》が、過剰充填された魔力を糧に聖光へと転換されていく。

爆発的な聖光の輝きが、防御ごと魔王の腹部を貫き地下空洞の端まで青い光の軌跡を描いた。

——まだだ。

魔王の体力はゼロになっていない。

腹に大穴を空け身体中から炎と煙を噴き上げるような瀕死《ひんし》の状態にもかかわらず、魔王は尚も拳《こぶし》を振り上げる。凄まじい闘志だ。

ストレージから取り出した聖剣デュランダルに魔力を一気に流し込み、聖刃スキルを発動する。

——これで止めだ。

オレの放った閃光斬撃《せんこうざんげき》が青い軌跡を残して魔王の心臓に吸い込まれていく。

内側から噴出した青い聖光が魔王の上半身を爆散させた。

バックステップで距離を取りながら、ストレージから回復アイテムを取り出す。

体力回復薬で僅《わず》かに減った体力を回復し、魔力充填実験に使っていた聖剣エクスカリバーから魔力を回収して全回復させて、最後に服を着替える。最後に頑丈な靴を装備しておく。

これで次の戦《たたか》いの準備が完了だ。

——そう、安心するのはマダ早い。

さっき神剣で倒した時も復活した。復活が一回で打ち止めなんて楽観は禁物だ。

魔王の死骸《しがい》から金色の光が溢《あふ》れた。

どうやら、第三ラウンドの始まりのようだ。


金色の光が消えると、魔王の上半身が復活していた。実に倒し甲斐《がい》の無いヤツだ。

さっき上半身を破壊した時に、柳葉刀が二本ともどこかに行ったみたいなのがせめてもの救いだ。

さっきの聖短槍はあと二本あるが、魔王が何度復活できるか判らない以上、無闇に使えない。

『我に二度も万夫不当の効果を使わせたのは狗頭以来ナノダ』

——狗頭って誰だ？

どこかで聞いた気もするが、オレの知らないヤツの話なら他所《よそ》でやってくれ。

内心でボヤキながら、先ほど手に入れた魔法視スキルを有効にする。

『勇者ヤマトは我の万夫不当を打ち破る為に天竜共を引き連れて襲ってきた。名無しの勇者よ、キサマは天竜の「光の吐息」も無しに我を倒しきれるノカ？』

ふむ、名前が空欄だから「名無し」か。これからは勇者ナナシと名乗るか。

「天竜は、お休み中だ」

オレのストレージの墓地フォルダにいる。

だから、オレは天竜の分も戦おう。

魔王の破壊魔法が襲って来たので、掌を叩《たた》きつけてコースを変える。

魔王が『馬鹿ナ』とか言っているが無視だ。掌がヒリヒリする。あまり触りたくない魔法だな。

オレは両手に取り出した聖剣デュランダルと魔剣ノートゥングに魔力を注ぎ準備を整える。

「おまけに本職の勇者は帝都で巨乳美女とバカンス中だ」

適当な言葉で魔王の気を逸らす為に軽口を叩く。

本当にバカンス中だったら一発殴ろう。

『本職の勇者だと？　キサマは何ナノダ？』

「オレはパートタイムだよ。本来は観光好きな旅行者さ」

オレは自分の身体をチェックする。

体力回復薬と自己治癒スキルのお陰で肋骨槍《ろっこつやり》に刺された傷が消えた。

まだ痛むが戦えないほどじゃない。これ以上は相手に回復されるだけの悪手だな。

破壊魔法を使ってくるが狙いが甘い。当てたければ範囲魔法で来い。

そんな事を考えたせいか、本当に範囲魔法が飛んできた。

魔剣と聖剣をクロスさせて範囲攻撃を受け流しつつ、後方に跳んで威力を殺す。

さらに魔王の吐息《ブレス》攻撃が襲ってきた。

オレは地を蹴《け》って空中に避《よ》ける。

この距離だと剣の間合いから遠い。

もちろん、灰色の吐息《ブレス》が追いかけてきたので天駆で空中を蹴って更に避ける。

——両手の装備を収納し、魔弓《まきゆう》に換装。

魔王の直上まで来た所で、魔王に向けて魔弓を射る。

もちろん、装填《そうてん》していたのは魔力過剰充填済みの聖矢だ。

青い輝きが魔王の吐息《ブレス》を突き抜け、ヤツの口から腹までを貫く。

魔王の背後に着地し、復活の金色の輝きに包まれるヤツに向けて振り向きざまに聖矢を三連射する。

だが、聖矢は金色の輝きの向こうに素通りしてしまった。

——復活時無敵とか……ゲームかっ!!

こうなったら魔王の残機が尽きるまで付き合ってやる。


『まさか二度も聖なる武器を使い捨てにするトハ——』

復活した魔王が何か言い始めたが聞いてやる気はない。

復活前に土壁で周囲を囲み、回避できない状況で魔弓から聖矢を三連射して倒す。

やはり魔王は金色の光に包まれて再復活してきた。

『馬鹿ナ……禁忌の技をこうもたやすク——』

魔王の話す内容に興味が無いわけではないが、今はヤツの残機を減らす事に専念する。

第五ラウンドも聖矢の三連射で片付いた。だが、聖矢はコレで終わりだ。

オレは役目を終えた魔弓をストレージに戻し、復活中の魔王の周囲に土壁を作り直す。

『神授の聖剣を塵芥《ちりあくた》のごとク——』

魔王の言葉を聞き流しながら、魔力過剰充填済みの聖短槍を二連続で叩き込む。

今回は心臓と頭を同時に破壊してみたが、魔王は前回までと同様に復活を始めている。

こうなったら、体をバラバラに切り裂いてから蒸発させるか焼却するしかないだろう。

武器を聖剣デュランダルに持ち替えて聖刃を生み出す。

『どこからそれほどの数の聖なる武器ヲ――』

――自作だよ。

オレは「火炎炉《フォージ》」で魔王の守りを焼き払いながら心の中でそう答え、聖剣デュランダルで閃光斬撃スキルを使う。

真っ二つになった魔王を更に四つに斬ろうと刃《やいば》を返す。

断末魔のように伸ばしたヤツの掌を突き破って、腕の骨がボウガンの矢の様に飛び出してきた。

オレは二撃目を諦《あきら》めて、アクロバティックな動きで避ける。

どんどん無茶な攻撃になってきている。

復活の金色の輝きに包まれた魔王を見ながら、魔剣ノートゥングを取り出して魔刃《まじん》で覆う。

『ドウシタ勇者。不死身のこの体を倒す算段がつかぬノカ?』

復活したと同時に魔王が範囲爆裂魔法を放ってきた。

オレの放った閃光斬撃は魔王の体表に深い傷を負わすに止《とど》まり、倒しきる事ができなかった。

ヤツがわき腹から二本の肋骨を取り出して構え、短く咆哮《ほうこう》を上げると肋骨を黒い炎が覆う。

『我の黒炎骨刀を味わわせてくれるノダ。さあ、死の舞を踊ろうゾ』

二刀流で襲ってくる魔王だが、黒炎骨刀は柳葉刀に比べたら脆《もろ》い。刃を合わせた時に黒炎で少し火傷しそうになったくらいだ。

『キサマは何者ナノダ？　竜さえ焼き尽くす破滅の黒炎を浴びて、なぜ傷つかぬ⁉』

レベルが高いからかな？

いや、破壊耐性スキルがＭＡＸだからかもしれない。

それに傷は負っている。ただ、回復速度が速いだけだ。

自己治癒の回復にも魔力を使うから、なるべく怪我をしないように気をつけないといけない。痛いしね。

『傷つかぬのなら傷つくまで攻めるノダ！』

破壊するたびに際限なく取り出される黒炎骨刀のせいで、聖剣デュランダルと魔剣ノートゥングの傷みが激しくなってきた。

目眩ましに「火炎炉《フォージ》」を使って魔王から距離を取り、武器を換装する。

今度の聖剣はガラティーンだ。詳細情報によるとエクスカリバーの兄弟剣らしい。

反対側の手には聖槍ロンギヌスを取り出す。片手で扱うのは難しいが、聖剣ジュルラホーンだと黒炎骨刀の相手は難しいのだ。

聖剣と聖槍に魔力を注いで強化したあと聖刃で包む。

さっきまでよりも三割増しで強い組み合わせだ。

——これで削りきってやる。

「いくぞ、魔王！」

『来るがいいノダ、名無しの勇者ヨ！』

　オレが気合いを入れて叫ぶと、魔王まで物語に出てくるような叫びを返してきた。

◆

　あれから五度魔王を倒したが、まだまだ魔王の残機は残っているようだ。

　魔王が金色の光に包まれて復活シーケンスを進めるのを眺めながら現状を確認する。

　こちらの聖剣ガラティーンと聖槍ロンギヌスの消耗も激しく、そろそろ交換が必要だろう。

　この五戦の間に槍用の「三連螺旋槍撃《らせんそうげき》」という「閃光斬撃」よりも決定力の高い必殺技スキルを覚えた。

　だが、それでさえ魔王を一瞬で殲滅《せんめつ》するほどの威力は無く、不本意ながら千日手が続いている。

　もちろん、リスクを取れば倒せない事はない。

　ここが荒野や砂漠なら流星雨の連打で簡単に倒せるだろうが、ここは公都の地下だ。

　流星雨なんて使ったら、地上の公都が壊滅するのは間違いない。そんな事をしたら、オレに大魔王という称号が付くのは確実だ。

　また、聖剣エクスカリバーを永遠に失い迷宮が崩落する危険を冒して良いなら、過剰充填した聖剣エクスカリバーで斬れば良い。

そして神剣の得体のしれない黒いオーラに侵食される危険を冒すなら、被害はオレだけで済む。

できれば、この三つの手段は使いたくない。

火炎炉を超える中級や上級の攻撃魔法さえあれば、魔王だって簡単に倒せるのに……。

それに、もっと沢山、魔力を過剰充填した聖矢を量産しておけば良かった。

聖なる武具を作るための青液はあるが、魔王復活までの短時間で作るのは無理だ。

詮無い事に想いを馳《は》せている間に魔王を覆う金色の輝きが薄れる。

そろそろ第一三ラウンドが始まるようだ。

『PWWWGUEEEEE!』

双眸《そうぼう》を妖しい暗紫色に光らせた魔王が雄たけびを上げる。

前々回くらいから魔王の呂律《ろれつ》がおかしかったのだが、ついに人語を解さなくなってしまったようだ。

魔王の方も限界が近いのかもしれない。

『BWWWGWOOOOO!』

下半身を蛇のように変形させた魔王が尻尾《しっぽ》攻撃をしてきた。

聖剣ガラティーンで斬りつけると、尻尾の鱗《うろこ》が対人地雷のように飛んでくる。

縮地で避けつつ、魔王本体に聖槍ロンギヌスの「三連螺旋槍撃」を放つが、それは一〇本の鞭《むち》に変形した腕に防がれてしまった。

魔王の胸元が整備用ハッチのようにパカリと開く。

暗紫色に染まった肉のヒダの間から肋骨《ろっこつ》が見えた。

動きの止まったオレに向かって、黒炎を纏《まと》った肋骨が生き物のように伸びて襲ってくる。

上空に急速離脱するが、肋骨が思ったよりも速い。

オレはその攻撃を聖剣ガラティーンと聖槍ロンギヌスで何とか受け止めた。

眼下には大きく開いた魔王の口が見える。

口の奥からは黒い炎が――。

オレはとっさに「火炎炉《フォージ》」を全力で使って、魔王の黒炎吐息《ブレス》を防ぐ。

轟音《ごうおん》と強烈な熱気が周囲を満たす。

どうやら、両者の威力は拮抗《きっこう》しているようだ。

ミスリルさえ蒸発させる「火炎炉《フォージ》」と拮抗するような吐息《ブレス》は浴びたくないものだ。


――蒸発？

そのキーワードに引っ掛かりを覚えた。

――軽い火傷《やけど》で済んだ。

イメージが脳裏に再生される。

あれはミスリルを蒸発させる実験をした時か。

——肌が赤くなるだけで火傷をせずに。

このイメージはいつだ。
そうだ、確か魔王に全力の「火炎炉《フォージ》」を使った時だ。
この差は何だ？
何がこの差を生んだ？
決まっている。蒸発するほどの熱エネルギーを得た金属粒子の有無だ。
それも魔力を帯びやすい魔法金属の粒子だ。
オレの脳裏に光明が差す。
だが、同時に理解する。
魔王を滅するには届かない。
この一三度の戦いは伊達《だて》ではない。
魔王を倒すには、あと一手必要だ。

——脳裏に浮かんだのは青く光る破邪の鈴。

《ラッキーアイテムじゃから大切にするのじゃぞ?》

そうだな——。

眼下の吐息《ブレス》が途切れ、魔王が腕を柳葉刀の様に変形させて上空に浮かぶオレに突撃してきた。

だが、今のオレは誘蛾灯に飛び込む害虫ほどの脅威も感じない。

聖剣と聖槍《せいそう》をストレージに収納し、ソレを選ぶ。

鈴の代わりに取り出したのは、青液の満たされた銀の小瓶。

聖なる武具の中核になる青い金属溶液に、残った魔力を一気に注ぎ込む。


「これでっ——」


コンマ一秒ほどの時間で魔力過剰充填《じゅうてん》状態になり、手の隙間から閃光《せんこう》のような青い光が漏れる。

怯《ひる》まず襲ってくる魔王に向けてオレは手を伸ばす。

オレの手から離れた青い烈光に向けて、全力全開の「火炎炉《フォージ》」を発動する。


「終わりだぁあああああああああっ!」

莫大《ばくだい》な熱量を受け取った金属塊が蒸発し、青い烈光の円錐《えんすい》となって降り注ぐ。

円錐は聖なる光で魔王を包み。

魔王の影すら残さず焼き尽くした。

地下空洞に轟々《ごうごう》と破滅の音を響かせて。

光の円錐は迷宮の頑強な床を深く深く抉《えぐ》って消えていった。

◆

天駆で床にできた穴の底に下りると、魔王の核だったらしき紫色の割れた球体が転がっていた。

——これは焼け残ったのか。

復活しないか警戒したが、これ以上の復活はないようだ。

その証拠にヤツらが現れた——。

「クスクス、負けたね」

「負けたね、ヤマトに負けて」

「名無しの勇者にも負けた」

前に「揺り籠《クレイドル》」事件で不死の王《ノーライフキング》ゼンの成仏後に見たのと同じ、紫色の小さな光が魔王の核から三つ浮かび上がる。

いや、少し色が黒い。暗紫色や黒紫色と表現した方がいい光も混ざっている。

感じる印象は同じだが、別モノなのかもしれない。

「所詮《しょせん》、オークだね」

「こんどは何を使おう？」

「イタチなんか賢そうだよ」

こちらが手を出せないと思って油断している黒紫の光を斬る。

――漆黒の斬撃《ざんげき》を三閃。

僅《わず》かな残滓《ざんし》を残して黒紫の光は消滅した。

オレは素早く黒いオーラ付きの神剣をストレージに格納し、称号を「神殺し」から「勇者」に戻す。

砕いた黒紫の光が神剣に吸い込まれた気がしたが、神剣のステータスに変化はないのでオレの見間違いだろう。

前に聖剣が素通りしたから、今回は危険を冒して神剣を使ってみた。

黒紫の光を潰《つぶ》した後に戦利品の獲得ログがすごい速さで流れたが、確認は後回しにしてバックスクロールさせる。

ちゃんと、ログに「神のカケラを倒した！」と出ているから倒せたのだろう。

よく考えたら神を敵に回すような行為にも思えるが、考えるよりも先に行動してしまっていた。

もっとも、魔王に力を貸すような存在なら、何もしなくても敵対しそうな気がする。

敵対するにしても一〇〇年後とか、時間も神スケールにして欲しいものだ。

>称号「魔王殺し」を得た。
>称号「魔王殺し『黄金の猪王』」を得た。
>称号「真の勇者」を得た。
>称号「名も無き英雄」を得た。

奇跡の対価

〝サトゥーです。家庭用ゲーム黎明期《れいめいき》の頃、まだセーブ機能が搭載されていない時代がありました。その頃は継続プレイに必要な何十文字もの『復活の呪文』を紙に書いたそうです。〟


ふう、疲れた。

戦闘で火炎炉《フォージ》を多用したせいか、地下空洞が蒸し風呂《ぶろ》みたいに熱い。

魔法欄から「氷　結《フリーズ・ウオーター》」を使って涼を取り、ストレージから塩を一つまみと甘い果汁を取り出して塩分と水分を補給する。

一息ついた所で本格的に体調を回復させるために、スタミナ回復薬と栄養補填《ほてん》薬を順番に飲み干しながらメニューの時計を確認する。

思ったより時間が経っていない。地下に来てから一時間くらいだ。

ストレージ欄を開いて、戦闘中に紛失した聖盾や魔剣バルムンクが「戦利品の自動回収《ドロップ・アイテムオートマチック・ルート》」で戻ってきているのを確認する。

魔王との最後の戦闘でまたしても服が焼失したので、ストレージから安物の服を着込む。

巫女《みこ》達を回収する前に、オレは土埃《つちぼこり》に埋まっていた転移装置の処分に向かった。

また、公都地下で蠢動《しゅんどう》されても迷惑だからね。

「根元は直径二メートルほどか……」

オレはストレージから取り出した妖精剣《ようせいけん》を魔刃《まじん》で覆い、閃光斬撃スキルを用いて転移装置の根元を切断する。

もちろん、切断した後の転移装置はストレージに回収した。

ムーノ男爵領の砦跡《とりで》で手に入れた「魔砲」に続いて、使い道のない蒐集品《しゅうしゅう》が増えている気がする。

ストレージは収納量無限だから問題ないだろう。

転移装置の根元には赤い導線跡のような断面が残っていた。

おそらく外部魔力で起動するのだろう。

――ま、そんな考察はヒマになってからでいいだろう。

埃まみれになったので、天駆で宙を舞い大河の水で洗い流す。タオルで適当に拭《ふ》いてから、ちゃんとした服に着替える。

今回選んだのはシックな聖職者風の高級ローブだ。

その上から白い仮面と予備の紫色のカツラを身に着ける。銀仮面は戦闘で燃えてしまい、金髪のカツラは土まみれになっていて身に着けたくなかったのだ。

その上に外套《がいとう》を身に着け、帰還準備完了だ。

巫女達の所に戻り、彼女達を保護していた土壁を除去する。

既に目を覚ましていたらしく、巫女達が防御壁《シェルター》の反対側で身を寄せ合って震えていた。

「わ、私達をどうするつもりですか？」

ない。

「お願い、神殿に帰らせてください」

防御壁《シェルター》を解除して中に入ると、巫女二人からそんな言葉が返ってきた。

……閉じ込められていた場所に仮面をつけた怪しいヤツが現れたら誘拐犯の一味と思うのも仕方ない。

「身代金なら、実家に言って――」

気丈な方の娘が交渉しようとするのを遮って、身体を隠す布と服を被せる。

中学生くらいの子供に興味はないが、多感な年頃の少女達を裸のままにしておく訳にもいかない。

「服を着ろ。それとも裸のまま神殿まで帰るか？」

セーラの知り合いかもしれないので声を変えておいた。

ムーノ市防衛戦で声優の声を模したときに「変声」スキルが手に入っていたので、今ではさほど意識しなくても別人の声が出せる。

「――か、帰らせてくれるんですか？」

「当たり前だ。誘拐犯共は別働隊が相手をしている。着替え終わったら地上へ戻るぞ」

着替える巫女達に背を向けそう告げる。

別働隊なんていないが魔族に皆殺しにされたと告げられるよりはマシだろう。

「着替え終わりました」

「ならば、抱えて走っていくからオレの首に手を回してしがみ付け」

「そ、そんな……殿方の身体に抱きつくなんて」

「ふ、不潔です」

潔癖な巫女らしい反応だが、こんな地下迷宮から歩いて帰ったら地上に戻るのが何日後になるか判らない。

「オレの事は馬車かゴーレムとでも思え。こんな所でまごまごしていたら、いつ誘拐犯共が来るか判らんぞ」

詐術スキルと説得スキルの助けを借りて、巫女達に抱きつかせる事を了承させた。

「パリオン様お許しください」

「私、穢《けが》れてしまいました……」

そのセリフで初めて気が付いたが、この二人はパリオン神殿とガルレオン神殿の神託の巫女だった。

二人を担ぎ上げた後、脱出経路として予定していたコースを天駆や縮地で駆け抜ける。

運搬スキルがあるのであまり揺らさずに運んだのだが、少々スピードが速くてジェットコースターのようになってしまった。

清楚《せいそ》な巫女といえど、思春期の娘さん達だけあってキャーキャーと姦《かしま》しい。

最上階へ辿《たど》り着いたときは二人とも気を失ったように眠っていた。拉致《らち》された上に殺されかけたので、疲れたのだろう。

なお、二人のステータスの「状態」からは目を背けた。

「ふむ、ここから先は通路が埋められているのか……」

かつては最上階層から公都地下へ通じる階段があったようなのだが、土系の魔法を使って完全に埋められている。

オレの持つ魔法で掘削に使えるのは「岩砕き《ロック・スマッシャー》」と「研磨《ポリッシュ》」くらいだ。他のだと魔力効率が悪い。前にムーノ男爵領でミスリル鉱脈を掘った時に使った「落とし穴《ピット》」が使えれば良いのだが、魔法の性質上、足元にしか使えないのだ。

——足元？

オレは足元を見た後、天井を見上げる。

天駆で飛び上がり、ストレージから出した妖精剣で天井を切り裂く。

剥離《はくり》して落ちてくる分厚い石材をストレージに回収し、土がむき出しになった天井に着地する。

そして「足元」の「地面」に、土魔法の「落とし穴《ピット》」を使って、地上までの通路を作り上げた。

これには少し苦労した。

天駆は空中に作った足場を蹴《け》って飛ぶスキルなので、空中に立つ事はできても重力と逆向きに立つことはできない。

今回、オレは「手」の先に足場を作り、逆立ちする事で天井に着地してみせたのだ。

さて、それはともかく、公都の下水道へと出る事ができた。

少し目測を誤って公都側転移装置のある部屋から数十メートル離れた場所に出てしまった。

出口は手近な石材で蓋《ふた》をして、適当に汚して隠蔽《いんぺい》する。

オレに偽装スキルや証拠隠滅スキルがあるせいか、完璧《かんぺき》すぎて後で判らなくなりそうだったので、マップのこの場所にマーカーを付けておいた。

オレは巫女を担いで転移装置部屋に向かう。

マップで事前に確認していたのだが、なぜかこの部屋は無人になっていた。部屋の前で番をしていた男もいない。オレが服を奪った「自由の翼」の構成員もいなくなっていた。

少し気になるが、用があるのは転移装置だけだったので、大空洞にあった物と同じように切断してストレージに回収しておいた。

これで地下迷宮で余計な事はできないだろう。

用事を済ませたので、巫女達を肩に担いで出口に向かう。

マップで確認したらテニオン神殿の敷地内に出る経路があったので、そのコースを選んで地下道を天駆で飛んでいく。

先に決めたコースを機械的に移動しながら、ストレージ内でセーラの遺体を確認する。

アイテム名が「セーラの遺体、破損度：極大。失血度、大」となっていた。

試しにセーラから流れ出た血を遺体にドラッグ&ドロップしたら合成できた。

アイテム名が「セーラの遺体、破損度：極大」へと変わる。

ならば、と同じ発想で体力回復薬をドラッグしてみたが、ドロップ不能だった。

もしかしたら、聖剣を装備する時に「勇者」の称号が必要なように、こういった作業にも何か称号が必要なのかもしれない。

たんなる思いつきだが、神殿までは少し時間があるので試してみる。

称号の中から「救命士」「薬師」「聖者」を順番に試していく。

なぜか「薬師」ではなく「聖者」が当たりだったようで、称号を「聖者」にする事で体力回復薬をセーラの遺体に合成する事ができた。

もっとも生き返ったわけじゃない。

アイテム名が「セーラの遺体、破損度：極大」から「セーラの遺体、破損度：大」になっただけだ。

何度か体力回復薬を合成する事を繰り返したら、アイテム名が「セーラの遺体」になったので無駄では無いと思いたい。

そんな操作をしながら飛行していると、道中にボロを着て目だけが光る謎生物のような人物や無数の白いワニを見かけたが、こちらには害意はないようなのでスルーした。

公都見物が一段落したら、手土産を持って遊びに来るのもいいかもしれない。

◆

「あら、今夜の暗殺者は、随分優秀なのね。こんなに接近されるまで気が付かなかったのは初めてよ」

テニオン神殿の巫女長の部屋に忍び込んだのだが、さっそく暗殺者と間違われてしまった。

白仮面に紫髪の男がいきなりやってきたら、警戒して当然だろう。

「あら、暗殺のついでに誘拐なの？」

オレが両肩に担いだ少女達に気が付くと、巫女長が困惑したように尋ねてきた。

巫女長は神聖魔法系の他に人物鑑定スキルや危機感知スキルを持っているので、後の話を信じて貰《もら》う為に称号を「勇者」に、レベルを王祖ヤマトの伝説と同じレベル八九にしてある。

「はじめまして、ユ・テニオン巫女長殿。私はナナシ。貴女《あなた》を害するつもりはない」

しばらくすれば彼女の人物鑑定スキルで誤解が解けるだろうけど、時間を短縮する為にこちらから自己紹介をする事にした。礼儀だしね。

巫女達を来客用のソファーの上に下ろす。当分起きる気配がないので寝かせておこう。

「この二人は魔王信奉集団から救出してきたパリオン神殿とガルレオン神殿の巫女だ」

「確かに見覚えがあります。ねえ、ナナシさん。お顔は見せてくれないの。そんな仮面じゃ話しづらいわ」

「申し訳ない、巫女長殿。善行は隠れてする主義なのだ。どうか容赦されたい」

「そう、恥ずかしがり屋さんな勇者様なのね」

声が若いな。月明かりが照らす彼女の顔は、とても八〇歳には見えない。二〇代と言われても信じそうだ。

「ねえ、ナナシさん。もしかしてテニオン神殿の巫女セーラの行方をご存じないかしら」

「――知っている」

表情には出ていないはずだが、語調が低くなってしまった。

オレの言葉から全てを察したのか彼女の顔が硬い。

「……あの子は、逝ってしまったのね」

彼女の言葉に一つ頷《うなず》く。

「ナナシさん、一つだけ正直に答えてくださるかしら？」

「答えられることならば」

彼女は少し震える声で尋ねてきた。

「セーラの命を奪ったのは、『自由の翼』の人間？　それとも――」

ほんの僅《わず》かの逡巡《しゅんじゅん》の後に、巫女長が言葉を続ける。

「――魔王。そうなのね、セーラは、魔王の生贄《いけにえ》にされたのね」

「そうだ」

巫女長の端整な顔に、一筋の涙が流れる。

「そう、あの子は運命に抗えなかったのね」

巫女長が嗚咽《おえつ》混じりに語ってくれた。

そう遠くない日に魔王が出現すると神託があったらしい。

ただ、その場所が神託を受けた巫女《みこ》ごとに異なり、全部で七箇所もあったため、皆が皆、自分の信仰する神がもたらした神託だけを信じたらしい。

巫女長が預言したのは公都。

その預言の最後にセーラの死を仄《ほの》めかすイメージが付随していたそうだ。

それを知っていたから、ムーノ市で会ったセーラはあんなに生き急いでいる印象だったのだろう。

セーラを呼び戻した急報は、その預言を知った「自由の翼」がセーラを狙っていると情報が入ったからだったらしい。

テニオン神殿の総力を挙げて守っていたのに、今日の夕方に彼女は神殿の部屋から忽然《こつぜん》と姿を消したらしい。

——おそらく空間魔法を操る赤肌魔族か「自由の翼」の首領の仕業だろう。

「ありがとう、ナナシさん。セーラの事は悲しいけれど、私は巫女長としてテニオン神に魔王復活の確認をして、公爵閣下への報告と魔族襲来の警鐘を鳴らす役目があります」

涙に濡《ぬ》れた瞳《ひとみ》をキリリと引き締めた巫女長が椅子からゆっくりとした動作で立ち上がる。

「もし、魔王に挑まれるなら、私も微力ながらお手伝いさせて戴《いただ》きます」

「待たれよ。魔王は既に討伐済みだ」

「——本当に？　でも、称号が……」

巫女長の言葉で自分の失敗に気付いた。称号を「勇者」ではなく、魔王を倒した時に得た「真の勇者」にしておかなければいけなかったのだ。

オレはこっそりと称号を「真の勇者」に変える。

「我が称号と聖剣に掛けて嘘偽りが無いと誓おう」

身分証代わりに本日一番活躍した聖剣デュランダルを巫女長に見せる。

「信じます。『真の勇者』ナナシ、公都の人々に代わってお礼申し上げます」

巫女長がゆったりと舞うような礼をした。

後から聞いた話だが、この時彼女がした礼は神に対してしか使わない最上級の礼だったらしい。


さて、それはともかく本題に入ろう。

「ユ・テニオン巫女長殿、あなたは蘇生《そせい》魔法が使えるか？」

「ええ、使えます」

セーラの話だと、蘇生魔法という奇跡を起こすには相応の対価が必要との事だった。

「ただし、幾つか条件があります」

オレは巫女長の言葉に耳を傾ける。

「第一に対象者がテニオン神殿の洗礼を受けている事」

セーラなら確実に満たしているだろう。

うちの子達にも万が一の為にテニオン神殿の洗礼を受けさせておこう。

「第二に死後四半刻以内である事」

四半刻というと約三〇分くらいのはず。

経過時間としてならアウトだが、肉体の劣化という意味では死にたてホヤホヤだから、大丈夫だろう。

……大丈夫であってくれ。

「最後に、この『蘇生の秘宝』に十分な魔力が蓄えられている事です」

彼女が、首から下げていた「蘇生の秘宝」を手にとって見せてくれる。

「残念ながら二〇年前に公爵の嫡子の蘇生に使ったので、あと一〇年は使えません」

少し暗い声で巫女長が続ける。

——なんだ、そんな事か。

オレは彼女が持つ「蘇生の秘宝」に手を添えて魔力を注ぎ込む。

不思議な抵抗があって、魔力が拡散してしまった。

「ダメよ、ナナシさん。もっと優しく、こんな風に神への祈りを込めるように真摯《しんし》に魔力を注ぐの」

オレと手を重ねたまま巫女長が魔力を注ぐ。

思ったよりも複雑な秘宝らしい。

いや、意地悪と言った方が良いか。

秘宝の核に魔力を注ぐ経路を開く為に魔力が必要で、経路を開く為に魔力を供給すると、その魔力が干渉して秘宝の核への経路が塞《ふさ》がってしまう。

そして、この秘宝にはそんなパズルのような仕組みが百箇所以上存在する。

魔力を充填《じゅうてん》するのに三〇年も掛かるはずだ。

現に巫女長の魔力が半減しているのに、「蘇生の秘宝」の魔力ゲージはピクリとも動いていないのだから。

だが、先ほど巫女長が実演してくれたお陰でコツは判った。

「少し魔力を注がせて貰うぞ」

彼女の手から「蘇生の秘宝」を取り上げて魔力を注ぐ。

糸のように細く、いや単分子ワイヤーのように細く魔力を絞り込んで、秘宝の経路操作を行い、中心への経路を開く。

なかなか神経を使う作業だが、なんとかやりきった。

体感で一時間くらいかかった気分だったが、実際は数秒だったらしい。

ここからが本番だ。開いた経路に魔力をぐんぐん注ぐ。二〇〇〇ポイントほどの魔力を注いでも充填が完了しない。気を抜くと経路が閉じようとするので、なかなか大変だ。

——仕方ない。

オレはストレージから聖剣エクスカリバーを取り出して、魔力源になって貰う事にした。

巫女長が聖剣から漏れる青い烈光を見て驚いている。

悪いが今は集中を切らしたくない。巫女長へのフォローは無しだ。

結局、「蘇生の秘宝」は追加で魔力を一万ポイントほど注ぐと満タンになった。

やはりこの聖剣の容量は別格だ。魔王と戦っていた時も魔力タンクとして大活躍だったからね。

後から知ったのだが、「蘇生の秘宝」は本来「聖者」か「聖女」の称号をセットした者しか魔力を注げないらしい。道理で魔力供給が異様に難しかったはずだ……。

「すごいわ、ナナシさん。『蘇生の秘宝』に使用可能の紋章が浮かんでいるわ」

素直に驚く巫女長が可愛い。

「これで蘇生魔法が使えるか？」

「え、ええ……」

誰に使うのか言っていないので、巫女長が少し困惑気味だ。

「ここにセーラの遺体を召喚する。死後数秒しか経過していない状態だから条件を満たすはずだ」

「そんな……時魔法は御伽噺《おとぎばなし》にしか出てこない実在しない魔法なのに……」

時魔法は無いのか。時間遡行《そこう》して王祖ヤマトに会うとかしてみたかったのに。

おっと、余計な事を考えている場合じゃなかった。

「その前に魔法薬を飲んで体調を万全にしろ」

彼女にストレージから取り出した魔力回復薬とスタミナ回復薬を与える。

必要ないかも知れないが、万全を期した方が良い。

巫女長のステータスが全回復するのを待って次の行動を起こす。

「では召喚するぞ。準備は良いか？」

「はい、いつでも構いません」

巫女長が秘宝を胸に抱いて頷いた。

オレはセーラの遺体をストレージから取り出す。

「――セーラッ！」

巫女長が驚きの声を上げる。

セーラの遺体は小さな傷一つない綺麗《きれい》な姿だ。

裸のままだと可哀相なので清潔な布を上に掛けてやる。

「蘇生を始めてくれ。何か手伝いは必要か？」

「いいえ、ここからは私一人で大丈夫です」

「では任せた。成功を祈る」

巫女長が長い長い呪文を唱え出す。

神聖魔法の詠唱はいつも長いが、今回は格別に長い。

魔法視スキルのお陰か、巫女長と「蘇生の秘宝」とセーラの間に魔力の循環のようなモノが見える。

キラキラした光が綺麗だ。

——やがて呪文が完成し、セーラの頬に朱が差す。

AR表示される情報も「セーラの遺体」から「セーラ」へと変わった。

状態が「衰弱」だが、ここは神殿だ。後は巫女長達に任せて大丈夫だろう。

オレはテニオン神殿の聖域にある巫女長の部屋から音もなく立ち去った。

◆

それにしても、長い夜だった。

綺麗なお姉さんのお店で癒されたい所だが、心配して待っているアリサ達を安心させる為にも早く帰る事にした。

天駆で夜の大河上空を飛び、ツゥルート市の港に停泊する船にこっそりと帰還した。

出発した時にマーカーを付けた「自由の翼」の船が沈没していたが、瑣末《さまつ》事なので気にしなくて良いだろう。

勇者装束を解いて、いつものローブ姿に戻る。

「――ただいま」

部屋の扉を潜ると皆が出迎えてくれた。

「お帰りなさいませ！　ご主人様！」

「おかり～」

「なのです！」

「マスターの無事帰還を祝福します」

「サトゥー！」

獣娘達に続いて、ナナ、ミーアが熱烈に抱きついて帰還を祝ってくれる。

「アリサ、ご主人様がお帰りになったわよ」

ルルがベッドで頭から布団を被っているアリサに声を掛ける。

アリサが布団を跳ね飛ばして立ち上がった。

「ご、ご主人様ぁあああ」

泣き腫《は》らした顔でダイブしてくるアリサを今日ばかりは優しく受け止めてやる。

「無事？　無事よね？　足もあるモンね。おヘソは？　おヘソは取られていない？」

混乱しているのか、アリサの言動がいつにも増しておかしい。

「大丈夫だ。無事に帰ってくるって約束しただろう？」

「う、うん。そうだけど、そうなんだけど」

アリサがオレのシャツをまくって傷が無いか確認しはじめた。

今日はやりたいようにやらせてやろう。

「お帰りなさい、ご主人様。どこか痛い所はありませんか？」

「大丈夫だよ」

「何かお飲み物でも戴いてきます。アリサ、ご主人様はお疲れなんだから、イタズラは今度にしなさい」

オレのズボンの下を確認しようとしていたアリサをルルが止めてくれた。

マップで確認した所、カリナ嬢達はツゥルート市の太守の館に滞在したままのようだ。

彼女から借りた「魔封じの鈴」を返さないといけないんだけど、今日は疲れたから明日《あした》にしよう。

ルルが持ってきてくれた蜂蜜《はちみつ》酒を飲み干し、オレは幼女まみれになって眠りに就いた。

今日はゆっくりと眠ろう――。

◆

なお、魔王復活の預言があった七箇所は次の通りだ。

巫女《みこ》長が預言した公都、迷宮都市セリビーラ、アリサの故国を侵略したヨウォーク王国、パリオン神国、鼠人族の首長国、鼬《イタチ》人族の帝国、そして最後は他の大陸にある国だった。

七分の一の確率にあたるとは、セーラもオレもこの都市も運が悪い。

この話をアリサに教えた所、こんな言葉が返ってきた。

「神託がバラバラなんて神様もテキトーよね」

「そうだな」

「でもさ、これがゲームとかだったら全部の場所に魔王が登場しそうよね」

自分の言葉を自分で信じていないアリサが楽しそうに笑う。

次の魔王の季節は六六年後だろうから、これからは気楽に観光を楽しめそうだ。

「それでさ、全部の魔王を倒したら大魔王とか裏ボスが出てくるのよね！」

「ゲームならありそうだけど、リアルでそんな事になったら世界が滅んじゃうよ」

「それもそうね。あ！　ルル！　ポテチは塩とコンソメの二種類にして」

他に興味が移ったアリサが足取りも軽く駆けて行く。

……まさか、ね。

オレの呟《つぶや》きは空に輝く満月の向こうに消えていった——。

あとがき

こんにちは、愛七《あいなな》ひろです。

この度は「デスマーチからはじまる異世界狂想曲」の第五巻をお手に取っていただき、ありがとうございます！

今回はページが少ないので、本作の見所を手短に語りましょう。

前巻のカリナに続いて、この五巻ではテニオン神殿の巫女セーラにスポットを当てて物語の再構成を行いました。本編を読み終わったら、ぜひもう一度読んでみてください。一回目に良く判らなかったセーラのセリフや周囲の人達の行動に、別の意味があった事に気が付くと思います。

また、たっぷりの新規シーンに加え、WEB版で人気だったドワーフの里や大河下りなどのシーンを重点的にボリュームアップしてあります。

では恒例の謝辞を！　担当のH氏や新H氏、そしてShriさん、その他この本の出版や流通、販売に関わった全ての方に感謝を！

そして読者の皆様。本作品を最後まで読んでくださって、ありがとうございます！

では次巻、公都編でお会いしましょう！

愛七ひろ

カドカワBOOKS

デスマーチからはじまる異《い》世《せ》界《かい》狂《きよう》想《そう》曲《きよく》　5

平成27年８月25日　初版発行
平成28年２月20日　三版発行

著者／愛七《あいなな》ひろ

発行者／三坂泰二

発行／株式会社KADOKAWA
http://www.kadokawa.co.jp/

〒102-8177
東京都千代田区富士見2-13-3
電話／03-3238-8521（カスタマーサポート）
　　　03-5216-8538（編集）

印刷所／大日本印刷

製本所／大日本印刷

本書の無断複製（コピー、スキャン、デジタル化等）並びに
無断複製物の譲渡及び配信は、著作権法上での例外を除き禁じられています。
また、本書を代行業者等の第三者に依頼して複製する行為は、
たとえ個人や家庭内での利用であっても一切認められておりません。

※定価はカバーに表示してあります

落丁・乱丁本は、送料小社負担にて、お取り替えいたします。

KADOKAWA読者係までご連絡ください。

（古書店で購入したものについては、お取り替えできません）

電話 049-259-1100（9：00～17：00／土日、祝日、年末年始を除く）

〒354-0041　埼玉県入間郡三芳町藤久保550-1

©Hiro Ainana,shri 2015
Printed in Japan
ISBN 978-4-04-070707-5 C0093

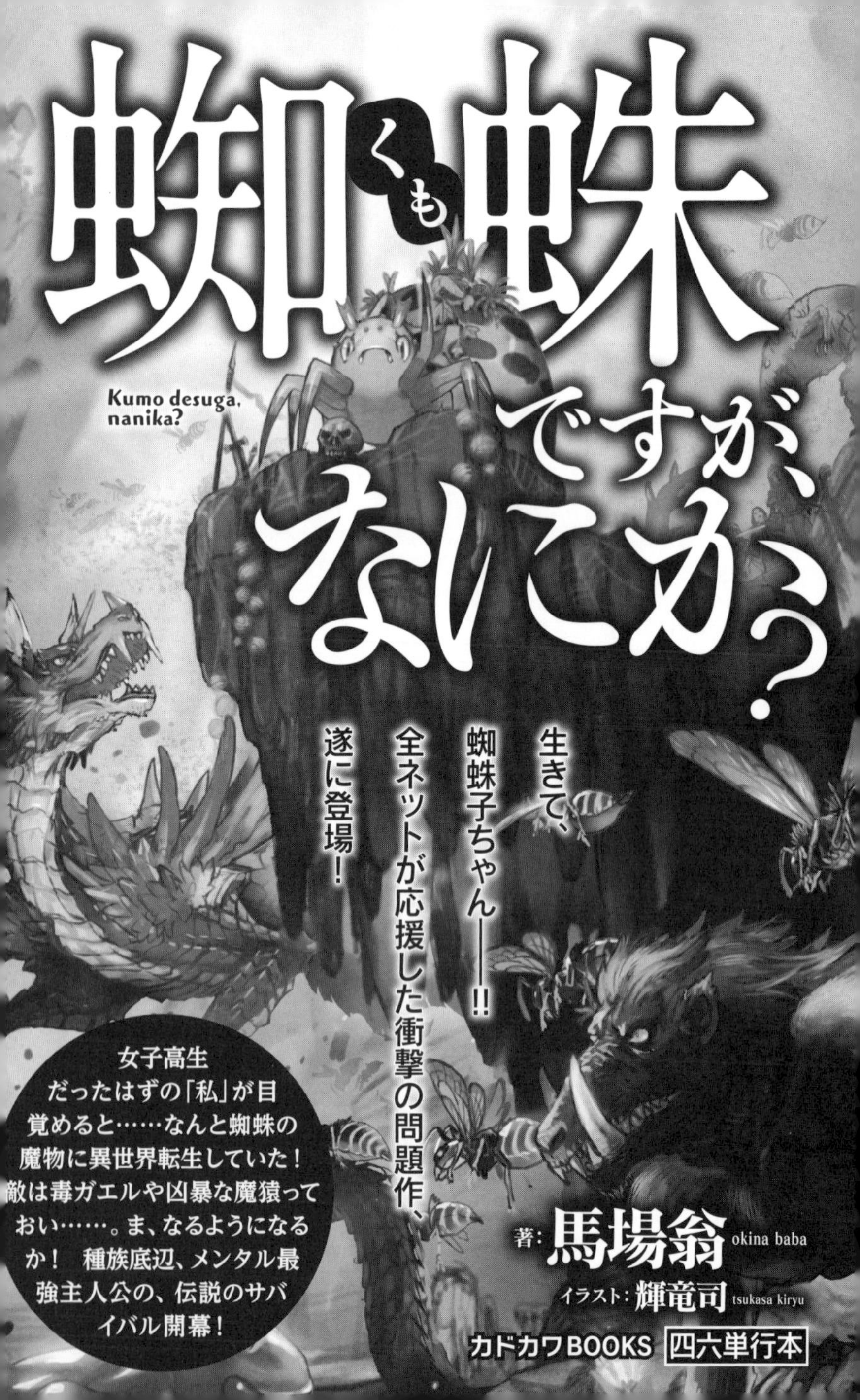
蜘蛛《くも》ですが、なにか？
Kumo desuga, nanika?
生きて、蜘蛛子ちゃん――!!
全ネットが応援した衝撃の問題作、
遂に登場！
女子高生だったはずの「私」が目覚めると……なんと蜘蛛の魔物に異世界転生していた！ 敵は毒ガエルや凶暴な魔猿っておい……。ま、なるようになるか！ 種族底辺、メンタル最強主人公の、伝説のサバイバル開幕！
著：馬場翁 okina baba
イラスト：輝竜司 tsukasa kiryu
カドカワBOOKS
四六単行本